DUNKLE
MATERIE

ANER SHALEV

DUNKLE MATERIE

Roman

Aus dem Hebräischen
von Mirjam Pressler

Berlin Verlag

Die Übersetzung entstand unter
Mitarbeit von Eldad Stobezki.

Die Originalausgabe erschien 2004 unter dem Titel
Hahomer Ha'afel bei Zmora-Bitan, Tel Aviv

Umschlaggestaltung:
Nina Rothfos und Patrick Gabler, Hamburg
Typografie: Birgit Thiel, Berlin
Gesetzt aus der Walbaum von Greiner & Reichel, Köln
Druck & Bindung: Ebner & Spiegel, Ulm
Printed in Germany
ISBN 978-3-8270-0646-2

www.berlinverlage.de

FÜR DANA

DUNKLE MATERIE: Dunkle Materie ist die unsichtbare Materie im Universum, deren Existenz durch die Beobachtung der Galaxienrotation, der Bewegung der Kugelsternhaufen und der Dynamik der Galaxienhaufen nahegelegt wird.

ERSTER TEIL: Donnerstag früh bis Freitagabend

1

Wenn er über diese Woche in New York nachdachte, die sieben Tage gedauert hatte, auch wenn er dazu neigte, sie als eine Ewigkeit zu betrachten, sah er immer die dramatischen Augenblicke vor sich oder die symbolischen, aber nie die einfachen, alltäglichen, obwohl sie wahrscheinlich wichtiger waren. Vielleicht waren es sogar die wichtigsten Momente, wie der, als sie zwischen den verführerischen Regalen des Supermarkts in der Bleecker Street hindurchrannten, während sie im Einkaufswagen saß und schrie wie ein Kind, oder als sie den Fußgängerübergang am Washington Square abends um sechs mit den Einkaufstaschen in der Hand und einem rotbackigen Apfel im Mund überquerten oder als sie nach dem idealen Frozen Yogurt suchten, dem mit der richtigen Konsistenz, und sie ihn voller Hingabe aß, ohne einen Tropfen zu verlieren, oder als sie mit dem winzigen Aufzug zum Hotelzimmer hinauffuhren oder die hübschen Dialoge mit dem Portier bei der Schlüsselübergabe. Nein, solche Augenblicke kamen ihm fast nie in den Sinn, vielleicht weil sie nichts Dramatisches oder Symbolisches an sich hatten, ja, was ihn beschäftigte, waren vor allem die Symbole, zum Beispiel der Schnee, der plötzlich fiel, nur fünf Minuten, genau als sie auf dem Zwillingsturm standen, und aufhörte, als sie wieder unten waren, oder der Unfall mit der Champagnerflasche, die sie gemeinsam im Bad trinken wollten, und alles, was danach geschah.

Bis heute ist ihm nicht klar, wer an diesem Unfall schuld war, er war derjenige, der die Flasche von der Kommode stieß, aber sie war es, die ohne sein Wissen die Flasche geöffnet und an die Kante der Kommode gestellt hatte, sodass man sagen könnte, es sei ein gemeinsames Projekt gewesen, das Verschütten des Champagners, wie so viele andere Vorfälle, obwohl es sehr verführerisch wäre, einen Schuldigen zu finden. Und hätte er über diese Vorfälle nachgedacht, über diese dramatischen oder symbolischen Momente und über die Reihenfolge der Zufälle, die ihnen letztlich keine andere Wahl ließen, über den kumulativen Effekt dieser Momente und über die Kausalität der Vorfälle, zum Beispiel die Ameisen, die gekommen waren, nachdem der Teppich den Champagner aufgesogen hatte, dieser Angriff von Ameisen, der immer größer wurde und ihr Bett erreichte, bis die Ameisen auf der Bettwäsche krabbelten, in der sie schliefen, hätte er gleich merken können, dass es nicht die Ereignisse selbst waren, die ihn irritierten, sondern deren Symbolik. Denn mit Ameisen und einem Teppich, der sich mit Champagner vollgesogen hatte, konnte er leben, nicht aber mit dem kumulativen Gewicht der Symbole, Symbole, die er bei Ereignissen, die an sich neutral waren, immer erkannte, wie zum Beispiel die Tatsache, dass es in New York in dieser Woche nicht geschneit hatte, außer in den fünf Minuten, als sie auf dem Dach des Zwillingsturms standen.

Er verlängerte den üblichen Thanksgiving-Urlaub und sagte Ruth, er würde zu einer Reihe von Gesprächen nach Washington fliegen, etwas, was er tatsächlich oft getan hatte, aber diesmal blieb er, statt nach Washington zu fliegen, in New York und nahm sich ein kleines Zimmer in einem Hotel in der Nähe des Washington Square. Er wunderte sich, dass Ruth seinen Flug nach Washington so ruhig hingenommen hatte, es war ja der letzte Donnerstag im November, Thanksgiving, nicht die übliche Zeit, um Arbeitstreffen zu vereinbaren, und als sie in der großen Küche Kaffee tranken, eine Stunde bevor er das Haus verließ, hatte er verschiedene Antworten auf etwaige Fragen vorbereitet, aber sie fragte nur, ob der Kaffee süß genug sei, dann half sie ihm beim

Packen, und als sie zwei gute Anzüge in den Koffer legte, rutschte ihm fast heraus, wozu, ich werde sie sowieso nicht tragen, und dann dachte er, das sei der Preis der Lüge, dass er zwei gute Anzüge mitnehmen musste, und er schloss rasch den Reißverschluss des Koffers, als wolle er den Inhalt verstecken. Als er Ruth an der Wohnungstür küsste, drückte sie sich für einen Augenblick an ihn, er spürte ihre schwarzen Locken an seinem Hals und dachte plötzlich daran, die Reise vielleicht doch abzusagen, er hätte den Koffer noch auspacken und zu Hause bleiben, er hätte noch mit ihr zusammen Thanksgiving feiern können, aber Ruth drückte schon auf den Knopf des Aufzugs.

Du weißt, dass ich die Treppe vorziehe, sagte er, und sie antwortete, aber der Koffer ist schwer, und er sagte, nein, er ist nicht schwer, und plötzlich spürte er das Gewicht der überflüssigen Anzüge und sagte, weißt du was, vielleicht hast du recht, vielleicht ist es besser, den Aufzug zu nehmen, als würde dieser Verzicht ihm Punkte in dem Spiel geben, das sie schon jahrelang spielten, und Ruth sagte, ich gehe mit dir nach unten. Sie sanken in dem vergoldeten Aufzug vom zehnten Stock hinunter zur vergoldeten Lobby und warteten auf den Portier, der hinter einem kleinen Tresen im Haupteingang des Gebäudes saß, mit einer seltsamen Mütze auf dem Kopf, die ihn wie einen Polizisten aussehen ließ, und der Portier sagte, ich wünsche Ihnen eine schöne Reise, und Adam erschrak, woher wusste der Portier von seiner Reise, er hatte ihm doch nichts erzählt, aber dann verstand er, dass der Koffer in seiner Hand und das orangefarbene Taxi der Firma Carmel am Eingang der Lobby keine andere Möglichkeit zuließen, und er bedankte sich beim Portier und fragte ihn, ob er während der Feiertage hierbleibe, und der Portier sagte, was kann ich machen, mein Herr, Arbeit ist Arbeit, und beinah hätte er gesagt, das ist nicht so schlimm, ich fahre ja auch nicht weg, aber der Taxifahrer, der in der Lobby auf ihn wartete, riss ihm schon fast mit Gewalt den Koffer aus der Hand, und in wenigen Sekunden waren sie bereits unterwegs, kurz davor hatte Ruth ihm noch einen Apfel durchs Fenster gereicht und einen Rabattbon über drei Dollar der Firma Carmel, den er wohl bei der vorhergehenden Reise bekommen hatte.

JFK, fragte der Taxifahrer, und Adam erschrak erneut, zu viele Menschen wussten über seine Pläne Bescheid, aber dann fiel ihm ein, dass Ruth bei Carmel angerufen und das Taxi bestellt hatte, und bei der Bestellung musste sie das Ziel schon angegeben haben, so war es wohl gewesen, und er zögerte einen Moment, versuchte Zeit zu gewinnen, betrachtete den Zeitungskiosk an der Ecke, tat so, als habe er die Frage nicht gehört, und ärgerte sich über die übliche unmögliche Forderung, im Voraus das Ziel zu benennen, denn was wissen wir letztlich schon über unsere Ziele.

Sie fuhren die 57. Straße entlang Richtung Westen, überquerten die First Avenue, ohne zu sprechen, und er dachte, dass bis jetzt alles in Ordnung sei, denn Tatsache war, dass der Taxifahrer seine Frage nicht wiederholte, doch dann kam ihm in den Sinn, dass die Frage des Taxifahrers rein rhetorisch gewesen war, dass er die Anweisungen schon bekommen hatte und dass er auf jeden Fall zum JFK fahren würde, und dass er, wenn er ihm nicht sofort erklärte, dass das Ziel ein anderes sei, innerhalb von zwei Minuten auf der Queensboro Bridge sein würde. Er unterbrach das lange Schweigen, an das beide sich schon gewöhnt hatten, und sagte zum Fahrer, entschuldigen Sie, ich glaube, ich habe etwas vergessen, und der Fahrer sagte, machen Sie sich keine Sorgen, ich fahre Sie zurück nach Hause, und Adam sagte drängend, nein, nicht nach Hause, ins Büro, ich muss etwas aus dem Büro mitnehmen, und der Fahrer sagte, in Ordnung, Sie müssen nicht schreien, sagen Sie mir die Adresse und ich fahre Sie hin.

Er hätte den Fahrer bitten können, ihn zum Washington Square zu fahren, dort war das Hotel, er hätte ihm sagen können, dort sei sein Arbeitsplatz, der Fahrer kannte ihn doch nicht, und es gab viele Menschen, die in der Nähe des Washington Square arbeiteten, zum Beispiel an der NYU, er hätte durchaus Professor der NYU sein können, aber irgendetwas hinderte ihn daran zu lügen. Er gab dem Fahrer die Adresse des Konsulats, und der Fahrer sagte, kein Problem, ich bringe Sie hin, und während der ganzen Fahrt versuchte Adam sich davon zu überzeugen, dass das Ziel das Konsulat sei, nicht JFK, dass der Fahrer bereits auf den JFK verzichtet habe, aber als sie zur Kreuzung 42. Straße und Second Avenue kamen und vor dem hässlichen schwarzen Gebäude hielten, in dem sich das israelische Konsulat befand, war klar, dass nichts zu machen war, nichts würde diesen Fahrer davon abhalten, ihn zum JFK zu fahren, sei es auf direktem oder indirektem Wege, er war wie eine Rakete, die man auf ein Ziel gerichtet hatte.

Der Fahrer sagte, ich warte hier auf Sie, holen Sie, was Sie brauchen, und dann fahren wir weiter zum JFK, und Adam sagte, das kann dauern, vielleicht ist es besser, wenn ich hier aussteige, und der Fahrer sagte, machen Sie sich keine Sorgen, ich werde Sie nicht zusätzlich zur Kasse bitten, nehmen Sie sich Zeit, ich warte, und Adam machte einen letzten Fluchtversuch und sagte, Sie können fahren, ich werde Sie bis zum JFK bezahlen, ich bezahle Sie, als wäre ich mit Ihnen bis zum JFK gefahren, und plötzlich hörte sich das Wort JFK wie ein Mantra an, das ihn und den Fahrer in seinen Bann geschlagen hatte, ab jetzt würden sie es immer wiederholen, wie eine Zauberformel, und sein letzter Vorschlag schien mehr zu schaden als zu nützen, denn der Fahrer sagte tief beleidigt, Sir, solche Sachen mache ich nicht.

Als er das Taxi verließ, blieb sein Koffer im Kofferraum, er dachte, wie überraschend und unerwartet das Leben doch sein konnte, statt das Zimmer zu erreichen, das er für sich und Eva am Washington Square bestellt hatte, war er an der Kreuzung 42. Straße und Second Avenue, in dem Abschnitt gegenüber dem Konsulat, der jetzt Yitzhak Rabin Way hieß, und er hoffte, dass heute, am Donnerstag, an Thanksgiving, das Konsulat leer sein würde, und bereitete sich bereits auf die Sicherheitsrituale am Eingang zum Konsulat vor, auf das Klingeln, auf die doppelten Türen, die Magnetkarte, als ihm plötzlich vom Eingang her der Generalkonsul entgegenkam, klein und zur Glatze neigend, aber voller Elan, wie immer, und der Konsul klopfte ihm freundschaftlich auf die Schulter und fragte, Adam, was führt dich am 25. November hierher, hast du nicht gehört, dass heute Thanksgiving ist? Und Adam sagte, ich habe nur vergessen, ein paar Unterlagen mit nach Hause zu nehmen, und der Konsul sagte, Unterlagen, was für Unterlagen, ich hoffe, dass du die Gepflogenheiten kennst, und Adam lächelte und schob die Magnetkarte in den Schlitz, aber die Tür ging nicht auf, und er fragte sich, ob der Konsul seine Sicherheitsstufe bereits aufgehoben hatte.

Er lächelte den Konsul an und der Konsul lächelte zurück und sagte, du hältst die Karte verkehrt herum, siehst du das nicht? Und Adam drehte die Magnetkarte um und schob sie erneut durch den Schlitz, und plötzlich ärgerte es ihn, dass er hier der Verdächtige sein sollte, im gleichen Maß hätte er den Konsul verdächtigen oder ihm erklären können, wie man die Magnetkarte durch den Schlitz führt, aber dann stellte sich heraus, dass der Konsul an etwas ganz anderes dachte. Adam, sagte er, ich habe hier einen unglaublichen Château Musar, den du unbedingt probieren musst, Jahrgang 82, ich habe eine Kiste zu einem Sonderpreis bekommen, möchtest du vielleicht eine Flasche für das Thanksgivingessen heute Abend mitnehmen? Ich bin sicher, dass Ruth sich freuen würde, es ist ein wahres Schnäppchen, und Adam sagte, danke, aber Ruth fährt nach Long Island, um mit ihrem Bruder Thanksgiving zu feiern, und der Konsul fragte, was, sie fährt allein? Und Adam sagte, nein, ich wollte sagen, wir fahren zusammen, wir haben uns eine Woche Urlaub genommen, um uns vom New Yorker Stress zu erholen, und der Konsul klopfte ihm auf die Schulter und sagte, wie macht ihr das, Adam? Ihr seid schon länger als zehn Jahre verheiratet und macht immer noch den Eindruck, als wärt ihr in den Flitterwochen.

Adam sagte, vielleicht sind die gemeinsamen Urlaube das Geheimnis, und der Konsul stöhnte und sagte, du hast recht, ich fahre viel zu viel weg, und immer allein, meine Frau zieht es vor, in New York zu bleiben, manchmal habe ich das Gefühl, dass sie mit New York verheiratet ist, nicht mit mir, und er hielt Adam die Weinflasche hin und sagte, nimm, bring sie Ruth mit einem Gruß von mir, es ist ein wunderbares Geschenk, aus den Weinbergen im Libanon, passt gut zum Truthahn, und Adam sagte, leider darf Ruths Bruder keinen Rotwein trinken, es gibt ein medizinisches Problem, und der Konsul sagte, ich habe auch Weißwein, aber der passt nicht zum Truthahn, und Adam sagte mit einem Ausbruch plötzlicher Freude, genau! Und der Konsul sagte, vergiss Thanksgiving, nächste Woche, wenn ihr aus den Ferien zurück seid, kommst du in mein Büro und wir probieren den Château Musar.

Als Adam in dem verlassenen Korridor der dreizehnten Etage zu seinem Büro ging, fiel ihm ein, dass er seine E-mails checken könnte, normalerweise schaute er sie einmal täglich an, aber heute hatte er es noch nicht getan, das war seine Chance, denn wer weiß, vielleicht erwartete ihn eine eilige Nachricht, vielleicht hatte Eva am Tag ihres Abflugs noch eine Mail geschickt, warum sollte er nicht nachschauen, Zeit hatte er genug, zumal er den Fahrer gewarnt hatte, dass er nicht sofort zurückkommen würde. Aber als er das Zimmer betrat und sich vor den Computer setzen wollte, sah er durch das Fenster, dass das orangefarbene Taxi von Carmel auf ihn wartete, wie man auf einen Gefangenen wartet, der kurz frei bekommen hat, und plötzlich bereute er es, den Koffer nicht mitgenommen zu haben, denn dann hätte er die beiden Anzüge herausnehmen und in seinem Büro lassen können. Er hätte das Konsulat heimlich über den Notausgang verlassen, mit dem Koffer in der Hand, er wäre dieses Taxi los und hätte sich JFK gespart, doch dann wurde ihm klar, dass ihm der Fahrer auf keinen Fall den Koffer gegeben hätte, dass sein Koffer wie eine Geisel im Kofferraum lag.

Haben Sie gefunden, was Sie gesucht haben, fragte ihn der Fahrer, als er zum Taxi zurückkam, und Adam sagte, ja, jetzt können wir zum JFK, und der Fahrer sagte, machen Sie sich keine Sorgen, dieser Umweg kostet Sie nichts, und er verfluchte sich selbst, warum war er an diesen Fahrer geraten, der so selbstlos und rechtschaffen war, jeder normale Fahrer hätte das Geld genommen und sich die Fahrt zum JFK erspart, nur dieser Fahrer war ein verkleideter Papst. Sie fuhren Dutzende von Blocks nach Süden und überquerten die Williamsburg Bridge, er schaute hinunter auf den grauen East River und hinüber nach Manhattan, das wie ein plumper Antennenwald hinter ihm lag, und dachte, er hätte den unerwarteten Besuch im Büro vielleicht doch nutzen sollen, um seine E-mails zu checken, es war ein Fehler, die E-mails nicht zu lesen und stattdessen diese kostbaren Minuten damit zu vergeuden, dass er sich das Gesicht wusch und nutzlos auf der Toilette saß.

Sie waren nicht mehr weit vom Terminal und der Fahrer fragte, American Airlines, nicht wahr? Und wieder wurde ihm klar, dass der Fahrer Dinge über ihn wusste, die er selber nicht wusste, er hatte doch keinen Flug gebucht, und er konnte sich nicht erinnern, mit Ruth über den Flug gesprochen zu haben, er wusste nicht mehr, was er ihr gesagt hatte und was er nur vorgehabt hatte, ihr zu sagen, für den Fall, dass sie Fragen stellte, oder hatte sie sich daran erinnert, dass er davor mit American Airlines nach Washington geflogen war, dass er bei der Gesellschaft eine Vielfliegerkarte besaß? Er ersparte sich eine Antwort und sagte zum Fahrer, gut, lassen Sie mich bei American Airlines raus, als wäre alles noch offen, als wäre das eine Möglichkeit unter vielen, und als er das Taxi verließ, gab er dem Fahrer zu viel Trinkgeld und entfernte sich rasch, aber der Fahrer schrie irgendetwas und deutete auf den Kofferraum, und Adam ging zurück, nahm seinen Koffer, und der Fahrer wünschte ihm einen guten Flug, und er sagte, danke, und dachte, was für ein Glück, dass dieser Fahrer nicht fliegen kann, sonst hätte er bestimmt darauf bestanden, ihn nach Washington zu fliegen.

Wo fliegen Sie hin, fragte ihn eine hübsche Stewardess, kaum dass er das Terminal betreten hatte, und ihm fiel auf, dass die Kette der Irrtümer endlos war. Wenn er nicht sofort und auf der Stelle etwas unternahm, würde dieser Schneeball weiterrollen und ihn nach Washington befördern, und er sagte zu der Stewardess, einen Moment, ich fühle mich nicht wohl, wo ist die Toilette? Und sie sagte, geradeaus und rechts, und er ging mit seinem Koffer zur Herrentoilette, beugte sich über das Waschbecken und wusch noch einmal sein Gesicht, und plötzlich sah er sich im Spiegel und war von seinem frischen Aussehen überrascht, von seinen braunen Haaren, der glatten, gebräunten Haut, dem Glanz in seinen Augen, man hätte glauben können, er sei zehn Jahre jünger, als er tatsächlich war, eine Art Dorian Gray, der einen Weg gefunden hat, die Zeit einzufrieren, um für immer Mitte dreißig zu bleiben, aber gerade heute hatte er vergessen, sich zu rasieren, Ruth fand Stoppeln sexy, aber Eva nicht, vielleicht sollte er sich rasieren, bevor er sie traf.

Er betrat eine Kabine, die etwas größer war als die anderen, behindertengerecht, setzte sich auf die Kloschüssel, öffnete den Koffer und hantierte mit dem Rasierzeug, und er erinnerte sich, dass er auch im Konsulat Zuflucht auf der Toilette gesucht hatte, vielleicht war die Toilette die einzige Zuflucht vor all den Menschen, die fest entschlossen waren, ihn nach Washington zu bringen, und er hörte auf, sich mit dem Koffer zu beschäftigen. Er dachte an Eva und an ihren Geruch, den er so liebte, an ihre Haare, die er so liebte, an ihre Augen, die er so liebte, an ihren Hals, den er so liebte, an ihre Hüften, die er so liebte, und an die Innenseite ihrer Oberschenkel, die er so gern küsste, während seine

Hände ihre Brüste massierten und zärtlich drückten, und er sagte sich, dass er das bald alles haben würde, diesen Duft, diese Haare, diese Oberschenkel, für eine ganze Woche, eine Woche war zwar eine sehr kurze Zeit, aber es kam darauf an, welches Zeitmaß man anlegte. Und er fing an zu rechnen, wie viele Sekunden eine Woche hatte, und versuchte, sich jede Sekunde mit ihr als einen Diamanten vorzustellen und die gesamte Woche als hunderttausende glitzernder Diamanten, als eine Art Schatz, der ihm in den Schoß fallen würde, und plötzlich sprang er auf, weil jemand an die Tür klopfte und eine Stimme sagte, ist da jemand? Und wieder, wie zuvor mit dem Taxifahrer und danach mit der Stewardess, wusste er nicht, was er antworten sollte, und hoffte, die Frage würde nicht wiederholt, aber sie wurde wiederholt, auch das energische Klopfen an der Tür, und er hörte sich sagen, ja, hier ist jemand, und hoffte, dass er wenigstens dieses Mal nicht gelogen hatte.

Ist alles in Ordnung, wurde er gefragt, und er drückte die Wasserspülung, obwohl es nicht notwendig gewesen wäre, und überlegte, wie viele Dinge er heute nur deswegen getan hatte, um bei anderen einen bestimmten Eindruck zu erwecken, und wie mühsam das doch war. Als er die Kabine verließ, standen zwei große Männer vor ihm, einer mit Schnurrbart, der andere mit einem Namensschildchen, das ihm aus der Jackentasche hing, beide in Anzügen, die so elegant waren wie seine eigenen im Koffer, und wieder erschrak er, sie hatten ihn gefunden, vermutlich hatte die Stewardess sie alarmiert, sie hatte gehört, wie der Taxifahrer ihm einen guten Flug wünschte, und gemerkt, dass er nur herumirrte, und wieder dachte er über die Kette von Ereignissen nach, die passiert waren, seit er das Haus verlassen hatte, wie er stufenweise die Kontrolle verlor und von seiner erfundenen Geschichte verschluckt wurde. Und nun war es kein Spaß mehr, es ging nicht mehr darum, ob er nach Washington flog oder nicht, jetzt bestand die Gefahr, verhaftet und verhört zu werden, und er fragte sich, wie er mit den Fragen der Sicherheitsbeamten fertig werden würde, wohin er flog und wann, und wenn er nicht flog, warum hatte er diesen Koffer. Sie wiederholten ihre Frage, ist alles in Ordnung? Und er sagte, ja, ja, alles in Ordnung, und dann betrat einer von ihnen die Behindertentoilette und der andere verschwand in einer Kabine, die gerade frei wurde.

Als er hinausging, wusste er, dass seine Befürchtungen übertrieben gewesen waren, nicht jeder Mensch mit einem Namensschild ist ein Sicherheitsbeamter, und wenn ein Taxifahrer jemandem einen guten Flug wünscht, muss dieser Jemand nicht zwangsläufig ein Flugzeug besteigen. Er blieb an einem Getränkestand stehen und kaufte sich eine Dose Cola, öffnete sie und spürte, wie die kalte Schärfe des Getränks ihm eine positive Energie einflößte, vielleicht sogar Optimismus, aber vor allem verlieh sie ihm eine fast unendliche Neugier und ein Verlangen, in dieser Woche zu blättern, wie man in einem Buch blättert, zufällig ein Blatt aufzuschlagen oder es zu überspringen und gleich die letzte Seite zu lesen, zu sehen, wie es endet, und er erinnerte sich an die Worte von Walter Benjamin, der gesagt hat, dass einer Geschichte nur durch ihr Ende Bedeutung verliehen wird, und sogar den Anfang könne man erst richtig lesen, nachdem man die letzte Seite erreicht habe.

Als ein Schluck Cola wie ein Eiszapfen durch seine Kehle drängte, erinnerte er sich daran, dass Eva nie Cola trank, nur Natursäfte, und dass sie nichts von Cola oder Sprite hatte hören wollen, als sie in der Notaufnahme des Hadassa Krankenhauses vor einem Getränkeautomaten gestanden hatten, das einzige Getränk, das sie akzeptierte, war Apfelsaft gewesen, und während der Wochen, die er mit ihr in Israel zusammen war, hatte er seine Gewohnheiten ein wenig geändert. Er hatte sich geniert, in ihrer Anwesenheit solches Chemiezeug zu trinken, hatte sich an Apfelsaft gewöhnt, den er eigentlich nicht mochte, sodass er sich jetzt wie bei einer Junggesellenparty fühlte, er konnte noch zwölf Stunden lang so viel Cola trinken, wie er wollte.

Er setzte sich auf eine Bank, drückte die Dose an die Wange, genoss die erfrischende Kälte und spürte erneut, dass er sich morgens nicht rasiert hatte, obwohl er deshalb auf die Toilette gegangen war, der Druck wegen des vermeintlichen Flugs hatte bewirkt, dass er es vergessen hatte, aber er könnte sich noch im Hotel rasieren, vorausgesetzt, dass sich sein Rasierzeug im Kulturbeutel in seinem Koffer befand, dass er es nicht zu Hause vergessen hatte, aber vielleicht war es besser, hierzubleiben, bis Eva kam, das war auch eine Möglichkeit, er konnte sich im Terminal rasieren, und plötzlich empfand er es als Qual, allein entscheiden zu müssen, an diesem Morgen, an dem alle für ihn entschieden hatten, und er verspürte einen seltsamen Drang, den devoten Taxifahrer zu suchen oder wenigstens die Stewardess und zu fragen, was er tun sollte.

Die Vorstellung, am Flughafen zu bleiben, gefiel ihm, normalerweise erreichte er den Flughafen mit Verspätung und hatte keine Zeit, Kaffee zu trinken, aber jetzt, an Thanksgiving, blieben ihm plötzlich viele Stunden, er hatte alle Zeit der Welt, und er fing an, sich nach den verschiedenen Möglichkeiten umzuschauen wie ein neugieriges Kind, während der Koffer hinter ihm herrollte, er betrachtete sorgfältig die Auslagen der Läden, prüfte jeden Stand, Parfüms und Schmuck, alkoholische Getränke, Elektronik, und die wichtigste Frage war nicht, was er kaufen könnte, sondern was dieses Terminal an Interessantem bereithielt, für wie viele Stunden es reichen würde, nicht nur, was die Geschäfte betraf, sondern auch die Menschen. Er liebte es, Menschen zu beobachten und ihre Geschichten zu hören, vielleicht lag das an seiner Arbeit im Konsulat, aber nach etwa einer Stunde, als er schon anfing, müde zu werden, kam ihm alles ein bisschen lächerlich vor. Er sank auf einen Stuhl im Starbucks und bestellte Cappuccino und einen Muffin, und als er von dem blassen

Cappuccino trank, erinnerte er sich plötzlich an den hervorragenden Château Musar, den ihm der Konsul vorhin angeboten hatte, und bereute, ihn nicht mitgenommen zu haben, denn statt mit Ruth hätte er den Wein mit Eva trinken können, und plötzlich hatte er das Bedürfnis, den Cappuccino und den Muffin stehen zu lassen und sofort ins Hotel zu fahren. Ihm wurde plötzlich klar, dass es ihm nicht angenehm sein würde, das Hotel zusammen mit Eva zu betreten, es wäre besser, allein einzuchecken. Er war nicht sicher, bis wann das Zimmer reserviert bleiben würde, schließlich hatte er keine Kreditkartennummer angegeben, es war besser, nicht zu spät hinzukommen, sie würden das Zimmer ohne Kreditkarte nicht bis zum Abend für ihn freihalten. Erleichtert über seine Entscheidung stand er auf, ließ den Rest Cappuccino und den Muffin auf dem runden Plastiktisch stehen, ging an den Geschäften vorbei, die ihn nicht mehr interessierten, versuchte, sich von der Stelle fernzuhalten, an der die Stewardess gestanden hatte, und suchte nach einem Taxi, das ihn zurück nach Manhattan bringen würde.

Die Schlange am Taxistand war länger als normal, vermutlich wegen Thanksgiving, halb Amerika fliegt an diesem Feiertag irgendwohin, und die andere Hälfte, die nicht fliegt, fährt zum Flughafen, um die Fliegenden abzuholen, aber bevor er noch an der Reihe war, wandte sich jemand an ihn, Sie wollen nach Manhattan, bitte, kommen Sie mit zum Parkplatz. Adam schaute ihn an, der Mann war klein und kräftig, in einem schwarzen Ledermantel und mit einem vergoldeten Schlüsselbund in der Hand, aber statt mit ihm zum Parkplatz zu gehen, blieb er in der Schlange, die sich im Schneckentempo vorwärtsbewegte. Vor ihm stand eine große schwarzhaarige Frau, die ihn von hinten an Ruth erinnerte, es waren nicht nur die Locken, die ihren Kopf umgaben wie bei einer antiken Plastik, es war auch die glatte Haut, wie Honig, und ihre runden Hüften und die Oberschenkel und die Art, wie sie ungeduldig das Gewicht von einem Bein auf das andere verlagerte, aber es war nicht Ruth, denn auf dem Rücken trug sie eine Tragetasche mit einem Baby.

Er wandte sich zu der Frau und sagte, man kann verrückt werden, und die Frau antwortete ihm, ja, man kann verrückt werden, und als sie sich zu ihm umdrehte, hatte er die Möglichkeit, sie von vorn zu sehen und ihr Alter zu schätzen, um sicherzugehen, dass sie nicht Ruth war, und ihm schien, dass auch sie ihn sorgfältig musterte, als versuche auch sie sicherzugehen, dass er kein anderer war, und er sagte, Thanksgiving, nicht wahr, und sie lächelte und sagte, ja, Thanksgiving, und er fragte, woher kommen Sie? Aus Washington, sagte sie, und er sagte, interessant, ich bin gerade auf dem Weg dorthin, und die Frau fragte, mit dem Taxi? Und er sagte, nein, ich meine Washington Square, und beide lachten.

Das Gespräch verkürzte die Wartezeit, sie konnten schon die Taxis sehen, und sogar das Baby auf dem Rücken der Frau sah optimistisch aus, und ein Mann fragte, gehört es Ihnen, das Baby? Und die Frau sagte, nein, ich habe es gestohlen, und lachte wieder, und das Zittern ihres Körpers, als sie lachte, erinnerte ihn an Ruths Körper, und sie fragte, was ist mit Ihnen, haben Sie auch ein Kind? Und Adam sagte, nein, ich habe kein Kind, er schwieg einen Moment, dann fügte er hinzu, ich hätte beinahe ein Kind gehabt, vor vielen Jahren.

Sie waren schon fast am Kopf der Schlange angelangt und Adam schaute nicht mehr die Frau an, sondern die Gesichter der Taxifahrer, ein Gesicht kam ihm bekannt vor, war das sein Taxifahrer von heute Morgen? Verfolgte er ihn? Ohne ein Wort zu sagen, verließ er die Schlange und hoffte, der Fahrer habe ihn nicht erkannt, er bemerkte das Erstaunen auf dem Gesicht der Frau, schließlich hatten sie ein Stück Leben gemeinsam verbracht, ihre Schritte hatten sich einander angepasst, sie waren fast eine Familie gewesen und schon so nahe am Ziel, aber er ging weiter, ohne zurückzuschauen, trat zu dem Mann im Ledermantel, der ihn vorhin angesprochen hatte, und folgte ihm zum Parkplatz, und als er in das schwarze Taxi eingestiegen war, sagte der Mann, das sei kein Taxi, sondern eine Limousine, als wäre das etwas Besonderes.

Er fuhr nun den ganzen Weg zurück, wieder über die Williamsburg Bridge, diesmal von Ost nach West, und die Sinnlosigkeit war besonders auffällig, weil er in wenigen Stunden wieder diesen Weg nehmen würde, und er erinnerte sich an die elektrischen Wagen, die auf anderen Flughäfen zwischen den Terminals verkehrten, zum Beispiel in London zwischen Gatwick Nord und Gatwick Süd, automatische Wagen mit weißen Neonleuchten und Lautsprechern, aus denen mit weichen Stimmen den Passagieren erklärt wurde, was zu tun sei, Wagen, die so programmiert sind, dass sie immer hin- und zurückfahren, ihr Leben lang hin und zurück, jede Fahrt macht die Fahrt davor ungültig und wird durch die Fahrt danach ungültig gemacht.

Aber seine vierte Fahrt heute würde anders sein, er würde nicht allein fahren, sie würde neben ihm sitzen, auf seinem Schoß, in seinen Armen, er würde ihren Duft einatmen, den er so vermisst hat, und er würde ihr Gesicht mit Küssen bedecken, wie sehr sehnte er sich nach diesem Gesicht, wie oft hatte er versucht, sich dieses Gesicht vorzustellen, denn obwohl er ein Foto von ihr hatte, schien es ihm, dass Fotos nur irreführend seien, seine Sehnsucht galt vor allem dem Ausdruck, den ihr Gesicht haben würde, wenn er in sie eindrang, als würde es sich im Moment der Penetration verwandeln und bekomme etwas Entgleitendes, das sich schwer in Worte fassen ließ und dennoch so deutlich war, dass man es nicht anzweifeln konnte.

Manchmal wollte er sie fotografieren, wenn er in sie eingedrungen war, nur ihr Gesicht, ohne dass jemand eine Verbindung hätte herstellen können, sie würden diese Fotos überall zeigen können, und es bliebe ihr Geheimnis, was dort wirklich geschehen war. Wenn er in ihr war, schien sie ihm wie ein Meer zu sein, ganz offen, als könne man in jeden Winkel ihres Körpers vordringen, aber auch voller Wellen, manche sehr breit und langsam, andere wieder schnell und frech, fast wie Schaum, fast verrückt, ja, das war das Bild, nach dem er sich am meisten sehnte, und nun, da er wieder in Manhattan war, das er in wenigen Stunden erneut verlassen würde, nur um eine Stunde später wieder zurückzukehren, wusste er, dass er nicht nur viermal, sondern tausendmal diese Reise unternehmen würde, nur um dieses Bild wiederzusehen.

Von diesem Moment an verließ ihn die Aufregung nicht mehr, alle Vorkommnisse dieses Morgens und des Nachmittags, der Taxifahrer, der Konsul, die Stewardess, die Frau mit dem Baby, schienen aus einer anderen Welt zu sein. Auch wenn er sie auf die eine Waagschale legen würde und Eva auf die andere, auch wenn er tausend derartige Ereignisse auf die Waagschale legen würde, war es klar, welche schwerer wiegen würde, und plötzlich schienen die Verwirrungen und die Unannehmlichkeit, die sie ihm verursacht hatten, übertrieben und unwirklich, die einzige Wirklichkeit war, dass sie in zehn Stunden zusammen sein würden, und alles andere, sogar die Notwendigkeit zu lügen, verblasste dagegen. Als er das Hotel erreichte, beschloss er, Selbstsicherheit zu demonstrieren, er mietete das Zimmer unter seinem richtigen Namen und bezahlte für die ganze Woche in bar, und als er die mit grünem Teppich bedeckten Stufen zu ihrem Zimmer hinaufstieg, dem Zimmer, das für eine ganze Woche ihre Wohnung sein sollte, kam ihm die Nähe des Washington Square sogar als enormer Vorteil vor, schließlich hatte er nicht wirklich gelogen, Washington, Washington Square, sprachlich gesehen war das kein großer Unterschied.

Er warf sich auf das Bett, das zu weich und zu schmal war, aber auch das spielte keine Rolle, die Vorstellung, Tourist in der Stadt zu sein, in der er schon seit Jahren lebte, in das Hotel einzuchecken, es sich auf dem Bett bequem zu machen, einen Koffer zu öffnen, der nur vier Kilometer von hier entfernt gepackt worden war, bereitete ihm plötzlich Vergnügen, und als er versuchte, sich klarzumachen, warum es ihm so viel Vergnügen bereitete, New York blieb schließlich New York, verstand er es. Es war die Tatsache, dass niemand wusste, dass er da war, die wichtiger war als alles andere, eine heimliche Anwesenheit in New York war einer offenen Anwesenheit vorzuziehen, so wie das Verborgene immer dem Offenen vorzuziehen ist.

Er fing an, über den Begriff Geheimnis nachzudenken, etwas, was ihn schon in der Zeit mit Tanja beschäftigt hatte, und nun, da er Eva getroffen hatte, war das Geheimnis das Zentrum seines Lebens geworden, denn niemand wusste etwas von ihr und von den Mails, die sie ihm täglich schickte, von seinen Mails an sie, obwohl das zum zentralen Punkt seines Alltags geworden war. Die Tatsache, dass niemand etwas davon wusste, verlieh dieser Beziehung etwas Reines, Abstraktes, fast Göttliches, als würde ihr Wert sinken, wenn mehr Menschen von ihr wüssten. Deshalb waren doch die in Zeitungen veröffentlichten Nachrichten so wenig wert, weil sie für alle zugänglich waren, deshalb waren sie schmutzig und verächtlich, und er sagte sich, im Gegensatz zur üblichen Auffassung, ein Geheimnis als etwas Schmutziges zu betrachten, dessen man sich schämen sollte, sei es in Wahrheit doch genau umgekehrt. Es gibt nichts Reineres als ein Geheimnis, es gibt uns die Individualität zurück in einer Welt, in der sich zu viele Informationen zu schnell und kritiklos verbreiten und jede Intimität sich zu einem Foto in der Abendzeitung oder zu einer öffentlichen Beichte in Jerry Springers Sendung verwandelt. Ohne Geheimnisse, dachte er, lohnt sich die Welt nicht, wenn er sich nicht irrte, hatten das schon die alten Weisen behauptet, den Segen findet man nur in den Dingen, die dem Auge verborgen sind.

Er erinnerte sich an die Mail, die Eva ihm erst vor drei Tagen geschickt hatte, über die neuesten Erkenntnisse der Astrophysik, dass die meiste Materie im Universum eine dunkle Materie sei und die meiste Energie im Universum eine dunkle Energie. Er verstand zwar nicht genau, was damit gemeint war, Astrophysik war nicht sein Bereich und vielleicht sollte er Eva um zusätzliche Erklärungen bitten, trotzdem schienen ihm diese Entdeckungen spannend zu sein, denn wenn alles offengelegt ist, wenn alles beleuchtet ist, wird uns nichts vor der Langeweile der Gewissheit retten. Die Welt gründet auf Geheimnissen, nur die Geheimnisse geben ihr ein Existenzrecht, und er dachte, falls ihm und Eva in dieser Woche in New York etwas passieren sollte, würde nie jemand etwas von ihrem Verhältnis erfahren, und so sollte es sein, doch dann fiel ihm ein, dass Eva mehreren Leuten von ihm erzählt hatte, sogar Sascha, obwohl sie ihm versprochen hatte, es nicht zu tun.

Bis zu Evas Ankunft blieben ihm noch neun Stunden, er ging in das Badezimmer, normalerweise duschte er nur, aber nun verspürte er das Bedürfnis, fast ein Verlangen, ein Bad zu nehmen, sich gründlich zu reinigen, langsam, keinen Zentimeter seines Körpers zu vernachlässigen. Er drehte den Heißwasserhahn bis zum Anschlag auf und fing an, sich auszuziehen, das Rauschen des Wassers, das in die Badewanne lief und bald seinen Körper bedecken würde, kam ihm wie eine angenehme Massage vor, er hielt einen Fuß hinein, um die Temperatur zu kontrollieren, ließ noch ein bisschen kaltes Wasser zulaufen und legte sich in die Badewanne, er staunte, wie viel Spaß es ihm machte. Am Anfang lag er einfach bewegungslos da, wie ein hilfloses Baby, und versuchte an nichts zu denken, nur in der Gegenwart zu leben, aber die Gedanken an die Zukunft ließen sich nicht wegschieben, das heißt die Gedanken an Eva, an Evas Körper, an das Vergnügen, das ihn erwartete, und auch jetzt, in der Badewanne, fühlte er sich von Liebe umhüllt, als könnte Wasser lieben, wenn es nur die richtige Temperatur hat.

Aber das Vergnügen, fast eine Stunde in der Badewanne zu

liegen, war nur die Vorschau für den Hauptfilm, der bald beginnen und eine Woche dauern würde. Er berührte sich, versuchte, sich auf das gegenwärtige Vergnügen zu konzentrieren, es zu verdoppeln, und er sagte sich, es wäre vielleicht besser, das Zimmer überhaupt nicht zu verlassen, und wenn es möglich wäre, wäre er am liebsten die ganze Zeit in ihr, ohne sie einmal zu verlassen. Er fing an, sich Stellungen vorzustellen, die eine größtmögliche Berührungsfläche zwischen ihnen erlauben würden, und versuchte, die Berührung tatsächlich zu spüren, den Druck ihrer Oberschenkel an seinen, ihres Bauchs an seinem, ihrer vollen Brüste an seiner Brust, eine Woche lang, und die Lippen, die Zunge, die Wimpern. Er erinnerte sich, wie es war, bevor sie miteinander geschlafen hatten, bevor sie sich berührt hatten, eigentlich schon damals auf der Straße, als er ihr aufzustehen half, nachdem er sie verletzt hatte, sie trug ein weißes T-Shirt und eine graue Jogginghose, er würde den Ausdruck ihres Gesichts hinter dem Vorhang aus langen blonden Haaren nie vergessen, eine Mischung aus Bestürzung und Neugierde. Schon damals war ihm klar gewesen, was geschehen würde, er hatte etwas fast Animalisches gespürt, das sie aneinander anzog, und hatte gewusst, dass sie diesem Drang nicht würden widerstehen können, obwohl er anfangs versuchte, alles noch zu bremsen oder das Ausmaß ihres Interesses mit einer amüsierten Neugier zu prüfen, aber es waren sinnlose Versuche geblieben, so sinnlos wie die Manöver, in letzter Minute einen unvermeidlichen Krieg zu verhindern, um in der Meinung der Weltöffentlichkeit ein paar Punkte zu gewinnen.

Er suchte in dem Körbchen mit kleinen Flaschen, das am Badewannenrand stand, nach Schaumbad, fand aber nur Shampoo und Haarspülung und nahm die normale Seife. Als er sich einschäumte, wurde ihm klar, dass er sich eigentlich von Ruth reinigte, denn er hatte noch an diesem Morgen mit ihr geschlafen, wie sie es immer taten, bevor einer von ihnen abflog, vielleicht bedeutete dieses Bad eine Art Trennlinie, einen Säuberungsritus, um nicht zu schnell von einer Hand in die andere zu wechseln, wer weiß, vielleicht veränderte ihn das Bad ja auch, schon jetzt war seine Haut weicher, sodass der Mann, der vor wenigen Stunden mit Ruth geschlafen hatte, nicht mehr der Mann war, der in ein paar Stunden mit Eva schlafen würde, und diese Idee, dass in ihm verschiedene Menschen wohnten, verschiedene Identitäten, verlieh ihm eine gewisse Gelassenheit. Nein, er war keiner, der fremdging, grundsätzlich war er treu, nur dass er jeden Tag einer anderen Frau treu war.

Er war froh, dass Eva erst um Mitternacht landen würde, dann war es schon ein neuer Tag, wenn er mit ihr schlief, ein neues Datum, und das bedeutete, dass er nicht am gleichen Tag mit zwei verschiedenen Frauen schlief, und auch diese Vorstellung einer zusätzlichen Trennlinie, der des Datums, erfüllte ihn mit Gelassenheit, genau wie das Wasser in der Badewanne, das trüb war von der Seife, und er sagte sich, dass es an der Zeit sei zu duschen. Er stand auf und beendete das Ritual mit einer ausgiebigen Dusche, danach rasierte er sich gründlich, betupfte sich mit dem Aftershave, das Eva ihm geschenkt hatte, und blieb dann, statt sich anzuziehen, einfach nackt. Er schaute durch das kleine Fenster auf den Washington Square hinunter, der sich jetzt, vor Feiertagsbeginn, immer mehr leerte, er wischte die von seinem Atem beschlagene Scheibe sauber und schaute wieder auf den Platz hinunter, der für einen Augenblick verschwunden gewesen war.

Acht Stunden später war er wieder am Flughafen. Das Flugzeug landete pünktlich und er wartete vor dem Gate, aus dem Eva herauskommen sollte. Er stützte sich auf das Metallgeländer, starrte wie hypnotisiert auf die automatische Tür, die sich öffnete und schloss und jedes Mal die falschen Leute ausspuckte, sah auf die Uhr, dann wieder auf den Bildschirm, auf dem der Flug angezeigt war, es gab keinen Grund, sich Sorgen zu machen. Manchmal schaute er zu Boden und konzentrierte sich auf die Füße der ankommenden Fluggäste, versuchte sie anhand ihrer Schuhe und ihres Ganges zu identifizieren, aber eine Stunde nach der Landung verschwand der Flug vom Bildschirm und der Strom der Passagiere ebbte ab, und plötzlich dachte er, dass sie vielleicht den Flug verpasst hatte, dass etwas passiert war, dass Sascha vielleicht absichtlich zu spät gekommen war, um sie zum Flughafen zu bringen. Vielleicht hatte sie ihm schon eine Mail geschickt, um ihm mitzuteilen, was passiert war, ja, vermutlich hatte sie ihm heute eine Mail geschickt, und er hätte, als er im Konsulat war, die Möglichkeit gehabt, sie zu lesen, aber diese Chance hatte er nun verpasst, und er hatte keine Ahnung, ob sie kam oder nicht.

Trotzdem stützte er sich weiter auf das Geländer, denn sie würde vielleicht doch noch kommen, und dann war es ihm wichtig, dass sie ihn in dieser Körperhaltung sah, aus diesem Winkel. Fast hätte er einer blonden Frau zugewinkt, die viel älter als Eva war, nur weil sie einen roten Pullover trug, der ihm bekannt vorkam. Als der Strom der Passagiere wieder zunahm, war ihm klar, dass es sich um einen anderen Flug handelte, es gab keine Chance mehr, dass sie noch kam, ja, sie war zu spät zum Flughafen gekommen, im besten Fall, oder sie hatte sich dafür entschieden, den Flug abzusagen, wie sie ihm erst vor drei Tagen vom Toten Meer geschrieben hatte. Schließlich war sie schon immer etwas launisch gewesen, schade, dass er seine Mails heute nicht gelesen hatte, dann hätte er es im Voraus gewusst, dann hätte er sich die dritte und die vierte Fahrt über die Williamsburg Bridge gespart. So oder so, sie würden sich nicht in New York treffen, und diese Woche, die er sich in allen Einzelheiten vorgestellt hatte, existierte nur in seiner Phantasie.

Und er erinnerte sich, dass ihm dieses Treffen in New York gleich am Anfang, als sie es besprochen hatten, nicht sehr real vorgekommen war, zu perfekt, etwas in ihm hatte erwartet, dass in letzter Minute etwas schiefgehen würde, sodass er jetzt nicht wirklich überrascht war. Entweder sie hatte den Flug verpasst oder ihre Mutter hatte ihr nicht erlaubt zu fliegen oder sie hatte ihre Meinung im letzten Moment geändert. Die Details waren nicht wichtig, nur die Tatsache, dass sie nicht hier war und dass er die heimliche Woche in New York ganz allein verbringen würde, statt wie jeder normale Mensch, statt mit Ruth und dem Truthahn und dem 82er Château Musar in seiner großen Wohnung in der 57. Straße Thanksgiving zu feiern. Er würde wie in einer Art Hausarrest die Zeit verbringen, in einem winzigen Zimmer mit Ausblick auf den Washington Square, ein Zimmer, das in seiner Vorstellung nun nicht größer war als eine Gefängniszelle und in dem es noch nicht einmal Badeschaum gab.

2

Samstag, 16. Oktober, 09:19

Adam,
das gilt nicht als richtige Mail.
Ich weiß, dass du sie noch nicht lesen kannst.
Du bist jetzt bestimmt über dem Atlantik.

Ich hoffe, dass du es in der Nacht geschafft hast, deine Kleidung in deinen komischen Koffer zu stopfen. Gerade bin ich aufgewacht. Ich schaue mich um. Es sind immer noch Spuren von dir hier. Ich habe beschlossen, die Bettwäsche zu waschen. Ich wäre froh, wenn ich auch mein Herz in die Waschmaschine stecken könnte.

Die Hitze, die während der letzten Wochen in Jerusalem herrschte, hat sich mit dir verabschiedet.
Eine Koinzidenz.
Was willst du noch von mir hören?
Ich schicke dir die Mail jetzt, damit sie ihr Ziel überholt und vor dir in New York ist.
Eva

Sonntag, 17. Oktober, 14:14

Adam,
die anderen Assistenten haben heute gesagt, ich würde so traurig aussehen. Es ist der erste Tag zurück an der Uni. Ich saß im Haus Belgien, obwohl es eigentlich den Dozenten vorbehalten ist. Normalerweise hasse ich das Haus Belgien. Alle gehen mit gelben Blöcken hin, um zu arbeiten. Selbst wer nicht arbeitet, tut so, als würde er arbeiten.

Ich tat, als würde ich Zeitung lesen. Ha'aretz. Sie ist an einer langen Stange befestigt, und es herrscht eine Art Wettbewerb, wer sie zuerst bekommt. Als ich hereinkam, war die Zeitung frei und ich habe sie mir gleich geschnappt. Obwohl niemand sie mir streitig machen wollte.

Ich sank in einen der braunen Sessel vor einem runden Kaffeetisch und hielt mir die Zeitung vors Gesicht. Wenn sie größer gewesen wäre, hätte ich sie dazu benutzt, meinen ganzen Körper zu bedecken.

Du sagst, es wird unendlich viele Wodkaflaschen geben.
Und ich sage: Es wird unendlich viel Schmerz geben.
Hattest du einen angenehmen Flug?
Ist dir dieser Brief echt genug?

Das Leben ist nicht kurz. Wie kann es kurz sein, wenn ich in einem Monat so viel über dich gelernt habe. Wenn ich all meine Monate so verbringen würde, wüsste ich alles.
Sag mir, dass du glücklich bist.
Eva

Montag, 18. Oktober, 11:13

>Ja Eva, ich bin glücklich. Wie sollte ich nicht glücklich sein?
>Du hast mich an einem äußerst unerwarteten Ort und zu
>einer äußerst unerwarteten Zeit glücklich gemacht. Und
>nun deine Mails, umgeben von Dutzenden bedeutungsloser
>Mails. Wir sind umgeben von Bedeutungslosigkeit, wir ge-
>wöhnen uns daran, werden mit den Jahren fast süchtig da-
>nach, sodass das Bedeutungsvolle uns immer unvorbereitet
>trifft. Besonders wenn es in diesem Tempo geschieht, fast
>brutal, wie ein Verkehrsunfall.
>
>Du hast nicht geschrieben, dass du traurig bist.
>Du hast noch nicht einmal geschrieben, dass du traurig aus-
>siehst.
>Du hast geschrieben, dass dir andere gesagt haben, dass du
>traurig aussiehst.
>
>Vielleicht ist es falsch, Glück von Traurigkeit zu trennen.
>Vielleicht sind es zwei Aspekte derselben Sache. Wie Wel-
>len und Teilchen zwei Aspekte des Lichts sind (du bist die
>Physikerin).
>
>So vieles haben wir noch nicht gemacht.
>Du hast mir noch keinen Physikunterricht gegeben.
>Wir haben noch nicht zusammen gebadet.
>Ich habe dein linkes Knie noch nicht geküsst.
>Wir werden doch Zeit für das alles haben, nicht wahr?
>
>Die erste Nacht in New York. Ich habe kein Auge zugetan.
>Jedes Geräusch, jede Bewegung, jedes Schnarchen habe ich
>so laut gehört wie mit einem Verstärker. Irgendwann ist
>Ruth aufgestanden und in ihr Arbeitszimmer gegangen. Ich

>dachte, das würde mir erlauben einzuschlafen. Es stellte sich
>aber heraus, dass meine eigenen Geräusche mich noch mehr
>störten. Ich lag stundenlang einfach auf dem Rücken, starrte
>in die Dunkelheit, sprach mit dir. Ich meine, ich stellte mir
>vor, mit dir zu sprechen. Das ist in den letzten Wochen, in Je-
>rusalem, zum Zentrum meiner Existenz geworden, und na-
>türlich geht es auch hier weiter, in New York, Tag und
>Nacht, ob ich es möchte oder nicht, so wie man ein ampu-
>tiertes Bein spürt.
>
>Und auch, dir zu schreiben. Das heißt, ich dachte daran, was
>ich dir am nächsten Tag schreiben würde (also heute). Mir
>scheint, als hätte ich unendlich viele Entwürfe im Kopf ver-
>fasst, im Schutz der Dunkelheit. Aber jetzt, vor dem Rech-
>ner, im 13. Stock des Konsulats, hat das Tageslicht alle ge-
>löscht.
>
>Ich erinnere mich nur an eine nächtliche Idee, eine verrückte
>Idee, nicht machbar, du wirst bestimmt nein sagen, und ich
>werde dich verstehen (und wenn du ja sagst, werde ich viel-
>leicht nein sagen). Eine Woche mit dir zusammen zu sein, in
>einem kleinen Zimmer. Nur du und ich. Das Zimmer nicht
>zu verlassen. Manchmal verstehe ich nicht, warum die Men-
>schen ihre Zimmer verlassen.
>
>Adam

Meine Mail habe ich mit einem Zitat von dir angefangen. Bist du sicher, dass du gefahren bist? Denn manchmal habe ich das Gefühl, dass du in mir bist, wo immer ich auch hingehe. Vielleicht hat meine Mutter deshalb gesagt, ich hätte einen seltsamen Gang. Ich sagte, das sei wegen des Unfalls. Das ist keine Lüge. Du hast mein Bein wirklich verletzt.

Wir saßen am runden Küchentisch, Lena (meine Stiefschwester, du erinnerst dich?), meine Mutter und ich, wir tranken Tee und frühstückten (wir aßen diese Kascha, über die du so gelacht hast). Danach ging meine Mutter zur Ambulanz und Lena zum Innenministerium und ich schnitt eine Grapefruit in zwei Teile, aß die eine Hälfte, dann die zweite. Erst dann wagte ich es, auf die Uhr zu schauen. Halb neun. Ein weiterer Tag begann. Ich versuchte, auf die New Yorker Zeit umzurechnen, sieben Stunden abzuziehen, zu erraten, wann du aufwachen würdest.
Glaubst du wirklich, dass Glück und Traurigkeit zwei Aspekte der gleichen Sache sind?
Vielleicht wäre es besser ohne beide?

Ich weiß nicht, wie man über Traurigkeit schreibt oder über Glück. Traurigkeit oder Glück zu schildern ist wie Liebe machen ohne Decke. Aber wenn wir das gemacht haben, werde ich dir vielleicht doch einige Beschreibungen liefern.

Gestern wollte ich wirklich niemanden sehen. Am Vormittag ging ich zur Uni. Von zehn bis zwölf gab ich ein Proseminar »Einführung in die Mechanik«. Ich kam zu dem Schluss, dass all meine Studenten Dummköpfe sind. An einem bestimmten Punkt habe ich einfach aufgehört, ihre Fragen zu beantworten. Ich tat, als würde ich nicht sehen, dass sie die Finger hochstrecken. Am Ende schrieb ich die Lösungen der Aufgaben an die Tafel und sie sahen mich nur noch von hinten. Ich habe mich selbst nie von hinten gesehen. Ich bin nicht sicher, ob es ein besonders hübscher Anblick ist. Danach ging ich zum Haus Belgien, um mich hinter der Zeitung zu verstecken. Das habe ich dir ja schon erzählt. Das Proseminar, das ich gestern gab, wird meine Note im Fach »Unterrichten« nicht verbessern. Zumindest habe ich jemanden, dem ich die Schuld geben kann (dir).

Am Nachmittag ging ich schwimmen. Man kann, wenn man will, beim Schwimmen sehr viel Traurigkeit ausdrücken. Ich habe die Angewohnheit, beim Schwimmen zu weinen, auch ohne Grund. Vielleicht, weil es niemand merkt, das Gesicht ist sowieso nass und man kann die Tränen nicht erkennen. Diesmal habe ich nicht geweint. Ich schwamm dreißig Bahnen in einer halben Stunde. Danach duschte ich heiß. Ich fuhr mit dem Bus nach Hause. Ich fing an, die Weißen Nächte zu lesen. Seltsam, dass ich es bis heute nicht gelesen habe. Als es fast unerträglich wurde, ging ich joggen. Beim Anstieg von Beth Zafafa nach Gilo rannte ich, so schnell ich konnte. Und dann wurde mir auch klar, dass ich zum ersten Mal ohne Lena joggte, seit ich dich traf, wenn man das ein Treffen nennen kann. Sag, hast du mich wirklich nicht am Straßenrand laufen gesehen oder bist du in mich reingefahren, weil du mich gesehen hast? Ein Glück, dass deine Bremsen so gut sind, sonst hättest du jetzt niemanden, dem du schreiben könntest.

Als ich vom Joggen zurückkam, fand ich Lena in der Küche. Wir beschlossen, uns einen Film in Malcha anzusehen. Das Kino war ausverkauft. Dann saßen wir in diesem Café im Einkaufszentrum und ich spielte mit ihr Adam. Ich stellte Fragen. Wie du es mit mir auf der Bank in der Notaufnahme des Hadassa Krankenhauses gemacht hast. Ich schob meine Hemmungen zur Seite und stellte der Reihe nach alle Fragen, die zu fragen waren. Wie ein Rechner. Der Trick war, einfach nicht aufzuhören und sich nicht zu schämen. Es ist erstaunlich, wie viel sie mir erzählt hat. Am Schluss sagte sie, vielleicht sollten wir das öfter tun? Es macht nicht viel Spaß, ein Rechner zu sein. Aber wie soll sie das wissen.

Dann ging ich schlafen. Dann wachte ich auf. Hätte die Uhr sieben gezeigt, wäre ich aufgestanden und hätte den Tag begonnen. Aber sie zeigte zwei, da konnte ich nicht so tun, als wäre die Nacht vorbei. Deshalb las ich die Weißen Nächte zu Ende. Das Ergebnis war, dass ich nach acht Uhr aufstand. Ich aß Kascha und Grapefruit. Das habe ich dir ja schon erzählt. Nun beschloss ich, die Küche sauber zu machen. Obwohl ich nicht an der Reihe war. Vielleicht hatte ich noch immer das Bedürfnis, mein Herz von deinen Resten zu befreien. Ich war supergründlich. Im Kühlschrank entdeckte ich ganze Kolonien von Schimmel. Erst danach, um zehn Uhr, ging ich zum Rechner und las die Mails. Ist dir aufgefallen, dass Mails manchmal schnell und manchmal langsam ankommen, egal wann man sie schickt? Nachdem ich deine Mail gelesen hatte, weinte ich. Noch nie hat jemand mir eine solche Mail geschrieben. Es dir zu erzählen, ist nicht nur, wie Liebe ohne Decke machen, es ist wie Liebe machen bei voller Beleuchtung und mit Spiegeln an allen Seiten.

Ich fing an, mir uns beide in einem kleinen Zimmer vorzustellen, ohne es eine Woche lang zu verlassen. Ich tippte eine Antwort, aber plötzlich unterbrach die Verbindung, bevor ich auf »Senden« klicken konnte. Das Telefon klingelte. Ich rannte zum Telefon, obwohl es in New York noch Nacht war. Es war meine Mutter. Sie kicherte wie ein Mädchen. Ich fragte sie, ob sie heiraten würde.

3

Er drehte sich um, betrachtete wieder den Bildschirm mit der Liste der letzten Landungen, obwohl ihr Flug schon vor einigen Minuten verschwunden war, hoffte, er würde wie durch ein Wunder wieder auf dem Bildschirm erscheinen, als hätte der Bildschirm in den Minuten, in denen er ihm die kalte Schulter gezeigt hatte, die Botschaft verstanden und würde ihn jetzt für den vorherigen Ärger entschädigen. Aber nein, nichts hatte sich geändert, es erschien zwar ein zusätzlicher Flug auf der Liste, aber keine Spur von Evas Flug, und die Tatsache, dass ihr Flug von dem widerspenstigen Bildschirm verschwunden war, war die endgültige Bestätigung seiner Befürchtungen, es war der letzte Nagel am Sarg dieser embryonalen Woche, die gestorben war, bevor sie zur Welt kam, und er fragte sich, was er tun sollte. Vielleicht sollte er wirklich nach Washington fahren, dort würde er zumindest weniger an Eva denken und weniger unter der überflüssigen Lüge leiden, und dann fragte er sich, was passiert, wenn ein Mensch lügt und seine Lüge sich bewahrheitet. Ist es immer noch eine Lüge, wenn man unabsichtlich die Wahrheit gesagt hat?

Adam? Bist du's? Sie tauchte hinter ihm auf, klopfte ihm leicht auf die Schulter, wie man an eine Tür klopft, wenn man nicht sicher ist, ob es die richtige Tür ist. Er hatte nicht gesehen, aus welcher Richtung sie gekommen war, und auch sie hatte nicht gesehen, wie er sich auf das Geländer stützte, aber es war ihre Stimme, zweifellos, eine Stimme, in der eine spielerische, genießerische Süße lag, vermischt mit einem anmutigen Zögern, und noch bevor er sich zu ihr umgedreht hatte, spürte er bereits, wie ihr Duft ihn umhüllte, er befand sich in der Wolke ihres Dufts, einer unnachahmlichen Mischung aus Parfüm und ihrem Körpergeruch, bei dem ihm jedes Mal schwindlig wurde. In der nächsten Sekunde umarmten sie sich, sie drückte ihren Kopf in die Vertiefung an seinem Hals, sie blieben vielleicht eine ganze Minute lang so stehen, ohne ein Wort hervorzubringen, und er sagte, ich habe mir schon Sorgen gemacht, und sie sagte, es tut mir leid, die Einwanderungsbehörde hat mich ausgefragt, ich weiß nicht, warum gerade mich.

Er betrachtete ihr schwarzes Kleid, betrachtete ihren weißen Schwanenhals, ihre grauen Augen, die weißen Brüste, die sich gegen den dünnen Stoff drückten, die hellen Haare, die in Kaskaden über den Rücken bis zur Hüfte fielen, und plötzlich kam sie ihm wie eine Gestalt aus dem neunzehnten Jahrhundert vor, nur versehentlich hierhergeraten, und wenn das so war, war es doch nicht verwunderlich, dass man sie bei der Einwanderungsbehörde verhört hatte, und er deutete auf ihr Kleid und sagte, ist das neu? Und sie sagte, nein, aber ich habe es jahrelang nicht mehr angehabt, ich habe dir doch geschrieben, dass ich in New York eine Modenschau mache, nicht wahr? Und er fragte, warum hat man dich bei der Einwanderungsbehörde ausgefragt? Und sie sagte, vielleicht weil ich Russin bin, es ist nicht so leicht, Russin zu sein, das weißt du.

Sie haben mich gefragt, wo in New York ich wohne und wovon ich leben werde, als wäre ich nicht bloß für eine Woche gekommen, sondern für mindestens fünf Jahre, und dann wollten sie das Ticket für den Rückflug nach Israel sehen und die Adresse des Hotels in New York, was für ein Glück, dass du sie mir gegeben hast. Aber auch das hat ihnen noch nicht gereicht, sie haben mich gefragt, ob ich in Israel eine Arbeit habe, das ist doch nett von ihnen, dass sie sich solche Sorgen um mich machen, nicht wahr? Als ich sagte, ich sei Doktorandin für Astrophysik an der hebräischen Universität, schauten sie mich an, als wäre ich vom Mond gefallen. Und das ist noch nicht das Ende der Geschichte, nachdem sie mit mir fertig waren, nahmen sie sich meinen Koffer vor und fragten, Lebensmittel? Lebensmittel? Und sie deuteten auf ihren Mund und machten Kaubewegungen, als würde ich kein Wort Englisch verstehen, und danach, als sie den Koffer aufmachten und alles auf den Tisch räumten und die Champagnerflasche vom Duty-free entdeckten, hatte ich Angst, sie würden sie konfiszieren.

Und Adam fragte, was, hast du Champagner mitgebracht? Und Eva sagte, was, hast du meine letzte Mail nicht bekommen? Ich habe dir heute eine Mail geschickt, ein paar Stunden vor dem Abflug, und er erinnerte sich wieder an den Moment, als er am Morgen vor seinem Rechner im Konsulat gesessen hatte und der Taxifahrer unten auf ihn wartete, und wie er beinahe die Mail gelesen hatte und es aus irgendeinem Grund dann doch nicht tat, und er sagte, ich hatte heute leider keine Möglichkeit, meine Mails zu lesen, vielleicht sagst du mir, was du geschrieben hast? Und Eva sagte, lass uns gehen, ich habe hier schon genug Zeit verbracht und du bestimmt auch, lass uns gehen, ich erzähle dir später, was ich geschrieben habe, ich erzähle dir alles unterwegs.

Mit beiden Händen schob er den Wagen, auf dem ihr großer blauer Koffer lag, und sie sagte, gib ihn mir, ist schon in Ordnung, und er sagte, nein, ich mach das, und sie fragte, bist du sicher? Und er sagte, ja, nur dass ich dich nicht umarmen kann, wenn ich den Wagen schiebe, und sie sagte, Hauptsache, ich kann dich umarmen, und so gingen sie einige Minuten, ihr rechter Arm lag um seine Hüfte, seine Hände auf dem Griff des Wagens, plötzlich sagte sie, macht es dir etwas aus, wenn ich mich kurz auf den Wagen setze? Und er fragte, geht es dir nicht gut? Sie sagte, ich bin ein bisschen schwach, ich würde mich gern auf den Wagen setzen, wenn es geht, und er sagte, natürlich geht das, und hielt einen Moment an, sie setzte sich auf den blauen Koffer und er spürte, dass es ihm leichter fiel, den Wagen zu schieben, wenn sie darauf saß, vielleicht, weil er dann mehr Schwung bekam, und sie sagte, als ich ein Kind war, bin ich gern auf solchen Wagen gefahren, und er fragte, auf den Wagen vom Supermarkt? Und sie sagte, nein, am Flughafen, und er fragte, bist du viel geflogen? Und sie sagte, nein, nur mein Vater, aber wenn ich mit ihm zum Flughafen fuhr, durfte ich zur Belohnung auf solchen Wagen fahren, er hat den Wagen möglichst schnell geschoben und ich habe geschrien vor Aufregung und Angst.

Sie gingen an einer Bar vorbei, und Eva sagte, es gibt etwas, was ich dir erzählen wollte, und Adam fragte, willst du etwas trinken? Und sie sagte, lass uns von hier weggehen, und fing an zu husten, und er fragte, bist du sicher, dass alles in Ordnung ist? Und sie sagte, mach dir keine Sorgen, vielleicht bin ich einfach allergisch gegen diesen Flughafen, und sie hustete wieder, und er sagte, vielleicht hilft dir eine Tasse Tee, und sie sagte, ja, im Hotel, und die Art, wie sie das sagte, umhüllte ihn mit einem süßen Gefühl. Sie hatte es so selbstverständlich gesagt, als wären sie schon jahrelang zusammen, als wäre es nicht die erste gemeinsame Nacht, als hätten sie eine Geschichte von hunderten von gemeinsamen Nächten und von hunderten Tassen Tee, er ließ es sich durch den Kopf gehen, wie man sich ein Lied auf einer Kassette immer wieder anhört, ja, im Hotel, ja, im Hotel, ja, im Hotel.

Im Taxi konnten sie sich schon umarmen, sie küssten sich und streichelten sich auf dem Rücksitz, erst zärtlich, dann eindringlicher, ungeduldiger, sie ignorierten die Blicke des Taxifahrers im Spiegel, und als er ihren Hals küsste, spürte er, dass etwas an ihr anders war, dass sie zu warm oder vielleicht zu kalt war. Er erinnerte sich, wie er zum ersten Mal ihre Hand berührt hatte, sie war sehr kalt gewesen, und diese Kälte hatte ihm gefallen, sie hatte etwas Reines, Unverdorbenes, und vielleicht hatte sie ihn auch an die kalten Hände seines Vaters erinnert, doch nun, im Taxi, war er schon nicht mehr so sicher, ob es an der Temperatur lag oder an etwas anderem, vielleicht an ihrer Blässe? Und als sie wieder anfing zu husten, hörte er etwas Tiefes in ihrem Husten, etwas, was man bei einer normalen Erkältung nicht hört.

Vielleicht solltest du zu einem Arzt gehen, schlug er vor, sie sagte, lass uns im Hotel darüber reden, als wäre dies der einzige Gedanke, den sie ausdrücken konnte, als befänden sie sich in einer Art Warteschleife fürs Hotel, eine Wartezeit, die alles verschob, in einer Art Winterschlaf, aus dem sie erst im Hotel aufwachen würden, aber ihr tiefes Husten und die Tatsache, dass sie den Vorschlag, zum Arzt zu gehen, nicht sofort abgelehnt hatte, bedeuteten nichts Gutes. Und er dachte, das ist es, sie ist krank, das ist ganz klar, und ab jetzt werde ich sie pflegen, eine Woche lang, das ist vermutlich mein Schicksal, sie in die Notaufnahme zu bringen, mit ihr auf das Ergebnis der medizinischen Untersuchungen zu warten, das, was war, ist das, was sein wird. Aber als er sie anschaute, lächelte sie, strich über seine Haare und sagte, Adam, mach dir keine Sorgen, ich werde nicht sterben, vielleicht muss ich mich nach diesem Flug nur ein bisschen ausruhen, es war kein kurzer Flug, das weißt du doch.

Er schaute sich um und sah, dass sie bereits in Manhattan waren, er hatte gar nicht bemerkt, dass sie die Williamsburg Bridge passierten, und die Tatsache, dass es ihm erspart geblieben war, die Williamsburg Bridge zum vierten Mal an einem Tag zu überqueren, war wie eine unerwartete Gnade oder wie ein Geschenk. Sie fuhren durch Little Italy, durch die Delancy Street, bogen nach Norden in die Lafayette Street ab, New York war erleuchtet, aber menschenleer, vielleicht wegen Thanksgiving, in den Straßen glitzerten schon einige Weihnachtsbäume, das Ganze wirkte etwas schlampig, amateurhaft, als würde das Bühnenbild nicht zum Stück passen, als wüsste man nicht, welcher Feiertag zu feiern war.

Nun, sagte er, dein erster Besuch in New York, wie gefällt es dir? Als wäre diese Stadt eine Art Geschenk, das er ihr machte und das sie jetzt auspacken und bewundern müsste, aber sie schaute ihn nur mit einem halben Lächeln an und sagte kein Wort und schien nicht besonders beeindruckt zu sein. Ihm fiel auf, dass die Fenster des Taxis die Wolkenkratzer abschnitten, wie kann man da von den Wolkenkratzern beeindruckt sein, die wirklich hohen Gebäude befanden sich sowieso weiter nördlich oder südlich, und er beschloss sofort, an einem der nächsten Tage mit ihr zu den Twin Towers zu fahren oder zum Restaurant im 107. Stock, Windows on the World, damit sie angemessen beeindruckt wäre.

In Sankt Petersburg sind die Gebäude alle mehr oder weniger gleich hoch, sagte sie, zweiundzwanzig Meter, die Höhe des Winterpalastes, weil der Zar ein Gesetz erlassen hatte, dass kein Gebäude höher sein dürfe als der Winterpalast, und Adam fragte sich, ob das eine versteckte Kritik an der zügellosen Art war, in der Manhattan erbaut worden war, und wollte schon seine Stadt verteidigen, als Eva plötzlich sagte, ich habe dich vermisst. Wieder drückte sie ihren Kopf in die Vertiefung an seinem Hals, und er sagte, ich dich auch, und schob seine Hand unter ihr Kleid, und sie schob seine Hand noch weiter und presste ihre Beine fest aneinander, als wolle sie diese Hand für immer festhalten, und er sagte, ich wusste nicht, was ich tun sollte, ich dachte schon, du kommst nicht, du hättest dich entschieden, nicht zu kommen, oder vielleicht den Flug verpasst, und sie sagte, ich habe ihn tatsächlich beinahe verpasst, und er fragte, was ist passiert? Und sie sagte, Sascha bestand darauf, mit hineinzugehen und mit mir in der Abflughalle zu warten, und dann haben wir noch schnell etwas in der Cafeteria gegessen, stell dir bloß vor, dass wir beinahe wegen eines blöden Käsebrots unsere Woche verpasst hätten.

Vielleicht ist es das, was Sascha wollte, sagte er, dass du den Flug verpasst, er war doch immer gegen mich, nicht wahr? Und Eva sagte, Adam, sei nicht paranoid, schließlich bin ich jetzt hier. Sie presste ihre Beine noch fester um seine Hand, schloss die Augen und flüsterte, das ist es, deine Hand bleibt für immer da, wo sie ist, ich lasse sie nicht mehr los, und er merkte, dass der Fahrer sie beobachtete, aber diesmal nicht im Spiegel, sie waren schon am Washington Square, vor dem Eingang des Hotels, und er sagte zu ihr, ich brauche meine Hand jetzt aber, um das Taxi zu bezahlen, und sie sagte, das interessiert mich nicht, von mir aus bezahle nicht, deine Hand bleibt hier.

Im Aufzug schmiegte sie sich wieder an ihn und sagte, ich möchte, dass wir Sachen machen, die wir noch nie gemacht haben, ich möchte mit dir auf die höchsten Gebäude steigen, über den Wolken sein, und ich möchte auch, dass wir mit einem Boot auf dem Hudson fahren und auf dem East River, ich möchte, dass wir Manhattan von oben sehen, und ich möchte, dass du kommst, versprichst du mir, dass du kommst? Die ersten Male, als sie miteinander schliefen, war er nicht gekommen, vielleicht wegen des Wodkas oder der Kondome, und er sagte, für mich ist es wichtiger, dass du kommst, und sie sagte, nein, jetzt bist du dran, und sie betraten das Zimmer, stellten ihren blauen Koffer auf den Fußboden, sie wühlte darin herum, zog eine Plastiktüte voller Kondome heraus und sagte, du hättest das Gesicht des Zöllners sehen sollen, als er diese Tüte entdeckte, er hat mich gefragt, sind Sie sicher, dass Sie nur eine Woche bleiben?

Adam lachte und merkte, wie sie sein Hemd aufknöpfte, wie sie seine Hose öffnete und ihre Hand hineinschob, er war wie elektrisiert, und bevor sie ganz nackt waren, war sie schon auf ihm, sehnsüchtig und hungrig verschlang sie ihn zwischen ihren Oberschenkeln, sie bewegte sich auf und ab, schmiegte sich an ihn, atmete schwer, in sich versunken, zitterte, und plötzlich fing sie an zu weinen, Adam, entschuldige, ich konnte nicht warten, ich konnte nicht auf dich warten, und er sagte, das ist in Ordnung, und sie sagte, nein, es ist nicht in Ordnung, und er küsste sie auf beide Augen und sagte, du bist so niedlich, und sie sagte, nein, bin ich nicht, ich denke die ganze Zeit nur an mich.

Hör auf, solchen Unsinn zu reden, sagte er, und sie fragte, Adam, glaubst du, dass ich im Bett gut bin? Und er sagte, natürlich, aber etwas an diesem »Natürlich« hörte sich zögernd an, und sie sagte, nein, das denkst du nicht, du glaubst nicht, dass ich im Bett gut bin, du sagst es nur so, damit ich aufhöre zu weinen, und er sagte, ich glaube, dass du im Bett gut sein kannst, und sie sagte, vergiss nicht, um was ich dich gebeten habe, dass du mich nie anlügst, und er sagte, das Wichtigste ist doch, dass ich mich zu dir mehr als zu jeder anderen Frau hingezogen fühle, alles andere ist eine Frage der Zeit, und sie sagte, was heißt das, wartest du, dass ich besser werde?

Wie kommst du darauf, sagte er, warum legst du mir Worte in den Mund, die ich nicht gesagt habe? Und sie sagte, ich lege dir gar nichts in den Mund, ich versuche nur zu verstehen, das ist alles, und er sagte, was ich versuche zu sagen, ist, dass du im Bett gut bist und dass du sogar noch besser sein kannst, und sie sagte zu ihm, ich habe vergessen, dass du ein Diplomat bist. Sie löste sich von ihm, knöpfte ihre Bluse zu, zog einen Pullover an und stand auf, und Adam, der erschrak und einen Moment lang glaubte, sie wolle ihn aus einem unbezwingbaren Impuls heraus verlassen, rief ihr nach, Eva, wo gehst du hin? Er sah, wie sie die Badtür hinter sich schloss und nach einer Minute wieder herauskam und sagte, entschuldige, Adam, vielleicht will ich dich zu sehr, vielleicht komme ich deshalb so schnell.

Bist du auch bei ihm so gekommen, fragte er, und Eva wurde plötzlich ernst und fragte, bei wem? Adam sagte, tu nicht so, du weißt doch, bei wem, das ist doch gar nicht so lange her, und Eva sagte, Adam, mach nicht alles kaputt, ich bin nicht nach New York gekommen, um über ihn zu sprechen, und Adam sagte, du hast recht, hören wir auf, uns wie kleine Kinder zu benehmen, und sie sagte, ich sterbe vor Hunger, was gibt's zu essen? Und ihm fiel ein, wie ihn dieses Phänomen schon in Jerusalem verrückt gemacht hatte, nach jedem Orgasmus war sie in die Küche gerannt und hatte angefangen zu essen. Manchmal hatte er nach dem Sex einfach noch bei ihr liegen wollen, aber das war nicht möglich, denn dreißig Sekunden später war sie schon woanders, schälte eine Banane, schmierte eine Scheibe Vollkornbrot mit Bio-Erdnussbutter, nahm aus der Tiefkühltruhe einen Frozen Yogurt und trank ihn mit einer erstaunlichen Gründlichkeit, als wäre der Joghurt das eigentliche Objekt ihrer Liebe.

Er fragte sich, ob es nur mit ihm so war oder ob sie immer so war, mit allen, doch das kam ihm erst jetzt in den Sinn, hätte er sich vorher daran erinnert, hätte er etwas Essbares gekauft und sich erspart, was jetzt unvermeidbar schien, nämlich mitten in der Nacht auf die Straße zu gehen, und er sagte, ich hole etwas zu essen, und sie sagte, ich komme mit dir, und er sagte, nein, du fühlst dich nicht wohl, es ist besser, du bleibst hier, und sie sagte, ich fühl mich gut genug, wenigstens an einer Stelle, sie lachte und er merkte, dass sie eine Bluse und einen Pullover anhatte, aber von der Hüfte abwärts war sie noch nackt, genau wie vor wenigen Minuten, als sie miteinander geschlafen hatten. Er betrachtete ihre weißen, vollen Oberschenkel und den gelben Haarflaum und spürte plötzlich eine heftige Lust, in sie einzudringen, er hatte das Kondom noch an und er warf sie auf das Bett und spreizte ihre Beine und drang fast brutal in sie ein, mit einem Schlag, und sie sagte, was machst du? Du wolltest, dass ich komme, oder, sagte er, und sie sagte, Adam, was ist mit dir? Was machst du? Verstehst du nicht, dass ich vor Hunger sterbe?

Er sagte nichts, er löste sich von ihr und fing an, sich anzukleiden, und sie sagte, vergiss nicht, das Kondom abzuziehen, es sei denn, du brauchst es dort draußen, mitten in der Nacht, und sie fing an zu lachen. Er sagte noch immer nichts, zog nur das trockene Kondom ab, warf es in den Eimer und zog mit automatischen Bewegungen Unterhose, Hose, Hemd, Pullover und Socken und Schuhe an, und sie fragte, willst du wirklich nicht, dass ich mit dir komme? Er antwortete nicht, und sie sagte, wer hat vor wenigen Minuten vorgeschlagen, dass wir uns nicht wie Kinder benehmen sollen? Und er schaute sie mit einem nichtssagenden Blick an, öffnete die Tür, verließ das Zimmer und schloss langsam die Tür hinter sich, aber bevor sie ganz zugefallen war, warf er durch den Spalt noch einen Blick auf sie, sie war von der Hüfte abwärts noch immer nackt und er begehrte sie, aber als die Tür zu war und er vom fünften Stock die Marmortreppen zur Lobby hinunterstieg, bemühte er sich an etwas anderes zu denken.

Eigentlich versuchte er an nichts zu denken, keine Entscheidungen zu treffen, es war doch erst der Anfang des Besuchs, und bekanntlich ist aller Anfang schwer, daraus ließ sich noch nichts über den Fortgang schließen, und als er die Lobby betrat, schaute ihn der Portier neugierig an und fragte, ist alles in Ordnung, mein Herr? Und er sagte, ja, danke, nur ein kurzer Spaziergang, um die Beine zu vertreten, und der Portier schaute auf die Uhr und sagte, eine gute Idee, mein Herr, und es schien Adam, als zwinkere ihm der Mann zu, aber vielleicht bildete er sich das Zwinkern nur ein, und er schaute ebenfalls auf die Uhr, es war schon halb drei. Er ging zum Washington Square und schlug die Richtung zum Supermarkt an der NYU ein, der Supermarkt in der Bleecker Street würde ihm nichts nützen, er brauchte einen Laden, der vierundzwanzig Stunden geöffnet war, und er hatte keine Ahnung, ob es hier in der Gegend solche Läden gab.

Ein kalter Wind blies und es fing an zu regnen, der Regen schlug ihm wie Nadeln ins Gesicht, aber er ging nicht zurück, um sich einen Regenschirm oder einen Mantel zu holen, im Vergleich zu dem, was im Zimmer geschehen war, kamen ihm Regen und Wind wie ein gutes Omen vor. Er blickte wieder auf die Uhr und dachte, dass jeder normale Mensch jetzt tief schlief, den Bauch voller Truthahn und Kürbissuppe, während er dazu verurteilt war, rastlos durch die verlassenen Straßen von New York zu wandern, im Regen, in der Kälte, auf der Suche nach postorgiastischer Nahrung für ein Mädchen aus Sankt Petersburg.

So ist das Leben, dachte er leicht amüsiert und versuchte, sich mit philosophischen Gedanken aufzumuntern, manchmal geht man auf unerwartete nächtliche Expeditionen, und man weiß so lange nichts, bis man es ausprobiert, und vielleicht ist das auch besser so, sonst wäre die Welt langweilig und vorhersehbar. Jetzt lernte er wenigstens etwas, er spürte, dass er in dieser Woche viel lernen würde, als wären diese Thanksgivingtage eine Art Schulung oder ein Schnellkurs, wofür eigentlich? Vielleicht war es eine breit gefächerte Weiterbildung, nach der er für seine Aufgaben besser gerüstet wäre.

Doch diese Gedanken waren nur zum Teil tröstlich, denn sie verjagten die Kälte und die Nässe nicht, und er dachte, dass er über Regen schon genug gelernt hatte, mehr war nicht nötig, wenigstens das hätte ihm erspart bleiben können, aber nicht nur, dass der Regen nicht aufhörte, er wurde sogar noch stärker, und er wusste, dass er klatschnass zum Hotel zurückkommen würde. Er war schon in der Nähe der Universität, als er an einer öffentlichen Telefonzelle vorbeiging und plötzlich auf die Idee kam, Ruth anzurufen, einfach so.

Er könnte sagen, er rufe aus Washington an und wolle nur wissen, ob alles in Ordnung sei, aber es war fast drei Uhr nachts, eine etwas seltsame Zeit, um zu fragen, wie es ihr ging, und auf jeden Fall musste er vorher einen offenen Laden finden, was er suchte, war ein Geschäft, keine Telefonzelle, aber nun regnete es schon so stark, dass er die Suche unterbrechen und ein Dach finden musste, und unter dem Dach, das er in dieser öden Straße, in der nicht einmal Weihnachtsbäume leuchteten, schließlich fand, dachte er, wie unvorhersehbar das Leben war, vielleicht würde diese Woche, die so stotternd anfing, eine unerwartete Wendung nehmen, aufregend wie ein Feuerwerk.

Gerade in diesem Moment sah er auf der anderen Straßenseite einen offenen Laden, es schien ihm der Anfang der Wende zu sein, im Laufschritt überquerte er die Straße, betrat den Laden, nahm einen Einkaufskorb, den er mit zwei Gläsern Bio-Erdnussbutter, einer Tüte mit roten Äpfeln, einer Tüte mit grünen Äpfeln, geschnittenem Brot, Camembert und zwei Päckchen Cracker füllte, im letzten Moment legte er auch Milch, Cornflakes und Eiscreme hinein. Der volle Korb ließ seine Laune steigen, und er stellte sich schon vor, wie Eva sich darauf stürzte und gierig anfing zu essen, vielleicht würde er sich von ihrem Hunger anstecken lassen und das nächtliche Picknick genießen. Als er bezahlt hatte und den Laden verließ, merkte er, dass der Regen aufgehört hatte, und legte den Weg zum Hotel in wenigen Minuten zurück.

Er klopfte leicht an die Tür, aber Eva öffnete nicht, und er steckte die Hand in die Tasche, um zu prüfen, ob er den Schlüssel mitgenommen hatte, ja, der Schlüssel war da, als hätte er sie von Anfang an verdächtigt, als hätte er sich von vornherein nicht darauf verlassen, dass sie ihm die Tür aufmachen würde. Er steckte den Schlüssel ins Schlüsselloch und öffnete die Tür, nur um festzustellen, dass das Zimmer dunkel war, vermutlich war sie eingeschlafen, er legte die eingekauften Sachen im Badezimmer neben das Waschbecken, denn sie hatten keine Küche, und fing an sich auszuziehen, seine Sachen waren vollkommen nass, er legte sie auf den Heizkörper, der eine angenehme Wärme ausstrahlte, putzte sich die Zähne und machte das Licht im Badezimmer aus, und als er sich schon neben Eva ins Bett legen wollte, hörte er sie sagen, kannst du mir Tee kochen? Ich fühle mich nicht so gut.

Er machte das Licht im Badezimmer an und fing an, unter den Lebensmitteln Tee zu suchen, obwohl er wusste, dass es sinnlos war, und sagte, es tut mir leid, Eva, ich habe vergessen, Tee zu kaufen, aber es gibt Eiscreme, ich dachte, dass du Eiscreme willst, und sie sagte, danke, aber jetzt ist Herbst, da esse ich kein Eis, und außerdem gibt es hier keinen Kühlschrank, und Adam sagte, was für ein Idiot bin ich doch, ich habe alles gekauft außer Tee, und Eva sagte, das ist nicht so schlimm, das ist in Ordnung, ich werde morgen früh Tee trinken, und er sagte, nein, es ist schlimm, ich besorge dir jetzt gleich welchen, und sie sagte, mach dich nicht verrückt, bestimmt hast du draußen gefroren, und ich sehe, dass du schon ausgezogen bist, ich werde morgen früh Tee trinken. Er zögerte einen Moment und sie hustete, und ihr Husten, das Husten von drei Uhr nachts, hörte sich noch zehnmal tiefer und beängstigender an als das Husten von ein Uhr nachts, und er sagte, hör dir deinen Husten an, du bist richtig krank, du musst zu einem Arzt gehen, aber vorher bringe ich dir Tee, schade, dass du mir das nicht gesagt hast, bevor ich losging, und sie sagte, wir haben am Flughafen über Tee gesprochen, ich dachte, du merkst dir das, es war das Wichtigste, und er dachte, es ist gut zu wissen, was das Wichtigste ist, auch rückwirkend, auch wenn es schon zu spät ist.

Er betrachtete ihr blasses Gesicht, das unter der Daunendecke hervorlugte, und sagte, es ist kein Problem, ich bringe dir Tee, und sie sagte, Adam, wenn du so in den Regen gehst, wirst du am Ende auch krank sein, aber er bestand darauf und zog seine nassen Kleidungsstücke wieder an, denn was hatte das für einen Sinn, trockene Sachen anzuziehen, wenn sie sowieso gleich wieder nass würden, und lief die fünf Stockwerke zu Fuß hinunter, und als er in der Lobby ankam, fragte ihn der Portier, gehen Sie wieder Luft schnappen? Plötzlich fiel ihm ein, dass es bestimmt im Hotel Tee gab, vielleicht konnte ihm der Portier helfen, und er sagte zum Portier, sie fühlt sich nicht wohl, kann man hier um diese Uhrzeit Tee bekommen? Und der Portier sagte, ist Ihre Frau krank? Adam ergriff die Gelegenheit beim Schopf und sagte, ja, sie ist krank, ohne überflüssige Erklärungen, und ihm war klar, dass es damit geschehen war, von dem Moment an, als er sie als seine Frau bezeichnete, war er ihr gegenüber verpflichtet, wenigstens vor dem Portier, er zumindest würde sie als Mann und Frau wiedererkennen, und bevor er wusste, ob das gut oder schlecht war, öffnete der Portier einen kleinen Schrank über der

Theke und reichte ihm fünf Beutel Kräutertee und sagte, es gibt noch mehr, wenn Sie ihn brauchen, und Adam sagte, danke, fünf Beutel reichen vorläufig, und der Portier sagte, Sie müssten eigentlich einen Wasserkocher im Zimmer haben, aber wenn es damit ein Problem gibt, sagen Sie mir Bescheid, ich bin hier, ich gehe nicht mal raus, um Luft zu schnappen.

Als er, die Teebeutel in der Hand, die Treppe hinaufstieg, fiel ihm ein, dass er Eva vielleicht nicht sagen würde, dass die Teebeutel vom Hotel waren und er nicht noch einmal hinausgegangen war, und er blieb zwischen dem dritten und vierten Stock eine Weile stehen und schaute auf die Uhr, als würde er bei jeder zusätzlichen Minute Punkte gewinnen, seine Opferbereitschaft vergrößern, aber nach zwei Minuten kam ihm dieses Spiel lächerlich vor, und er stieg die beiden letzten Stockwerke hoch und ging ins Zimmer, und sie sagte, bist du schon zurück? Sie war fast enttäuscht, und wieder überlegte er, ob er ihr wirklich sagen solle, wo der Tee her war, aber dann fiel ihm ein, dass er versprochen hatte, sie nie anzulügen, und sagte, der Portier hat mir die Teebeutel gegeben, und sie sagte, das ist wundervoll. Sie stieg aus dem Bett und umarmte ihn langsam, noch halb schlafend, wie eine Fee, und die Weichheit ihres Körpers in seinen Armen verblüffte ihn, er wusste, er würde diesem Körper nie widerstehen können, und sie sagte, du bist ganz nass, und er sagte, ja, und sie sagte, wieso? Du bist doch nicht hinausgegangen, und er sagte, es sind die Sachen von vorhin, und sie fragte, hast du wieder das gleiche Zeug angezogen? Sie klang verwundert, fast enttäuscht, als hinge ihre Liebe zu ihm davon ab, dass er nie wieder die gleichen Sachen anziehen würde.

Ich koche dir Tee, sagte er, und sie sagte, koch für uns beide, und er sagte, du hast recht, es würde mir auch nicht schaden, und sie fragte, war es schwer, den Tee zu bekommen? Und er sagte, nein, ich sagte zum Portier, meine Frau ist krank, und da holte er sofort Teebeutel aus dem Schrank.

Eva schwieg plötzlich und Adam füllte Wasser in den elektrischen Wasserkessel und schaltete ihn an, sie schwieg noch immer, und er fragte, ist etwas passiert? Auch jetzt sagte sie kein Wort, und er sah, dass ihre Augen voller Tränen waren, und beschloss, keine Affäre daraus zu machen und den Tee zuzubereiten, als hätte er es nicht gemerkt, doch als er ihr die Tasse Tee ans Bett brachte, rührte sie sie nicht an, und er saß neben ihr, mit seiner Tasse Tee, und fing an zu trinken, als müsste man ihr das demonstrieren, als müsste man ihr zeigen, wie man Tee trinkt, dann würde alles so sein wie früher, alles wäre wieder im Lot.

Doch einige Minuten später, als seine Tasse fast leer war, sagte er, Eva, dein Tee wird kalt, aber sie sagte immer noch nichts, als hätte sie ihre Stimme verloren, vielleicht für immer, bis sie plötzlich entschlossen die Tasse in beide Hände nahm und den ganzen Tee auf einmal trank, als wäre es ein Espresso, und er sagte sich, ich habe gedacht, ich hätte ihr einen Gefallen getan, als ich ihr den Tee brachte, aber anscheinend ist sie diejenige, die mir einen Gefallen tut, indem sie sich bereit zeigt, ihn zu trinken.

Er zog sich aus und legte sich neben sie ins Bett, er fragte sich, ob er versuchen solle, sie zum Reden zu bringen, oder ob er ihr erlauben solle, weiter zu schweigen, er wusste nicht, ob es besser war, sie zu berühren oder nicht, er wusste nichts, nur dass es inzwischen Viertel vor vier war und dass bald ein neuer Tag begann, es wäre gut, ein bisschen zu schlafen, denn für einen neuen Tag brauchte man Kraft, und wenn etwas klar war, dann das, dass er keine Kraft hatte, und er überlegte, wenn das ihr erster gemeinsamer Tag in New York war, was könnte man dann daraus für die kommenden Tage lernen, eigentlich nichts, denn sogar den heutigen Tag konnte er nicht zusammenfassen, er war voller Widersprüche. Er drehte sich um und legte sich auf den Bauch, nur in dieser Position konnte er einschlafen, er legte eine Hand auf ihren Bauch und dann berührte er ihr Gesicht, prüfte, ob es noch feucht war, ob sie Fieber hatte, und dachte, dass es für ihn etwas Neues war, jemanden zu pflegen, denn er war daran gewöhnt, dass er gepflegt wurde, aber es schadete nichts, wenn er es lernen würde, und wenn er vorhin an diese Woche als eine Art Schnellkurs gedacht hatte, als eine berufliche Weiterbildung, dann ging es vielleicht genau darum, und plötzlich empfand er ihr gegenüber Dankbarkeit für alles, er verzieh ihr, dass er um drei Uhr nachts für sie hatte draußen herumlaufen müssen, im Regen, und dass sie ihn noch einmal losgeschickt hatte, um Tee zu besorgen, den sie dann kaum getrunken hatte, dass sie schnell kam und dreißig Sekunden später aus dem Bett sprang, egal, ob er gekommen war oder nicht, und dass sie Sascha von ihm erzählt hatte. Er verzieh ihr sogar, dass er ihretwegen hatte lügen müssen, er verzieh ihr, dass er eine Fahrt nach Washington hatte erfinden müssen, und diese Woche, die erst vor vier Stunden begonnen hatte, kam ihm jetzt nicht mehr wie ein Kurs vor, eher wie eine Prüfung, eine Prüfung, die jeder normale Mensch in jungen Jahren absolvieren muss und zu der er als Einziger mit einer entsetzlichen Verspätung kam, ein alternder Student, vielleicht weil man ihn immer zu sehr verwöhnt hatte und nie von ihm verlangt wurde, andere zu verwöhnen, und er dachte, dass es in der Prüfung vielleicht genau darum ging, nicht verwöhnt zu werden, sondern zu verwöhnen, und dass seine Schwierigkeiten mit Eva etwas Gutes hatten, denn sie ermöglichten ihm, geprüft zu werden, sie ermöglichten ihm, sich zu verändern, und was bedeutete Liebe, wenn nicht die Kraft zur Veränderung. Sich zu verändern ist die größte Leistung, und mit diesen Gedanken und mit der Hand auf Evas warmer, feuchter Wange und mit dem Entschluss, jede Schwierigkeit als eine Chance oder eine seltene Gelegenheit zu betrachten, fiel er in einen tiefen Schlaf.

4

Dienstag, 19. Oktober, 03:11

Das Leben ist seltsam. Ich wusste, dass ich ihn heute treffen würde. Ich wusste nur nicht, wo es passieren würde. Und natürlich traf ich ihn. Im Schwimmbad. Am Abend. Fast ein ganzes Jahr lang, seit Dezember, hatte ich mich vor der Möglichkeit eines solchen Treffens gefürchtet. Aber jetzt ist meine Angst vorbei. Ist es wegen dir?

Anfangs versuchte er, mich zu ignorieren, aber ich ließ es nicht zu. Warum nur muss immer ich die starke Seite sein? Danach wollte er die ganze Nacht mit mir zusammenbleiben. Wir verbrachten sechs gemeinsame Stunden. Gerade ist er weggegangen. Jetzt schläft in unserem Haus niemand mehr.

Auch meine Mutter ist in einer Krise. Sie hat zwei Stunden am Stück telefoniert, bis vor wenigen Minuten. Und Lena ist nicht da. Vom Fenster sieht man nur die orangefarbenen Lichter der Straßenlaternen. Und in der Kurve die Synagoge. Es ist drei Uhr morgens.

Adam, wir waren nie nachts um drei Uhr zusammen. Glaubst du, dass wir es je sein werden?
Eva

Mittwoch, 20. Oktober, 14:20

Warum willst du alles über mich und Sascha wissen?
Bist du besitzergreifend?
Sag mir, dass du das nicht bist.

Heute Morgen hatte ich ein interessantes Gespräch mit einem Physiker. Ich bat ihn um Geld. Ich hoffe, dass diese Einzelheiten über mein Leben dich nicht langweilen. Es ist mir aufgefallen, dass Physiker Familienmenschen sind. Normalerweise verlieben sie sich nicht. Sie lassen sich nicht scheiden. Ihre Bücher widmen sie ihren Frauen oder ihren Kindern. Es ist erfreulich, unter all diesen mustergültigen Professoren einen zu finden, der Frauen mag und das auch nicht verbirgt.

Ich sagte Gabi, so heißt er, es tue mir leid, dass es etwas so Schnödes sei, was mich zu ihm geführt habe. Ich sagte, dass ich einen Doktorvater suche und eines der Kriterien Geld sei. Forschungsfonds, die mich finanzieren könnten. Er lächelte und fragte, ob ich Lust auf einen Kaffee hätte. Ich sagte, für eine Tasse Kaffee reiche mein Geld noch. Wir gingen zum Haus Belgien (wohin sonst?), und er bestand darauf, für mich zu bezahlen. Ich weigerte mich zuerst, dann gab ich nach. Er versprach mir Geld für die Reisen, aber nicht das Stipendium, das ich benötige. Ich sagte, ich verstünde, dass er mir nichts versprechen könne, weil er mich noch nicht kenne. Hört sich das arrogant an? Später, auf dem Weg zur Mensa, ging ich zum studentischen Reisebüro und erkundigte mich, wie viel ein Flug nach New York kostet. Vielleicht sollte ich dir das alles gar nicht erzählen?

Der Anfang deiner Mail brachte mich zum Lachen. Du hast recht, dein New Yorker Chevrolet rächt sich jedes Mal an dir, wenn du ihn verlässt, und weigert sich dann zu starten. Man sollte sich davor hüten, jemanden zu verlassen. Ich saß in meinem Büro und lachte laut, und Ronen sagte, Eva liest einen schmutzigen Witz. Aber als ich zum Ende der Mail kam, war ich so traurig, dass ich fast weinte.

Zum Weinen ging ich zu Ronen. Er ist ebenfalls Assistent. Er saß mir gegenüber. Er hat mich schon oft weinen sehen. Er nahm meinen Kopf in beide Hände und fragte, was los sei. Das war im Dezember, als Sascha mich verließ. Ich erzählte ihm meine Geschichte mit Sascha und er erzählte mir seine Geschichte mit Michael und Ofer. Als ich jetzt wieder traurig zu ihm ging und meinen Kopf auf seine Schulter legte, fragte er, ist es wieder Sascha? Nein, ein anderer, sagte ich. Und was ist passiert, fragte er. Er ist weg, sagte ich, er ist nach New York zurückgekehrt. So ist es nun mal, sagte Ronen, alle Männer sind Scheiße.

Durch diese Mails fange ich an, meine Liebe zu Details zu entdecken. Was kann uns schließlich retten außer Details? Mit ihrer Hilfe können wir unser Leben neu aufbauen. Wir müssen sie nur neu interpretieren. Mit Verallgemeinerungen kann man das nicht. Es ist wie mit Legosteinen. Wenn du von dem Traktor genug hast, zerlegst du ihn in seine Einzelteile und baust daraus ein Haus. Hättest du nicht daran gedacht, dass der Traktor aus Einzelteilen zusammengesetzt ist, hättest du für den Rest deines Lebens nichts anderes gehabt …

So wirst du vielleicht eines Tages für mich nicht mehr Adam sein, sondern ein ganz anderer. Wie zum Beispiel seine Eminenz der Botschafter. Oder ein Schriftsteller. Oder der Liebhaber einer anderen Frau. Aber immer noch aus den gleichen Einzelteilen zusammengebaut. Wie der Fels. Wie der Wodka. Wie der Streifen des Toten Meeres, der plötzlich für einige Sekunden zu sehen war.

Adam, ich weiß nichts über deinen Alltag.
Was machst du die ganze Zeit dort im Konsulat?
Liest du die Ha'aretz?
Weißt du, dass ich ein Fahrrad habe?
Dass ich am Sonntag im Seminar für Astrophysik einen Vortrag über schwarze Löcher halten muss?
Dass ich siebzig Kilo wiege und einen Meter sechsundsiebzig groß bin und dass ich mir schon seit drei Jahren die Haare nicht geschnitten habe?

Was Sascha betrifft: Ich habe ihn vorgestern im Schwimmbad getroffen. Ich wusste, wie schon gesagt, dass ich ihn treffen würde. Aber nachdem ich mir in der Umkleidekabine meinen Badeanzug angezogen hatte und ins Wasser sprang, hatte ich es schon vergessen. Er kam sehr spät zum Schwimmbad, und da fiel es mir wieder ein. Er war schon im Wasser, als er mich entdeckte. Er wusste nicht, was er tun sollte. Er verzog sich sogar ins Nichtschwimmerbecken, nur um mir auszuweichen.

Ich schwamm zu ihm und sagte, ich hätte gewusst, dass ich ihn heute treffen würde. Obwohl wir uns fast ein Jahr nicht gesehen hatten, war alles ganz natürlich. Wir schwammen vielleicht dreißig Bahnen zusammen, synchron, so wie früher. Danach bestand er darauf, mich nach Hause zu fahren, und blieb bis drei Uhr nachts. Das habe ich schon erzählt. Mehr zu erzählen habe ich Angst.

Als ich ihn zur Tür begleitete, fragte er, ob ich mit ihm am Dienstagabend (also gestern) essen gehen wolle. Ich sagte ja.

Die Liebe eines unverheirateten Mannes ist anders als die eines verheirateten.

Donnerstag, 21. Oktober, 00:32

Dein Brief senkte sich heute über mich wie ein Raubvogel. Vielleicht hätte ich nun, mitten in der Nacht, keine Mails lesen sollen. Ich fragte mich, was mich mehr erschüttert hätte: diese Mail oder gar keine Mail von dir zu bekommen.

Ich habe sie zweimal gelesen und noch nicht einmal geweint (Weinen hat etwas sehr Befreiendes, fast wie Lachen). Ich bin gerade nach Hause gekommen und muss meinen Vortrag vorbereiten. Ich weiß nicht, was ich noch hinzufügen soll, und habe keine Zeit, die Sätze auszufeilen. Stattdessen schicke ich dir deine Mail zurück. Als Anhang. Vielleicht nimmst du sie zurück?
Eva

>Meine Eva,
>ich spreche gegen Habgier, und trotzdem eröffne ich damit
>meinen Brief.
>Dein letzter Brief hat mich glücklich und traurig gemacht.
>Glücklich, weil du so schön schreibst, und mir so viele De-
>tails lieferst, um die ich noch nicht einmal gebeten habe.
>Und traurig, weil ich, warum weiß ich nicht, eine gewisse
>Entfremdung spüre. Vielleicht schaffen ja schöne, stimmige
>und geschliffene Briefe manchmal ein Gefühl der Distanz.
>Als handle es sich um etwas, was nicht ausdrücklich für dich

>bestimmt ist. Als würden diese Briefe, eines Tages, wenn du
>eine berühmte Astrophysikerin bist, in der Gesamtausgabe
>deiner Briefe erscheinen, und Menschen wie ich, die gerne
>Briefe und Tagebücher lesen, werden sie lesen wie jetzt die
>Tagebücher von George Sand. Ich möchte dich nicht wie die
>Tagebücher von George Sand lesen (ich weine beinah).
>Es ist witzig, wie wir die Rollen getauscht haben. Du mit dei-
>nen Briefen, die förmlich explodieren mit Details, sogar se-
>xuellen Anspielungen, zum Beispiel Liebe machen in einem
>Zimmer voller Spiegel (hast du das mal gemacht? Und hin-
>geschaut?), und ich mit meinen abstrakten Briefen und mei-
>nen Träumen von gemeinsamen Nächten, die wir haben
>werden oder nicht.
>
>Nein, ich bin nicht eifersüchtig. Aber ich dachte, du würdest
>mir alles erzählen. Dass du mich nicht belügen würdest (auf
>deine Art der Heimlichtuerei). Dass du mehr über dein
>Treffen mit Sascha schreiben würdest und wie es dich be-
>einflusst hat. Und auch über euer Abendessen, das doch
>schon stattgefunden hat. Soll ich dein Schweigen genießen?
>Das ist vielleicht der Hauptgrund, warum dein Brief mich
>traurig gemacht hat: Er war voller Einzelheiten, die es fast
>geschafft haben, vor mir zu verheimlichen, was zwischen dir
>und Sascha wirklich geschehen ist.
>
>Und ich dachte, Moment, so schnell gehen wir zum Ver-
>steckspielen über? Zu literarischen Briefen, die an nieman-
>den gerichtet sind? Wie kommt es, dass all deine Geschich-
>ten über Sascha vor nur einer oder zwei Wochen plötzlich
>aufhören, ausgerechnet jetzt, da du ihn getroffen hast? Was
>soll ich daraus schließen?

>Meine Inkognito-Tage im Konsulat sind beendet. Jetzt ha-
>ben alle gemerkt, dass ich wieder da bin. Der Konsul lud
>mich gleich am Morgen feierlich in sein Büro ein, zu einem
>langen Gespräch über nichts. Ich mag ihn eigentlich. Dann
>ging ich runter in die Second Avenue, bestellte einen star-
>ken Espresso, nahm ihn mit in mein Zimmer im dreizehn-
>ten Stock, setzte mich vor den Computer und schaute zum
>Fenster hinaus. New York! Mit einem Schluck trank ich den
>Espresso aus und fing an, diesen Brief zu schreiben.
>
>Ich liebe dich.
>
>Adam

Freitag, 22. Oktober, 11:41
Betreff: Muse

Adam,
ja, dein letzter Brief hat mich wie ein Faustschlag getroffen. Ich dachte über deinen Wunsch nach, dass ich dir immer alles erzähle. Dass ich nicht eine Minute meines Lebens vor dir verheimlichen soll. Ich habe dir eine lange Mail geschrieben. Gerade habe ich sie beendet. Ich habe sie wieder gelesen. Sie klingt so grausam, dass ich sie nicht schicken kann. Deshalb habe ich für diesen Brief nur den Betreff abgeschrieben.

Ich schicke dir diese lange Mail nicht, es sei denn, du bittest ausdrücklich darum. Aber Adam, vielleicht wäre es besser, unsere Stimmungen nicht völlig bloßzulegen, sie ändern sich ohnehin ständig. So lebst du doch mit Ruth, nicht wahr? Das ist deine Art zu leben. Ich bin noch immer in einer schrecklichen Stimmung.

Ich habe Angst, dich zu verletzen. Ich möchte dich nicht verlieren, nur weil sich irgendein grausamer Dämon in mir breitgemacht hat.

Vielleicht bin ich einfach nervös, weil mein Vortrag noch nicht fertig ist. Anstatt ihn vorzubereiten, schreibe ich dir Mails und versende sie nicht einmal. Ich brauche so lange, um ein paar farbige Folien zu malen. Für dich ist ein Publikum von zehn Leuten nur ein Witz, oder? Du bist bestimmt daran gewöhnt, vor hunderten von Menschen zu sprechen. Aber diese Menschen sind mir ziemlich wichtig. Zum Beispiel Gabi, der vielleicht mein Tutor wird und dessen Hilfe ich brauche, um das Stipendium zu bekommen. Er hat versprochen, zu meinem Vortrag zu kommen. Und da gibt es einen älteren Professor, der mich die ganze Zeit mit seinen Fragen unterbricht. Er lässt nicht locker, bis er alles verstanden hat. Bei meinem Vortrag im letzten Jahr haben wir uns fast zerstritten. Ich verzieh ihm erst, als er sagte, er habe schon lange keinen so hervorragenden Vortrag gehört. Außerdem war ich eh gut gelaunt, weil ich zwei Kilo abgenommen hatte.

Adam, du fragst mich nach Sascha, aber ich frage dich nicht nach Ruth. Soll ich fragen? Warum erzählst du mir nichts? Schläfst du jede Nacht mit Ruth?

Samstag, 23. Oktober, 10:21

Wie wenig du mich letztlich kennst.
Nein, ich glaube nicht, dass der Wunsch, die Partnerin möge einen Orgasmus bekommen, ein Zeichen für Liebe ist. Die meisten Männer tun so, als wäre das ihr Hauptanliegen. Vielleicht ist das eher ein Zeichen für Machismo?

Adam, es tut mir leid. Ich weiß nicht, was nicht in Ordnung ist. Ich dachte, dass du mich und meine Art zu denken verstehst. Aber ich habe das Gefühl, je mehr Zeit vergeht, seit du weggefahren bist, umso weniger bleibt übrig.

Das war immer ein Fehler von mir, anzunehmen, dass andere erraten sollten, was ich denke. Und obwohl es mir immer klarer wird, dass dies nicht geht und dass ich es nicht erwarten darf, habe ich mit dir irgendwie den gleichen Fehler gemacht. Vielleicht ist es Liebe, wenn man nichts erklären muss?

Ich weiß nicht, wie du darauf gekommen bist, dass ich mit Sascha geschlafen habe. Und wie du es mir schon verziehen hast. Danke jedenfalls. Natürlich habe ich nicht mit ihm geschlafen. Ich fühlte mich noch nicht einmal physisch zu ihm hingezogen. Mein Körper spürt immer noch, was er vor einer Woche erfahren hat.

Ich weiß nicht, ob ich dir die lange Mail schicken soll, die ich geschrieben habe, trotz deiner Bitte. Sie kommt mir noch immer grausam vor, vielleicht noch schlimmer, als mit Sascha ins Bett zu gehen.

Ich muss die Vorbereitungen für meinen morgigen Vortrag beenden, ich schicke dir dies morgen früh, damit du es an deinem Morgen lesen kannst. Das wird zu einer unzüchtigen Gewohnheit.
Eva

Sonntag, 24. Oktober, 20:46

Es ist Liebe, wenn man kommuniziert? (Und ich kommuniziere nicht?)
Wieso habe ich nicht daran gedacht?
Ich darf mich manchmal über dich lustig machen, nicht wahr?

Adam,
mein Geliebter,
ich möchte dich nicht verletzen. Ich glaube nicht, dass du weißt, was ich empfinde. Wenn du meinst, dass Kommunikation Liebe bedeutet, erlaube mir, mit dir darüber zu kommunizieren. Ich erinnere mich, wie wir vor dem Krankenhaus spazieren gingen, als man mich, nachdem eine Röntgenaufnahme gezeigt hatte, dass meine Knochen heil waren, in der Notaufnahme verbunden hatte. Ich erinnere mich an das Gefühl der Enttäuschung, dass ich unversehrt war und nach Hause gehen durfte, dass ich dich nicht mehr sehen würde. Dass ich bei dem Unfall nur ein paar leichte Verletzungen erlitten hatte, die bald heilen würden. Ich erinnere mich, wie wir zu deinem Auto gingen, aber auf Umwegen. Plötzlich wussten wir beide nicht mehr, wo du dein Auto abgestellt hattest. Wir entfernten uns von dem kahlen Parkplatz, suchten Schutz auf Wegen, die von Büschen gesäumt waren, unter verkrüppelten Bäumen, wir gaben uns Mühe, uns zu verlaufen, verloren zu gehen an einem Ort, der dazu zu klein war, bis zu jenem blendenden Moment, an dem sich uns plötzlich die orangefarbene Wüste offenbarte. Ich erinnere mich, wie ich mich auf einen Felsen setzte, von einer plötzlichen Schwäche gepackt, fast einer Ohnmacht. Ich erinnere mich, wie wir beide auf dem Felsen saßen, der in der Sonne glühte, wir sprachen nicht, wir berührten uns nicht, wir betrachteten nur die Wüste, die

so unerwartet zu sehen war und uns gefangen nahm. Nach einer Stunde oder zwei, als die Wüste schon die Farben wechselte, uns aber immer noch in sich hineinsog, sagtest du plötzlich, sag mir, Eva, weißt du, was eine Minute Schönheit kostet?

Heute bekam Lena Besuch von ihrem Exfreund. Nur ich war zu Hause (sie weicht ihm aus). Er beschloss, in der Küche auf sie zu warten. Ich hatte ein bisschen Mitleid mit ihm. Ich wusste, dass sie nicht kommen würde. Ich kochte ihm Tee. Seine Hand zitterte, als er die Tasse hielt. Ich wollte ihn aufmuntern. Ich hielt ihm einen Vortrag über den Mond, erzählte von dem russischen Raumschiff Luna 3, das die ersten Aufnahmen von der verborgenen Seite des Mondes gemacht hatte, der Seite, die er der Erde nie zeigt. Ich erklärte ihm, dass der Mond kein besonders angenehmer Ort ist. Mittags ist es glühend heiß, die Temperatur erreicht hundert Grad. Und in der Nacht geht sie auf minus hundertfünfzig zurück. Das liegt daran, dass der Mond keine Atmosphäre hat. Und ohne Atmosphäre sind die klimatischen Bedingungen extrem. Es wäre interessant zu wissen, ob die Dichter, die über den Mond schrieben, wussten, dass es dort die Hölle ist.

Er unterbrach mich plötzlich und sagte, ich hätte mich sehr leicht in dich verlieben können. Ich fragte ihn, bist du in mich verliebt? Und er sagte, dafür kenne ich dich noch nicht genug. Ich dachte, seltsam, muss man sich wirklich gut kennen, um sich zu verlieben? Bevor er ging, spülte er das ganze Geschirr.

Meine Mutter ist jetzt verliebt. Wie alle Verliebten muss sie die ganze Zeit darüber reden. Sie kichert und benimmt sich wie ein Kind. Der größte Nachteil ist, dass das Telefon ständig blockiert ist und ich meine Mails nicht an dich abschicken kann.

Ich betrachte die lange Mail, die ich immer und immer wieder umschreibe, aber nicht absende. Sie ist so klobig und inkonsequent geworden, dass ich mich schäme, sie zu schicken. Und jetzt, beim erneuten Lesen, verstehe ich mich selbst nicht mehr. Vielleicht waren meine Gedanken und meine Zweifel härter als die Worte.

Ich kann mich nicht erinnern, dass du laut gelacht hast. Tust du das manchmal?

Mein beschränktes Wissen in Psychologie sagt mir, dass du irgendjemandem von mir erzählen musst. Wer ist es? Sag es mir. Ich sehne mich nach deinen Geschichten. Ich sehne mich nach meinen eigenen Geschichten, wenn ich mit dir zusammen bin. Ich sehne mich nach der Art, wie du mich anschaust und mich dazu bringst, mich hinter meinen Haaren zu verstecken und zu tun, als würde ich es nicht merken.

Hoffst du nicht, meine einzige Liebe zu sein? Wirklich nicht?

Ich gehe jetzt schlafen. Ich habe Sascha versprochen, morgen um acht mit ihm zu frühstücken (übermorgen fliegt er ins Ausland). Komisch, fast ein Jahr lang haben wir uns nicht gesehen, und jetzt treffen wir uns fast täglich.

Wenn die Bedeutung von Liebe Kommunikation ist, dann habe ich Sascha nie geliebt.

Adam, es muss doch noch etwas anderes sein, oder?

Montag, 25. Oktober, 09:10
Betreff: die unverschickte Mail

Adam,
wegen deiner Mail war ich etwas traurig, auch wegen deiner Klage über meine literarische Distanz, darüber, dass du mich nicht lesen willst, wie du veröffentlichte Tagebücher liest. Warum möchtest du nicht ab und zu meine Muse sein? Ist es nicht das größte Zeichen der Liebe, wenn man den anderen inspiriert? Hätte ich diese Mails ohne dich geschrieben?

Ich kann mich erinnern, dass du, als wir bei uns auf dem Balkon saßen und Kastanien aßen, Lena und mir erzähltest, wie du Briefe geschrieben und dir immer Kopien aufgehoben hast. Vielleicht ist Liebe eine Art Narzissmus?

Ich war so glücklich, als ich am Mittwoch mit meiner Mail an dich fertig war. Bevor deine Antwort kam. Ich hatte am Nachmittag geschrieben und abends ging ich zum Joggen. Wieder allein. Beim Joggen achtete ich auf die kleinsten Einzelheiten. Auf den Wind, die Blätter. Diesmal tat mir das Laufen nicht so weh wie sonst.

Ja, es gibt eine Lüge. Eine Lüge in meinem Sinn (Verbergen), nicht in deinem.
Du hast recht, ich habe dir Dinge verheimlicht.

Sascha glaubt nicht an Liebe oder an Schicksal oder an irgendetwas Bedeutungsvolles. Zumindest kommt es mir jetzt so vor, nachdem ich dich getroffen habe. Er erzählte, er führe jetzt ein freies Leben. Er habe seit unserer Trennung im Dezember viele Mädchen gehabt. Eines von ihnen würde ihn bald für eine Woche besuchen. Aber bis dahin sei er frei, sagte er, und danach auch wieder. Ich fragte ihn, wieso er plötzlich diese ganzen Mädchen habe. Er sagte, weil ich sie jetzt nicht brauche, bekomme ich sie. Früher habe ich sie gebraucht und hatte sie nicht. Ich fragte ihn, ob die Mädchen übereinander Bescheid wüssten. Diese Frage schien ihm nicht zu gefallen.

Sascha ist ein Mann, auf den man sich verlassen kann. Er hat anderen gegenüber ein gut entwickeltes Verantwortungsgefühl. Das bedeutet, dass er mir immer helfen würde, wenn ich ihn um Hilfe bäte. Ich wusste nie, ob er aus Empfindsamkeit handelte oder aus Pflichtbewusstsein. Keine Ahnung, ob ich jetzt sarkastisch bin.

Erlaube mir, das Thema Lüge anzuschneiden. Und das Versprechen, das ich gebrochen habe.
Auch wenn du mir nicht mehr schreiben würdest.

Exkurs: Ich fühle mich wie ein Pendel. Ich bewege mich zwischen dem Rationalismus, mit dem Sascha die Welt betrachtet, und der Absolutheit, mit der ich den letzten Monat mit dir verbrachte.

Exkurs 2: Vielleicht bist du einfach in einer Midlifecrisis? Ich habe darüber noch nie nachgedacht. Es ist mir nicht eingefallen. Das würde allem, was geschah, etwas Banales geben. Fast Schmutziges.

Als ich Sascha am Montagabend vor einer Woche im Schwimmbad traf, bat ich ihn um Hilfe. Ich sagte ihm, dass es mir nicht gut geht und ich nicht weiß, was ich tun soll. Und dass ich nicht leiden möchte. Ich hatte Tränen in den Augen, als ich ihm das sagte, aber Sascha dachte bestimmt, das sei nur Wasser vom Schwimmbad.

Ich erinnerte ihn daran, dass er, als wir uns vor fast einem Jahr trennten, versprochen hatte, mir zur Seite zu stehen, und dass ich mich bis jetzt nicht an ihn gewendet hatte, aber nun bleibe mir keine Wahl. Ich erzählte ihm, dass ich mich verliebt habe. In jemanden, dessen Identität ich nicht verraten dürfe. Jemand, der vor einem Monat auf Heimaturlaub nach Israel gekommen und jetzt wieder weggefahren sei. Er fragte, kenne ich ihn? Ich sagte, nein, aber du hast von ihm gehört, er lebt in New York. Er dachte kurz nach. Ich sagte, du bist nicht zum ersten Mal in dieser Situation. Er sagte, gib mir einen Tipp. Ich sagte, du hast schon von Tanja über ihn gehört. Sascha kam sofort auf dich. Ich sagte nicht ja oder nein. Er wurde blass. Er atmete schwer. Er konnte nicht mehr weiterschwimmen.

Ich saß neben ihm auf dem Beckenrand, die Füße im Wasser, vielleicht genoss ich seinen Schock ein bisschen. Mein Versprechen an dich, Sascha nichts von uns zu erzählen, habe ich nicht gebrochen, aber irgendwie doch. Nachdem er wieder normal atmete, war das Erste, was er fragte, weiß es Tanja? Weiß Tanja Bescheid über deine Affäre mit Adam? Nein, sagte ich, sie haben sich schon getrennt, sie sind nicht mehr zusammen.

Ich fragte Sascha, ob er vorhabe, irgendwann zu Tanja zurückzukehren und sie vielleicht sogar zu heiraten. Er sagte nein. Sie leide wegen ihrer Natur, nicht wegen der Umstände. Seine Worte klangen sehr lapidar. Er sagte, sie habe ihn aus New York angerufen und stundenlang über ihre Probleme gesprochen, er habe es kaum geschafft, ein Wort dazwischenzubekommen. Nach einer Weile habe er dann so etwas gesagt wie entschuldige, etwas verbrennt im Ofen, ich muss nachschauen, und habe aufgelegt.

Ich sagte zu Sascha, dass ich nicht weiß, was ich tun soll. Dass es mir schwerfällt, dass du so weit weg bist. Dass du verheiratet bist. Dass ich nicht weiß, wohin das alles führt. Er umarmte mich. Von dem Moment an, als ich ihm von uns erzählt hatte, hörte er nicht auf, mich zu umarmen. Im Schwimmbad. In seinem Auto. Bei mir zu Hause. Bei mir auf dem Bett.

Nein, Sascha gegenüber empfinde ich nicht viel. Und ich erwidere seine Umarmungen nicht. Meine Gefühle ihm gegenüber sind verdampft, ich versuche, ihn zum Reden zu animieren, ihm Geschichten zu entlocken, mit ihm zu spielen, Adam. Aber er erzählt nicht viel. Es lässt sich nicht viel aus ihm herausholen. Er hat nie viel geredet, aber früher war ich blind und interpretierte das als tief und geheimnisvoll. Jetzt erscheint er mir als Sklave seiner Gewohnheiten oder seines Selbstbildes. Zum Beispiel gestern. Er kam zu meinem Vortrag im Seminar für Astrophysik und danach gingen wir zu ihm nach Hause. Er wohnt in Niyot, fünf Minuten vom Campus. Ich hatte wie üblich eine Tasche dabei, sie war noch nicht einmal schwer. Trotzdem bestand er darauf, sie zu tragen. Am Schluss gab ich nach, nur damit wir uns endlich auf den Weg machen konnten.

Er gab mir ein Buch zum Lesen. Es ist lächerlich, dass er mir Bücher gibt. Er sagte immer, Eva, du weißt ja, ich habe nicht viel gelesen. In einem so traurigen Ton, wie man eine Sünde beichtet. Und wenn er dann doch etwas gelesen hatte, war es unmöglich, mit ihm darüber zu sprechen. Er war nicht in der Lage, sich auszudrücken. Sogar beim Abendessen am Dienstag habe meistens ich gesprochen. Über schwarze Löcher. Lach nicht! Manchmal ist eine ungeheuere Masse in sehr wenig Volumen enthalten. Als würde man die Sonne in einen Apfel stopfen. In diesem Zustand ist die Anziehungskraft so groß, dass man sich schneller als mit Lichtgeschwindigkeit bewegen muss, um einem schwarzen Loch zu entkommen. Das bedeutet, dass noch nicht einmal das Licht das schwarze Loch verlassen kann, und deshalb ist es dunkel, noch nicht einmal mit den modernsten Teleskopen zu sehen. Aber man kann es indirekt identifizieren, wegen seiner unglaublichen Anziehungskraft.

Früher haben Sascha und ich sogar im Bett über Physik gesprochen. Er ist zwar Biologe, kennt sich aber in der Physik aus und benutzt sie auch in seiner Forschung. Wer weiß, vielleicht schreiben wir eines Tages zusammen einen interdisziplinären Artikel. Ein pathetisches Ende für unsere Geschichte. Wie fändest du das?

Genug von Sascha. Ich weiß nicht, was ich noch erzählen soll. Ich erzähle dir mehr, wenn du möchtest.

Ich glaube, ich hatte Angst vor deiner Reaktion, wenn du erfahren würdest, dass ich Sascha von uns erzählt habe, trotz meines Versprechens, niemandem von uns zu erzählen. Und ich hatte auch Angst, du könntest glauben, dass ich unsere Geschichte, deine und meine, dazu benutze, Sascha aus einer Machtposition heraus anzusprechen, weil ich jemand anderen habe. Wenn ich jetzt nicht lügen soll, dann, laut meiner Definition, hat es unsere Geschichte für mich vielleicht leichter gemacht. Aber jetzt ist es unsere Geschichte, deine und meine, und nicht die von irgendjemand anderem.

Vielleicht haben mich deine Zweifel verletzt. Oder die Tatsache, dass du es auf die leichte Schulter genommen hättest, wenn ich mit Sascha geschlafen hätte.
Eva

Dienstag, 26. Oktober, 08:32
Betreff: Mail vor dem Frühstück

Ich habe befürchtet, dass das geschehen würde. Ich hatte heute richtig Angst, meine Mails zu lesen. Es erinnerte mich an die Angst, die ich damals im Dezember hatte, als mir Sascha seinen Abschiedsbrief schickte. Heute Morgen um sieben brachte ich Sascha zum Flughafen (er hat mir das Auto für die Zeit seiner Reise überlassen), und den ganzen Weg zurück spürte ich die Angst, meine Mails anzuschauen. Ich bin nicht sicher, ob es die Angst ist, von dir überhaupt keinen oder einen vernichtenden Brief vorzufinden.

Ich werde noch mehr schreiben, aber nicht jetzt, denn dies ist die »Mail vor dem Frühstück«.
Und vielleicht will ich noch auf deine Mail warten. Oder mit dir sprechen.

Glaubst du wirklich, dass wir uns irgendwann in New York treffen?

5

Er dachte nach über diese gerade begonnene Woche in New York, eine Woche, die fast nicht stattgefunden hätte, schließlich hatte sie einige Tage davor beschlossen, nicht zu kommen, es dann aber bereut und hartnäckig darauf bestanden, doch zu kommen, eine Hartnäckigkeit, die ihm einerseits schmeichelte und ihn andererseits überraschte, angesichts dessen, was am Toten Meer geschehen war. Er dachte darüber nach, dass sie das Flugzeug fast verpasst hätte, weil Sascha sie zu spät abgeholt hatte, vielleicht absichtlich, und wegen einer Tasse Kaffee, die sie nach der Abfertigung noch am Flughafen getrunken hatten, trotz ihrer Verspätung, sie hatte den zweiten Stock des Flughafens erreicht, als die anderen Fluggäste schon einstiegen, und trotzdem war sie erst noch zum Duty-free-Shop gegangen, um Champagner zu kaufen, als würde sie mit dem Feuer spielen. Und indem er all dies bedachte, fragte er sich, ob irgendetwas in ihr gesagt hatte, sie solle nicht kommen, und ob sie sich gegen ihren Willen hier aufhielt, wie eine Art Gefangene.

Da lag sie neben ihm auf dem Bett, nicht festgebunden, nicht im Zimmer eingeschlossen, aber vielleicht trotzdem eine Gefangene, und wenn das so wäre, hätte sie vielleicht auch Fluchtpläne, das kann man nicht wissen, sie könnte jeden Moment verschwinden, man muss immer auf der Hut sein, er betrachtete sie misstrauisch, er versuchte in ihrem Gesicht zu lesen, als würde sie auch im Schlaf etwas Hinterlistiges planen, aber wenn das so war, warum hatte sie dennoch darauf bestanden zu kommen, warum hatte sie ihre Meinung so plötzlich geändert, zwei Tage vor dem Abflug?

Es war ihr erster gemeinsamer Morgen, die Gardine war halb aufgezogen und durch das Fenster drang helles Licht, weiches, zögerndes Licht, ein Hinweis auf winterliches Wetter oder darauf, dass sich der Tag noch nicht entschieden hatte anzufangen und zwischen den verschiedenen Wetterberichten hin und her schwankte. Der Anblick Evas, ein schlafendes Dornröschen, auf der Seite liegend, mit dem Gesicht zu ihm, die hohen Wangenknochen, die halb offenen Lippen, der nackte Hals, die Brüste, die sich unter dem Nachthemd abzeichneten, erfüllten ihn mit Sehnsucht, er drehte sich auf die Seite, mit dem Gesicht zu ihr, die Beine angewinkelt wie sie, als wäre er ihr Spiegelbild, und dachte, für jemanden, der sie beide von oben betrachten würde, von einer Stelle über dem Doppelbett, würden sie bestimmt wie eine Vase aussehen, in die man nur noch Blumen stellen müsste.

Und er erinnerte sich, dass er das schon einmal gesehen hatte, das war in der Notaufnahme, gleich nach dem Unfall, der Arzt bat sie, ihre Hose und das T-Shirt auszuziehen, er ging davon aus, dass sie ein Paar waren und sie keine Probleme hätte, sich in seiner Anwesenheit auszuziehen, und wie schnell hatte sie mitgespielt, mit äußerster Selbstverständlichkeit, sie zog T-Shirt und Hose aus und reichte sie ihm, routiniert wie bei Eheleuten, fast gleichgültig, und bat ihn sogar, ihr mit dem BH zu helfen, dann legte sie sich auf das schmale Behandlungsbett, mit leicht angewinkelten Beinen, und ließ es zu, dass der junge, energische Arzt ihren Blutdruck und den Puls maß, sie abhorchte, ihre Wunde am Knie reinigte und verband.

Er erinnerte sich, wie ihre plötzliche und gleichgültige Schönheit ihn für einen Moment schockiert hatte, vielleicht lag es aber an der mechanischen Art, wie das Stethoskop auf ihre nackte, weiße Haut gedrückt wurde und rosafarbene Kreise hinterließ, wie Verbrennungen von einer winzigen Sonne, und er wandte den Blick von ihr und wunderte sich, warum ihm das geschah, was war der Grund dafür, dass sein Leben so schön war, fast zu schön, voller unerwarteter Begegnungen, Verbrennungen von Schönheit, voller Umbrüche und Zufälle, während das Leben von anderen Menschen anscheinend viel normaler ablief. Hier war er in der Notaufnahme und hielt den Trainingsanzug einer jungen Frau, von deren Existenz er vor einer Stunde noch nichts gewusst hatte, in der Hand und hatte schon eine Rolle in ihrem Leben eingenommen, nämlich ihre Kleidungsstücke zu hüten und sie ihr nach der Untersuchung wiederzugeben, und er fragte sich, was ihn dazu brachte, sich so intensiv in das Leben anderer Menschen hineinziehen zu lassen, schließlich war er doch ziemlich passiv, wozu brauchte er einen derartigen Gefühlsüberschwang, warum passierte das alles gerade ihm?

Doch nun, in dem kleinen Zimmer am Washington Square, war alles ruhiger, ohne Unfall, ohne Notaufnahme oder Gefühlsüberschwang, ganz einfach ein langer, normaler Schlaf, und vielleicht würde es in dieser Woche die meiste Zeit so sein, vielleicht war Eva nach New York gekommen, um den Mangel an Schlaf nachzuholen, sie hatte doch bei der kosmologischen Tagung am Toten Meer fast kein Auge zugemacht. Er versuchte zu sehen, wie spät es war, aber er hatte seine Armbanduhr nicht an, er hatte sie vor dem Schlafengehen abgelegt, wie immer, und er sagte sich, vielleicht ist es besser so, vielleicht ist es besser, nicht zu wissen, wie spät es ist, und vielleicht würde auch die Woche langsamer vergehen oder irgendwie anders, wenn er nicht auf die Uhr schaute, und er blieb auf der Seite liegen und wartete, dass Eva aufwachen würde, kämpfte gegen die Versuchung, sie zu berühren, und lauschte konzentriert ihren Atemzügen, als wäre sie schon wach, als würde sie schon mit ihm sprechen und er müsste nur ihr Ein- und Ausatmen dechiffrieren, vielleicht sollte auch er ein Stethoskop an ihren Körper halten.

Aber die Regelmäßigkeit ihres Atems, des Körpers, der sich leerte und füllte wie ein Akkordeon, zeigte ihm, dass sie sich ständig wiederholte oder vielleicht gar nichts sagte, nur schlief, und er fuhr fort, sie zu betrachten, versuchte, ohne die Hilfe einer Uhr zu schätzen, wie viel Zeit verging, bis sie ihm auf einmal wie eine große, moderne Schlafmaschine vorkam, eine so zuverlässige Maschine, dass sie vielleicht nie mehr aufwachen würde.

Bevor sie nach New York kam, waren sie nie gemeinsam eingeschlafen, sie hatten nie nebeneinander geschlafen, weil sie beschlossen hatte, ihre Affäre vor ihrer Mutter geheim zu halten, sie trafen sich meist tagsüber, in ihrem Zimmer, wenn ihre Mutter bei der Arbeit war, sie stahlen eine Stunde von seiner Mittagspause im Außenministerium und schafften es kaum, hinterher zu duschen, sie träumten nur davon, gemeinsam einzuschlafen und nebeneinander zu liegen, und fragten sich zweifelnd, ob das je geschehen würde, und nun, hier, geschah es, vielleicht sogar früher als erwartet, also musste er jetzt Befriedigung empfinden, und ihm fiel der Spruch von Oscar Wilde ein, über die zwei Tragödien des Lebens – die eine Tragödie sei, nicht zu bekommen, was man sich wünscht, und die andere, es zu bekommen, und nur Letzteres sei die wahre Tragödie.

Er nahm an, dass es etwa zehn Uhr sein musste, und dachte, es würde ihm nicht schaden, noch ein bisschen zu schlafen, da er erst nach vier eingeschlafen war, normalerweise schlief er neun Stunden, und wenn er in dieser Woche nicht genug Schlaf bekäme, würde alles noch schlimmer. Er legte sich auf den Bauch und versuchte einzuschlafen, aber die Nähe von Evas Körper und seine veränderte Lage reizten ihn nur noch mehr, und er dachte, wenn es Ruth wäre, hätte er sie schon geweckt, aber bei Eva konnte man nicht wissen, wie sie reagierte, und plötzlich kam ihm die Idee, er könnte nach Hause fahren und mit Ruth schlafen und nach einer Stunde ins Hotel zurückkehren, ohne dass Eva es überhaupt bemerken würde, doch dann fiel ihm ein Spruch ein, den der Konsul einmal gesagt hatte, es sei in Ordnung, die Ehefrau zu betrügen, aber nie die Geliebte.

Er wunderte sich, warum der Konsul das zu ihm gesagt hatte, ahnte er etwas oder hatte er selbst etwas zu verbergen und versuchte, eine Solidarität zwischen ihnen aufzubauen, eine verbrecherische Interessengemeinschaft, und dann dachte er daran, wie sie sich erst vor vierundzwanzig Stunden im Konsulat über den Weg gelaufen waren, als er heimlich wie ein Dieb in das Gebäude geschlichen war und der Konsul es auf die gleiche Art hatte verlassen wollen, und er dachte, wer weiß, vielleicht hatte er ja auch irgendwelche Pläne, vielleicht war er auch auf dem Weg zum Flughafen gewesen. Er drehte sich wieder zu Eva, jetzt war ihr Körper fast ganz in blasses gelbes Licht getaucht, sie sah aus wie eine Engelsgestalt auf einem Gemälde von Botticelli, und er dachte, ihr Gesicht bekommt kein direktes Licht, aber dieses Problem war zu lösen, es reichte, wenn er die Gardine etwas weiter aufzog, dann würde sie aufwachen, es sei denn, sie war gegen Tageslicht resistent, vielleicht war sie nur nach New York gekommen, um eine ganze Woche lang zu schlafen.

Dann dachte er, vielleicht ist das ihre Art zu fliehen, vielleicht ist es ihre Strategie, sie muss das Zimmer nicht verlassen, es reicht, dass sie schläft, dass sie die ganze Woche lang schläft, und er betrachtete ihren Körper, streckte die Hand aus und zog die Decke weg, sie bewegte sich ein bisschen und drehte sich auf den Rücken, und der Anblick, wie sie mit gestreckten Gliedern auf dem Rücken lag, vollkommen nackt unter dem halb durchsichtigen grünen Nachthemd und mit geöffneten Lippen, führte dazu, dass er fast die Kontrolle verlor und sich auf sie stürzte und in sie versank, ohne zu warten, bis sie wach wurde, aber er fürchtete ihre Reaktion und dachte, zur Sicherheit solle er jetzt lieber aufstehen und vielleicht etwas essen, wenigstens gab es jetzt etwas, und wenn man isst, vergeht die Zeit schneller.

Er stand auf und fing an, sich mit den Papiertüten, die er aus dem Laden mitgebracht hatte, zu beschäftigen, er hoffte, dass das Rascheln sie vielleicht wecken würde, und dann fiel ihm auf, dass sie noch nichts gegessen hatte, er war mitten in der Nacht hinausgerannt, im Regen, um ihr postorgiastische Nahrungsmittel zu besorgen, aber sie hatte sie nicht einmal angerührt, seine nächtliche Geisterfahrt war völlig überflüssig gewesen, und er fragte sich, warum sie das Essen nicht angerührt hatte, was bedeutete das, dass es ihr nicht gut ging? Dass sie krank war? Oder hatte die nächtliche Tasse Tee, die sie zu trinken gewillt gewesen war, ihr genügt? Er riss eine Packung Cracker auf und aß einen Cracker nach dem anderen, ohne Käse, und erst nach einer halben Packung fiel ihm sein Appetit auf, vielleicht war es der Hunger, der ihn geweckt hatte, und vielleicht, mit ein bisschen Glück, würde der Hunger auch sie aufwecken, und er schob die Packung Cracker zur Seite, um sie nicht ganz aufzuessen, und fing wieder an, in den Tüten zu wühlen, auf der Suche nach dem nächsten Gang, doch nichts reizte ihn wirklich, und er dachte, was ihm jetzt gefallen würde, wäre die Füllung eines Truthahns, diese heiße und fette Mischung aus Brot, Zwiebeln und verschiedenen Soßen, die er seit seiner Ankunft in New York vor zehn Jahren bei jeder sich bietenden Gelegenheit begeistert verzehrt hatte, aber in diesem Jahr saß er, statt Truthahnfüllung zu essen, auf der Klobrille eines Hotelbadezimmers und aß Cracker.

Was isst du, fragte sie, und ihre Stimme, die er so liebte, erregte ihn, und er dachte, dass er keinen Grund hatte, sich zu beschweren, und dass er nicht undankbar sein durfte, die Tatsache, dass das Essen sie letztlich geweckt hatte, machte ihn optimistisch, gab ihm eine Art Sicherheit, dass es ab jetzt vielleicht ausreichen würde, Lebensmittel zu ihrem Bett zu tragen, um sie aufzuwecken, alles war klarer geworden, und er antwortete, Cracker, und sie fragte, und was dazu? Cracker mit nichts, sagte er, und sie fragte, mit nichts? Er spürte die Enttäuschung in ihrer Stimme, als wäre sie keine, die sich in einen verliebt, der Cracker mit nichts aß, vor allem, wenn es in der zweiten Tüte einen Camembert gab, aber sie wechselte das Thema und fragte, wie viele Stunden habe ich geschlafen? Und er, der sich gewissermaßen schon als Experte für ihren Schlaf bezeichnete, war trotzdem nicht in der Lage, ihr sofort zu antworten, Moment, sagte er und fing an, die Uhr neben dem Bett zu suchen, und sie fragte, was ist mit einem Kuss? Er beugte sich über sie und küsste sie leicht, aber sie drückte sich an ihn und gab ihm einen langen, gierigen Kuss und fragte wieder, wie spät ist es? Adam löste sich von ihr, fand die Uhr und sagte, halb zwölf, und sie rief, Adam, wie ist das passiert? Der ganze Tag ist vorbei, warum hast du mich nicht geweckt? Warum hast du mich so lange schlafen lassen?

Nun war es schon seine Schuld, dass sie so lange geschlafen hatte, er schwieg, band die Uhr um, beugte sich zum Fußboden, suchte seine Socken und dachte, es wäre vielleicht wirklich an der Zeit, diesen Tag zu beginnen, der schon fast vorbei war, vielleicht seinetwegen, aber sie zog ihn an sich und sagte, Moment, der Kuss ist erst die Vorspeise, was ist mit dem Hauptgericht? Er ließ die Socken fallen, legte sich auf sie, immer noch erregt, aber auch etwas enttäuscht oder überrascht, dass es alles so leicht ging, dass es keine Herausforderung mehr gab, dass von ihren Tränen und der lauten Stille, mit der sie spät in der Nacht eingeschlafen war, nichts mehr übrig geblieben war, sie hatte ganz einfach alles vergessen.

Er drückte sich an sie, rieb sich an ihrem Nachthemd, ihre pralle Weichheit verblüffte ihn, er versuchte sie mit seinen Handflächen zu kneten, wie man Knetmasse knetet, bis sie die passende Form bekommt, und dann berührte er sie leicht mit den Lippen, küsste ihren Schwanenhals, bewegte sich nach oben, küsste ihr Kinn, die Lippen, die Wangen, die meergrauen Augen, bis er das Ohr erreichte und sie mit der Zunge erregte, bis sie sagte, Adam, was machst du mit mir? Es ist zu gut, ich kann nicht widerstehen, und er fuhr gierig fort, kaute an ihrem Ohrläppchen, während er ihre Brüste knetete, die ihm heute Morgen voller erschienen als sonst, glitt an ihrem Bauch abwärts, süchtig nach ihrem Stöhnen, und sie sagte, ich kann nicht mehr, das ist zu gut, und er sagte, berühre mich auch, und sie sagte, ja, lass mir Zeit, ich mag es nicht, wenn man mich darum bittet, und trotzdem schob sie die Hand in seine Unterhose, unschlüssig, flüchtig, sie berührte ihn nicht wirklich, und plötzlich spürte er sie zwischen den Beinen wie einen Schauder und sagte, so ist es gut, mach so weiter, und sie sagte, sag mir, berührst du mich, damit ich dich berühre? Und er sagte, wie kommst du darauf, seine Stimme hörte sich beleidigt an, ich liebe es, dich zu berühren, und sie sagte, ich liebe es, wenn du mich berührst, und nahm ihre Hand aus seiner Unterhose, als würde sie ab jetzt immer das Gegenteil von dem tun, worum er sie bat.

Berühre mich weiter, sagte sie, als wäre das eine Prüfung, denn er hatte schon gestern beschlossen, dass diese Woche eine Art Prüfung sei, und siehe da, dies war die entscheidende Frage, er rollte ihr Nachthemd hoch und fing an, sie zwischen den Oberschenkeln zu lecken, bis er das Schamhaar und die Scham selbst erreichte, die feucht und geschwollen war, und schob seine Zunge hinein, und mit den Händen knetete er weiter ihren ganzen Körper unter dem Nachthemd, sie fing an, sich zu drehen und zu winden, und sagte, Adam, ich werde verrückt, was machst du mit mir? Er nahm die Zunge heraus und leckte sie etwas weiter oben, er spürte, wie ihre Oberschenkel ihn umklammerten, spürte, wie sie zitterte, sie sagte, Adam, was machst du? Ich wollte kommen, während du in mir bist, als wäre er schuld daran, dass sie jetzt gekommen war, egal was passierte, er würde immer schuld daran sein.

Er zog seine Unterhose aus und sagte, du kannst noch einmal kommen, und sie sagte, nein, ich kann nicht zweimal kommen, und er sagte, versuch es doch, es gibt immer ein erstes Mal, und sie sagte, ich weiß, dass ich nicht noch einmal komme, aber ich kann es probieren, wenn du das möchtest, und er streckte die Hand zu der Schublade im Nachttisch, dort waren die Kondome, er gab ihr das Tütchen, sie nahm ein Kondom heraus, riss die Verpackung mit den Zähnen auf und stülpte das Kondom auf sein Glied, das war schon ein Ritual, wenigstens hier herrschte Eintracht, die Art, wie sie es tat, war so zärtlich und süchtig machend, dass er vielleicht das Aufstülpen am meisten liebte, er rieb sich ein bisschen an ihr, legte seine Handflächen unter sie und massierte sie und drückte sie an sich, als würde ihr Becken ihm gehören, als wäre er der Alleinherrscher dieses Beckens, und als er in sie eindrang, spürte er ein ungewöhnliches Vergnügen, er schaute sie an, und als er in ihr war, sah ihr Gesicht aus wie ein Meer, tief und voller Wellen, ein Anblick, den er so sehr vermisst hatte.

Gefällt es dir, fragte er, und sie sagte, ja, Adam, das ist so gut, und er sagte, drück die Beine zusammen, und sie legte ein Bein auf das andere, während er in ihr war, und er fragte, wie ist es jetzt, und sie sagte, noch besser, die Art, wie sie ihn umklammerte, war so vollendet, dass er sagte, Eva, du bist unglaublich, weißt du das? Bleib immer so, lass mich nie raus, und sie sagte, keine Chance, dass ich dich rauslasse, dass ich dich weggehen lasse, und er sagte, ich werde es dir auch nicht erlauben, und fing an, sich in ihr zu bewegen, während seine Hände ihren Hintern massierten und seine Zunge in ihrem Mund war, als würden sie sich auch im Mund ficken.

Sie sagte, es tut ein bisschen weh, und er fragte, soll ich weitermachen oder nicht? Und sie sagte, wie du möchtest, nur dass du weißt, dass es ein bisschen wehtut, für einen Augenblick zog er den Schwanz raus und sagte, vielleicht solltest du die Beine spreizen, und sie sagte, es war aber sehr angenehm so, und er sagte, stimmt, und sie sagte, weißt du was, vielleicht sollten wir die Stellung ändern, es gibt bestimmt Sachen, die wir noch nicht ausprobiert haben, vielleicht zeigst du mir, wie du es mit Tanja gemacht hast, und er sagte, was hat das mit Tanja zu tun, und er versuchte, wieder in sie einzudringen, aber es gelang ihm nicht, und als er verstand, dass nichts mehr zu machen war, dass diese Nummer vorbei war, sagte er, es tut mir leid, und sie umarmte ihn und sagte, nein, es tut mir leid, das ist meine Schuld, nicht deine, und er fragte, warum, und sie sagte, weil ich Tanja erwähnt habe, vielleicht hätte ich sie nicht erwähnen sollen.

Er streifte das Kondom ab, auch das war nun ein wiederkehrendes Ritual, ein erzwungenes Schicksal, das er nicht ganz verstand, die Gründe waren unterschiedlich, mal war dies schuld, mal jenes, aber das Kondom blieb immer leer, wozu sollte man es benutzen, und Eva sagte, erzähl mir mehr über Tanja, warum habt ihr euch eigentlich getrennt? Und er beschloss, sie beim nächsten Mal zu überreden, es ohne Kondom zu machen, wie die letzten Male in Jerusalem, und Eva sagte, du hast mir viel über Tanja erzählt, aber du hast mir nie erklärt, warum ihr euch getrennt habt, wie ist es zu Ende gegangen, und Adam sagte, ich habe es satt mit diesen Kondomen, und Eva sagte, das ist nicht das, was ich gefragt habe, und Adam sagte, entschuldige, ich habe nicht zugehört, ich dachte an etwas anderes, kannst du deine Frage wiederholen? Und Eva sagte, egal, und Adam sagte, es ist nicht egal, was hast du gefragt? Und Eva sagte, ich habe gefragt, warum ihr euch getrennt habt, du und Tanja, und Adam stand vom Bett auf und ging kurz ins Badezimmer, kam zurück und sagte, es ist nicht einfach, sie ist verheiratet, mit jemandem, den ich jeden Tag bei der Arbeit sehe, mit jemandem, der auch mein Chef ist, es ist nicht einfach, eine Affäre mit der Ehefrau des Konsuls zu haben.

Aber du bist doch auch verheiratet, sagte Eva, und Adam sagte, stimmt, ich bin verheiratet, als müsste er ein Geheimnis lüften, das er bis jetzt geheim gehalten hatte, und Eva sagte, außerdem glaube ich, dass Sascha gesagt hat, Tanja sei mit dem Konsul unglücklich gewesen, sie habe sogar geplant, ihn zu verlassen, um dich zu heiraten. Adam ging zum Fenster, zog die Gardine zurück, schaute hinaus und sagte, sie hatte alle möglichen Ideen, und Eva sagte, ich sehe, das Wetter interessiert dich mehr, wenn du es mir nicht erklären möchtest, dann lass es.

Besorgt schaute er sie an, erwartete das Schlimmste, vielleicht war das der Moment, in dem seine Gefangene fliehen würde, aber zu seiner Überraschung stieg sie aus dem Bett, lächelnd und energisch, und verkündete, wir frühstücken jetzt, wir, im Plural, das hieß, sie waren noch zusammen, sie sprach schnell und sicher, als würde sie den Text aus einem geheimen Programmheft vorlesen, in dem der Tagesablauf verzeichnet war, vielleicht auch für die kommenden Tage, wer weiß, und er fragte, was werden wir essen? Er wartete, um zu sehen, ob auch diese Angelegenheit im Programmheft geregelt war, und sie fing an, in den beiden braunen Papiertüten zu wühlen, sie berührte die verschiedenen Lebensmittel, die er spät in der Nacht gekauft hatte, nahm sie einzeln heraus, las sorgfältig die Etiketten und sagte dann, wir essen in einem Café, als wären alle Produkte, die er morgens um drei besorgt hatte, nur Dekoration für das Zimmer, aber eigentlich war er mit ihrem Vorschlag einverstanden, die Cracker, die er vor einer Stunde auf der Klobrille sitzend gegessen hatte, waren wirklich nicht verlockend, es wäre allerdings das Sicherste, im Zimmer zu bleiben, da würden sie niemanden treffen, aber er konnte sie nicht hier gefangen halten, und wenn sie in ein Café in der Nähe gehen würden, war es unwahrscheinlich, dass sie Ruth treffen würden, zumal sie vielleicht noch auf Long Island war, er war nicht sicher, ob sie über Nacht bleiben wollte, normalerweise mochte sie nicht bei ihrem Bruder übernachten, aber der Gedanke, nach dem Festessen in die leere Wohnung zurückzukehren, begeisterte sie bestimmt auch nicht, deshalb war sie vielleicht doch über Nacht geblieben, das konnte man nicht wissen.

Das ist eine gute Idee, sagte er zu Eva, es ist Zeit, dass wir dieses Zimmer verlassen und etwas unternehmen, genau gegenüber vom Hotel gibt es ein Café mit Bagels, man kann es vom Fenster aus sehen, und Eva sagte, okay, wie du willst, und er fragte, wo ist das Problem? Und sie sagte, es gibt kein Problem, und er sagte, nein, sag es doch, und sie sagte, ich mag keine Bagels, und er fragte, hast du sie mal probiert? Und sie sagte, glaubst du etwa, nur weil ich Russin bin, weiß ich nicht, was ein Bagel ist? Und er fragte, auf was hast du Lust? Auf ein Frühstück, sagte sie, als wäre das etwas mit genau definierten Bestandteilen, und er wunderte sich, dass er und Ruth nie zusammen frühstückten, anscheinend tat das der Rest der Welt und vielleicht sollte man es einmal ausprobieren, obwohl um diese Uhrzeit ein Mittagessen angemessener gewesen wäre, und er sagte, wenn du wirklich Hunger hast, könnten wir schon zu Mittag essen, und sie sagte, ich habe so einen Hunger, dass ich dich verschlingen könnte, und er lächelte und erinnerte sich daran, dass sie gerade erst gekommen war, und er neckte sie, es ist schon eine Viertelstunde nach deinem Orgasmus und du hast noch nichts in den Mund gesteckt, und sie gab ihm lächelnd einen Klaps, und er sagte, weißt du was, lass uns zu Mittag essen, wir können in ein Restaurant gehen, nicht in ein Café, und sie sagte, wie du möchtest, und er fragte, was ist? Und sie sagte, ich ziehe es vor, das Frühstück nicht zu überspringen, und außerdem wollte ich dir beim Frühstück etwas Wichtiges erzählen, und er sagte, gut, lass uns runtergehen und hier in der Nähe frühstücken, und er dachte, interessant, was kann das sein, was zum Frühstück passt, aber nicht zum Mittagessen?

Sie duschten, zogen sich an und gingen zum Aufzug, und als sie sich im Spiegel betrachteten, der im Aufzug war, sagten sie sich, dass sie zusammen nicht schlecht aussahen, sie in Strumpfhosen, einem schwarzen Rock und dunkelrotem Pullover, geschminkt, und er in schwarzen Jeans und einem roten Pullover, wirklich passend, beide trugen schwarze Schals und dunkle Mäntel über dem Arm, mit ihren schwarz getuschten Wimpern und mit seinem verhangenen Blick hätten sie fast einem Modemagazin entstiegen sein können.

Der Aufzug hielt, Eva stieg als Erste aus, sie hielt mit einer etwas theatralischen Gebärde dem Pförtner den Schlüssel hin und sagte lächelnd, danke für den Tee, und er sagte, ich hoffe, es geht Ihnen etwas besser, und sie sagte, durchaus, und er sagte, Ihr Mann hat gesagt, Sie seien krank, und sie schwieg, er bemerkte ein leichtes Zucken in ihrem Gesicht, doch da hatte sie sich schon gefangen und sagte, danke, der Tee hat wirklich geholfen, jetzt wäre es schön, wenn Sie uns noch den Regen vom Hals halten könnten, und der Pförtner sagte zu ihr, alles, was Sie möchten, und zwinkerte, und sie zwinkerte lächelnd zurück, aber als sie auf der Straße waren, schwieg sie und ihre Herzlichkeit verschwand, als müsste man nur Fremden gegenüber nett sein, und er bedauerte, dass er kein Taxifahrer oder Kellner war, denn dann hätte sie nun bestimmt mit ihm gescherzt, vielleicht hätte sie ihm ebenfalls zugezwinkert, und er sagte, Eva, was ist los? Und sie sagte, nichts, es ist alles in Ordnung, und er dachte, das stimmt wenigstens mit dem überein, was sie dem Pförtner vor einer Minute gesagt hat, trotzdem sagte er, Eva, sprich mit mir, was wolltest du mir erzählen? Was steht in der letzten Mail, die ich noch nicht gelesen habe?

Verzeih mir, Adam, sagte sie, du hast recht, und ihm kam es vor, als würde er wieder eine Spur von Tränen in ihren Augen entdecken, und er fragte, was soll das heißen? Sie sagte, warte, bis wir uns irgendwo hingesetzt haben, dann erzähle ich dir alles, und er fragte, wo sollen wir sitzen? Und sie sagte, entscheide du. Er ging in das erste Café, das auf dem Weg lag, es war ein italienisches Eckcafé mit einer riesigen Art-nouveau-Theke, und als sie sich an einen viereckigen Marmortisch gesetzt hatten, fing es an zu regnen und sie waren froh, dass sie drinnen saßen, dass sie nicht weiter draußen herumliefen, dass der Winter auf der anderen Seite des Fensters war.

Adam, kann ich dich um etwas bitten, sagte sie, und er sagte, ja, natürlich, und sie sagte, kannst du mich umarmen? Sie standen auf und umarmten sich lange, als hätten sie sich vielleicht fünf Jahre nicht mehr gesehen, und Eva sagte, manchmal will ich nur das, und er sagte, ich weiß, und sie sagte, ich glaube nicht, dass du weißt, wie sehr ich das brauche, und er drückte sie mit aller Kraft an sich und spürte, dass ihm Tränen in die Augen traten, als gäbe es ein physikalisches Gesetz, demzufolge ständig einer von ihnen weinen musste, und er sagte, was wolltest du mir beim Frühstück erzählen? Und sie sagte, auch das, und plötzlich veränderte sich ihr Ton und sie sagte fröhlich, was ist mit dem Essen? Ich sterbe vor Hunger, du möchtest sicher nicht, dass ich hier auf der Stelle ohnmächtig werde, oder?

Adam winkte dem Kellner und sagte, zweimal Frühstück bitte, und zu seiner Verwunderung verstand der Kellner, um was es ging, er kam nach wenigen Minuten zurück, stellte ihnen Toastbrot, Eier, Orangensaft und Kaffee hin, und erst als er anfing zu essen, verstand er, wie sehr er das brauchte, schließlich waren sehr viele Stimmungen physiologisch bedingt, wie oft waren Wut und Frustration das Ergebnis von Hunger, und dann, nachdem er Kaffee getrunken und zwei warme Scheiben Toast mit Butter gegessen hatte, war er wie verwandelt, er schaute Eva an und sah, dass auch sie ins Essen vertieft war, und im Gegensatz zu ihm hatte sie perfekte Tischmanieren, sie aß mit geschlossenem Mund und legte die Ellenbogen nicht auf den Tisch, und jedes Mal, wenn sie die Hand ausstreckte, um etwas zu nehmen, tat sie das mit einer eleganten Bewegung, voller Inspiration, als wäre es Teil eines Tanzes.

Er schaute sie an und fragte, Eva, kann ich dir etwas sagen? Und sie sagte, ja, und er sagte, ich bin so froh, dass du hier bist, dass du dich entschlossen hast, nach New York zu kommen, nach allem, was am Toten Meer passiert ist, denn du hast es ja beinah abgesagt, erinnerst du dich? Sie nahm seine Hände in ihre, er spürte wieder, wie kalt sie war, ihre Kälte hatte etwas Reines, und er sagte noch einmal, Eva, kann ich dir etwas sagen, und sie sagte, ja, und er sagte, bevor ich dich kennengelernt habe, war ich neidisch auf alle Paare, die sich auf der Straße küssen, und jetzt bin ich zum ersten Mal in meinem Leben nicht neidisch.

Sie erhob sich vom Stuhl und umarmte ihn von hinten, er spürte, wie ihre Lippen über seinen Nacken streiften, wie ihre Zähne ihn fast packten, wie eine Katze ihr Junges packt, und hörte, wie sie sagte, ich möchte nicht, dass du die Paare beneidest, die sich auf der Straße küssen, niemals, und er sagte, versprich mir, dass du mich nie verlassen wirst, und sie sagte, du bist verheiratet, und er sagte, aber ich liebe dich immer, und sie sagte, du bist verheiratet, und schwieg kurz, dann fügte sie mit einer seltsamen Stimme, die ganz anders war als sonst, hinzu, eines Tages wirst du mich vergessen, eines Tages wirst du mit Ruth ein Kind haben und dann wirst du mich vergessen.

Nein! Er löste sich von ihr und stieß einen Schrei aus, als hätten ihn alle Argumente verlassen und nur eine krude Silbe sei ihm geblieben, und sie sagte, warum nicht? Da schrie er erneut und spürte, wie der Tisch zitterte, wie das ganze Frühstück zitterte, und sie sagte, Adam, lass uns damit aufhören, es ist nicht gut, über diese Dinge zu reden, und er schrie wieder, nein, als hätte er die Fähigkeit zu kommunizieren verloren und würde von nun an nur einen Ton wiederholen, und ihm schien, dass sie, obwohl sie einen Seitentisch gewählt hatten, zum Mittelpunkt des Cafés geworden waren, ohne es zu wollen, die anderen Gäste schauten sie an wie Spieler, die ihr Geld in einen entscheidenden Boxkampf investiert hatten und jetzt gebannt in die Arena starrten und warteten, wie alles enden würde. Wieder umarmte sie ihn von hinten und er spürte, wie ihre Haare auf seine Schultern fielen, als wären sie auf seinem Kopf gewachsen, ein schäumender Wasserfall aus blonden Haaren, die plötzlich von ihm stammten, und er hörte sie sagen, Dinge, die jetzt groß wirken, werden später, im Rückblick, klein und fast unwichtig sein, wenn du ein Kind hast, und er sagte wieder, nein, zum vierten Mal, obwohl er beabsichtigt hatte, das Gespräch auf ein anderes Thema zu lenken.

Und sie sagte, Adam, darf ich dich um etwas bitten? Und er sagte, um was? Ihm fiel auf, dass er nicht ja gesagt hatte, und sie sagte, erinnerst du dich, wie du mich vor zehn Minuten umarmt hast, als wir ins Café kamen? Glaubst du, dass du das noch einmal machen kannst, nur für zehn Sekunden? Er zögerte kurz, wie jemand, der während einer unerwarteten Prüfung eine tückische Frage entdeckt, dann stand er auf und umarmte sie lustlos, als hätte er keine Kraft mehr, und er dachte, im Gegensatz zur vorigen Umarmung wirkte diese nun wie eine Umarmung von Trauernden, und sie sagte, ich weiß, was uns fehlt, und er fragte, was? Und sie sagte, rate mal, und er sagte, ich kann's nicht raten, sag du es, und sie sagte, was uns fehlt, ist eine Flasche Wodka.

Sie verlangten die Rechnung, warteten im Café, bis der Regen aufhörte, und Eva sagte, ich möchte dich einladen, das Frühstück war meine Idee, und er sagte, nein, New York ist meine Stadt, hier bezahle ich, und sie sagte, aber in Jerusalem hast du auch für mich bezahlt, und er sagte, nicht immer, und sie sagte, dann auch hier nicht immer, dieses Mal bezahle ich, und er sagte, okay, unter der Bedingung, dass ich beim nächsten Mal bezahle, und sie sagte, okay, und legte zwanzig Dollar auf den Tisch und stand sofort auf, ohne auf das Wechselgeld zu warten, und sie verließen das Café in ihren roten Pullovern und schwarzen Schals, glanzvoll wie aus einem Magazin, sie lehnte sich leicht an seine Schulter und hängte sich bei ihm ein, und er sagte, jetzt der Wodka? Und sie sagte, ja, wir müssen Wodka besorgen, und er sagte, ich glaube, ich weiß, wo man ihn bekommt, löste sich von ihr und schickte sich an, die Straße zu überqueren, und sie sagte, lauf nicht weg, und nahm seine Hand, und Hand in Hand gingen sie Richtung NYU, und als sie den Laden erreichten, in dem er mitten in der Nacht die Einkäufe gemacht hatte, begrüßte ihn der Verkäufer, als wäre er Stammkunde, und sagte feierlich, wie kann ich Ihnen heute helfen? Und Adam sagte, haben Sie Wodka, und der Verkäufer sagte, ich habe sogar verschiedene Sorten, und Adam sagte, ich nehme Absolut, wenn Sie ihn haben, und schaute Eva an, und Eva sagte, warum nicht Smirnoff, vielleicht wollte sie Geld sparen, und er sagte zum Verkäufer, wissen Sie was? Ich nehme zwei, eine Flasche Absolut und eine Flasche Smirnoff, und Eva sagte, bist du verrückt geworden? Und er sagte, wir haben uns versprochen, unendlich viele Flaschen Wodka zusammen zu trinken, warum bekommst du Angst vor zwei Flaschen? Und sie sagte, wie du willst, und Adam sagte, mach dir keine Sorgen, wir haben eine ganze Woche vor uns, glaubst du nicht, dass wir in einer Woche zwei Flaschen trinken? Und sie sagte, wie du willst.

Sie verließen den Laden so eilig, dass sie nicht einmal um eine Tüte baten, und als sie auf dem Bürgersteig waren, küsste sie ihn auf die Wange und sagte, danke, und er fragte, wofür, und sie sagte, kann ich einen Schluck haben? Er öffnete die Flasche Absolut und hielt sie ihr hin, und sie sagte, nein, nach dir, und er nahm zwei große Schlucke und spürte, wie das Brennen vom Hals bis in den Magen lief und angenehme Hitzeströme durch seinen Körper schickte. Jetzt bist du dran, sagte er, und sie trank und sagte, oh, ich habe vergessen, wie scharf das ist, und er sagte, du weißt, dass New York mehr ist als nur der Washington Square, und sie lächelte und sagte, ich bin froh, dass du das sagst, ich habe schon gedacht, du wolltest mich eine Woche lang am Washington Square verstecken, und er sagte, du hast keinen Grund, dich zu verstecken, ich bin es, der zurzeit angeblich in Washington ist, und sie fragte, legst du mir nahe, allein in New York herumzulaufen, ist es das, was ich da heraushöre? Und er sagte, nein, ich kann dich an viele Orte begleiten, aber man sollte es nicht übertreiben, und sie fragte, wo ist die Grenze? Er sagte, ich glaube zum Beispiel nicht, dass es klug wäre, gemeinsam durch die 57. Straße zu spazieren, und sie fragte, wohnst du dort? Du hast mir nie gesagt, wo du wohnst, und er schwieg kurz, wie nach einer besonders offenherzigen Beichte, als wäre es ein Verbrechen, eine Wohnung zu haben.

Und Eva sagte, Adam, ich bin stark genug, du musst mir deine Adresse nicht verheimlichen, und er sagte, ich wohne in der 57. Straße East, Nr. 411, neben der First Avenue, im zehnten Stock, und sie schwieg, als wolle sie die Fülle der Informationen verdauen oder sie auswendig lernen oder weiß der Teufel was, und sie sagte, Adam, dort wirst du immer wohnen, und er sagte, nein, und sie sagte, du wirst sehen, dass ich recht habe, dann nahm sie seine freie Hand, in der anderen Hand hielt er die Wodkaflaschen, und Adam sagte, Eva, was wolltest du mir beim Frühstück erzählen? Und sie sagte, vielleicht später, wenn wir uns hinsetzen, jetzt möchte ich New York sehen, und er fragte, was möchtest du sehen? Und sie sagte, was darf ich sehen? Und er sagte, hör auf, so zu reden, und sie sagte, nein, ich meine es ernst, heißt es, dass außerhalb der 57. Straße alles erlaubt ist? Und er sagte, es gibt Stadtteile, in denen Ruth sich oft aufhält, Murray Hill zum Beispiel, dort geht sie gern spazieren, und Eva sagte, ich verstehe, New York wird in zwei Teile geteilt, in einen Teil für mich und einen Teil für Ruth, ich bekomme die Reste von Ruth.

Und er sagte, Eva, vielleicht sagst du mir, was du willst? Du sagst viel, aber nie, was du willst, und Eva lächelte und sagte, Adam, ich bin eine Frau, eine Frau sagt nie, was sie will, es ist die Rolle des Mannes, das zu erraten, und Adam sagte, das hört sich ziemlich altmodisch an, hat man euch das in Russland so beigebracht? Und Eva sagte, was hat das mit Russland zu tun? Führst du jetzt eine Untersuchung über Russinnen durch? Vorher Tanja und jetzt ich? Ist das vielleicht deine Aufgabe im Konsulat?

Adam schwieg, und Eva sagte, mach dir keine Sorgen, du kannst dich beruhigen, ich brauche nicht ganz New York zu besichtigen, ich muss nicht die 57. Straße oder Murray Hill sehen, zeig mir die Gegenden, in denen sich Ruth nicht herumtreibt, die wird es doch geben, oder? Zum Beispiel Washington Square, es hat doch wohl einen Grund, warum du diesen Ort ausgewählt hast, es gibt hier Rasen und Bänke und einen Springbrunnen und Hot-Dog-Stände und sogar einen lächerlichen Triumphbogen, auf diesen Bänken können wir die ganze Woche verbringen und den Triumphbogen anstarren, und falls trotzdem jemand vorbeikommt, den du kennst, verstecken wir unsere Gesichter hinter einer Zeitung, mit ein bisschen Glück finden wir eine riesige Zeitung, die unsere ganzen Körper versteckt, und niemand wird uns erkennen, Ruth nicht und nicht einmal Tanja, und du wirst ganz ruhig und entspannt sein, was sagst du dazu?

6

Mittwoch, 27. Oktober, 12:23

Du schreibst mir also nicht mehr. Hast du beschlossen, mir nicht mehr zu schreiben? Nach allem, was passiert ist, weiß ich nicht, was ich denken soll. Ich mache mir eine Tasse Tee. Wenn ich hier ein Klavier hätte, würde ich spielen. Ich werde nachher wieder meine Mails lesen. Der Himmel hat heute eine seltsame Farbe.

Mittwoch, 27. Oktober, 19:04

Was ist los, Adam? Bestrafst du mich? Weil ich mein Versprechen, Sascha nichts von uns zu erzählen, gebrochen habe?
Warum ist es so wichtig, dass Sascha nichts erfährt?
Schreib mir etwas. Schrei mich an. Beleidige mich. Alles ist besser als dieses Schweigen.

Donnerstag, 28. Oktober, 15:05

Nein, ich glaube nicht, dass Sascha sich für mich interessiert.
Nein, ich glaube nicht, dass Sascha jemandem etwas über unsere Affäre erzählen wird.
Kannst du nicht aufhören, so paranoid zu sein?

Sascha ist einer der diskretesten Menschen, die ich kenne. Mir wird manchmal schlecht von dieser Geheimniskrämerei.

Adam,
ich bin wieder traurig.
Ja, ich habe zwei Seiten, die eine Seite ist auf eine tödliche Art realistisch. Diese Seite argumentiert gegen mich, gegen mein seltsames Glück. Sie sagt, dass du ein eigenes Leben hast, sogar ein ziemlich erfolgreiches Leben, dass ich nur eine angenehme kleine Zugabe zu diesem Leben bin, das du als Angestellter des Konsulats führst, eines Mannes, der durch die Welt reist, als glücklicher Ehemann, vielleicht demnächst auch als Vater. Dein Leben ist ausgefüllt, und du suchst hier und da unbedeutende Zugaben, wie die Kirsche auf der Schlagsahne, aber wenn die Stunde der Wahrheit kommt, weißt du, wohin du gehörst. Du wirst keine Sekunde zögern, du wirst dich nicht verleiten lassen. Nichts kann deine Fundamente erschüttern.

Aber meine Fundamente sind nicht so stabil, sie sind zerbrechlich, ich bin fast zwanzig Jahre jünger als du. Bei mir kann sich alles ändern. In einem Monat, vielleicht in einer Woche, kann ich jemanden kennenlernen. Wie kann ich versprechen, immer mit dir zusammen zu sein? Und wie kannst du so ein Versprechen von mir fordern?

Das ist vielleicht die Essenz der fehlenden Symmetrie zwischen uns, und des Feuers, das meine Zweifel schürt.

Heute war ich wieder allein joggen.
Kam an Menschen vorbei, die gemeinsam joggten.
Oder an welchen, die mit Hunden joggten.
Andere hatten ein Baby im Wagen.

Aber ich rannte allein.
Kein Freund. Kein Hund. Nicht mal ein Baby.

Adam,
ich möchte dir etwas aus meiner Vergangenheit erzählen. Jedes Mal, wenn ich Liebe gefunden hatte und wir geographisch getrennt waren (das geschah einige Male, zum Beispiel mit Ilja, ich erinnere mich, dass du mich noch in der Notaufnahme danach gefragt hast), litt ich schrecklich und war vor lauter Sehnsucht außerstande zu funktionieren oder mich anderen gegenüber zu öffnen. Ich möchte nicht die ganze Zeit Sehnsucht haben. Oder die ganze Zeit Mails schreiben. Oder nach der New Yorker Uhrzeit leben. Ich will jetzt und hier leben. Ich erinnere mich nur allzu gut an diesen Schmerz, er war wie eine Warnleuchte, ich machte Umwege, um ihm nicht zu begegnen. Und trotzdem ist er wieder da. Wie ein Parasit. Raubt mir die Energie.

Und immer kommt dazu meine Befürchtung oder mein Misstrauen, dass ich mehr unter der zweiten Seite leide. Ich weiß nicht, warum dieser Gedanke bei mir so zentral ist. Es erinnert mich an das, was Sascha über Tanja gesagt hat, dass sie unter ihrer Natur leidet und nicht unter den Umständen, in denen sie sich befindet, ihrer Ehe zum Beispiel. Sie kann diese Umstände ändern, aber sie wird es nicht tun, denn sie helfen ihr zu leiden. Wer weiß, vielleicht hat sie den Konsul geheiratet, um zu leiden.

Warum ich Sascha von uns erzählt habe? Das zu beantworten fällt mir sehr schwer. Vielleicht dachte ich, nach all dem, was passiert war, sei er jetzt an der Reihe, mir zuzuhören. Vielleicht wollte ich, dass er weiß, dass ich jetzt jemand anderen liebe, dass ich ihm nicht mehr gehöre. Vielleicht war ich zu traurig. Vielleicht habe ich nicht nachgedacht, sondern es einfach getan. Aber Adam, warum ist es dir so wichtig, dass Sascha nichts erfährt?

Er führt jetzt ein »freies« Leben. Seltsam, wie er sich geändert hat. Oder er war vielleicht immer so und ich war nur blind? Früher dachte ich, er sei tiefgründig. Ich erinnere mich, wie er sagte, dass er mich immer lieben würde. Und dass er mich nie betrügen würde, denn dann würde unsere Liebe sinnlos. Und dass er mir das Recht gebe, ihn lieber zu betrügen, statt ihn zu verlassen. Dass er verstehe, dass ich ihn vielleicht betrügen würde, weil er mir nicht alles geben könne. Manchmal sagte er sogar, dass er mir nicht geben könne, was ich brauchte, und dass eines Tages jemand kommen würde, der mir den »Weg« zeige und ich ihn dann verlassen würde. Kannst du dir vorstellen, dass er solche Sachen gesagt hat und dass am Ende er es war, der mich verlassen hat und jetzt scharf auf One-Night-Stands ist und behauptet, dass dies die einzig wahre Art zu leben ist?

Und wie herzlos und distanziert er ist, wenn er über Tanja spricht, die seine erste Liebe war, noch im Gymnasium in Sankt Petersburg. Es hat mich zutiefst getroffen zu hören, wie er über sie spricht, nach all ihren gemeinsamen Jahren. Ich kam auf den Gedanken, dass er Sankt Petersburg vielleicht nur deshalb verlassen hat, um vor ihr wegzulaufen. Er nannte sie verrückt (vielleicht sollte ich dir das gar nicht erzählen?). Er sagte, er habe befürchtet, dass Tanja ihm nach Israel folgen würde, sie habe schon mit den Formalitäten angefangen, und so lernte sie Me'ir kennen, der damals Konsul in Moskau war, und am Ende hat sie Me'ir geheiratet und sie sind nach New York gezogen. Er sagte, er habe Zweifel an Tanjas Motiven, diese schnelle Heirat mit einem Mann, der viel älter war als sie, den sie kaum kannte, erscheine ihm seltsam. Er sagte, sogar als frisch verheiratete Frau habe Tanja ihn fast täglich in Israel angerufen und versucht, die Verbindung aufrechtzuerhalten, und er habe sich gefreut, dass sie dich in New York am Konsulat kennengelernt und sich in dich verliebt habe. Er habe gebetet, dass sie mit dir zusammenbleibe, aber seine Empathie sei mehr auf deiner als auf ihrer Seite gewesen.

Als ich zu ihm sagte, dass ich nach all den tollen Geschichten, die du mir über sie erzählt hast, das Gefühl hätte, Tanja sehr gut zu kennen, ohne sie getroffen zu haben, drückte er mir sein Beileid aus. Ich schwöre, das hat er wörtlich gesagt. Mein Beileid. Kannst du dir das vorstellen? Doch andererseits sagte er auch: Erzähle Tanja niemals von deiner Affäre mit Adam, wenn du nicht einen Menschen töten willst.
Vielleicht ist er derjenige, der verrückt ist?
Er, der jetzt Affären mit Frauen hat, die er im Schwimmbad kennenlernt und für eine Nacht verführt.

Aber vielleicht irre ich mich, was ihn betrifft. Denn er nimmt sein Versprechen, mir zu helfen, sehr ernst. Er hat mir sogar aus London, von seiner Biologenkonferenz, gestern und heute Mails geschrieben, Zweizeiler nur, aber immerhin, er hat sich nach mir erkundigt. Und als ich mit ihm sprach, hatte ich den Eindruck, er warte wirklich darauf, dass eine seiner Schwimmerinnen eine Woche mit ihm verbringt. Er war auch zu meinem Vortrag gekommen und hörte sich mit unendlicher Geduld meine zweifelhaften Ausführungen über die Entstehung von schwarzen Löchern an. Weißt du, dass es mitten in unserer Galaxie ein schwarzes Loch gibt, das eine Million Mal schwerer ist als die Sonne?

Ich muss sagen, dass Sascha einer der wenigen Menschen ist, die ich getroffen habe, die als Reaktion auf das, was man ihnen erzählt, nur selten etwas von sich selbst erzählen. Das hat ihn bei Menschen, die jemanden zum Zuhören brauchen, sehr beliebt gemacht. Meine Mutter hat oft gesagt, er sei einer, der ständig an seinem Image poliere. Sie mochte ihn nicht. Ihrer Meinung nach war seine Trennung von mir das Beste, was mir passieren konnte. Ich erinnere mich, wie sie ihn immer wieder provozierte, um ihm eine eigene Meinung oder den Bruchteil eines Gedankens zu entlocken. Es gelang ihr nie. Und Saschas nüchterne Meinung über dich, als er mich fragte, ob ich wirklich mit dir weitermachen wolle. Ich versuche, mich an seine genaue Definition zu erinnern: mit Adam, mit der Krise eines Mannes, der alles hat und dem trotzdem etwas fehlt – willst du wirklich mit ihm zusammenbleiben?

Es wäre gelogen, würde ich behaupten, seine Worte hätten keinen Einfluss auf mich. Es ist wie ein Kampf zwischen seinen und deinen Worten.

Ich erinnere mich (ich weiß nicht, warum gerade jetzt, vielleicht weil ich auf die Idee kam, dich im Konsulat anzurufen, als du meine Mails nicht beantwortet hast), dass ich, als ich in Ilja verliebt war und er hunderte von Kilometern von mir entfernt in Riga lebte, ihn dort anrief, wenn ich wusste, dass er nicht zu Hause war, nur um seine Stimme auf dem Anrufbeantworter zu hören.

Meine Mutter telefoniert mit ihrem Liebhaber. Ich bin die Einzige, die darüber Bescheid weiß. Sie sagt, das Schicksal habe sie zusammengebracht. Aber was sie in Wirklichkeit zusammengebracht hat, ist sein Appetit auf Eier und rotes Fleisch. Sie hat ihn in der Krankenkassenambulanz kennengelernt. Sie hat ihm Tabletten gegen seinen hohen Cholesterinspiegel verschrieben. Es ist nicht das erste Mal, dass sie sich in einen ihrer Patienten verliebt hat. Wir opfern uns auf, erklärte sie mir mit einem solchen Pathos, dass ich innerlich lachen musste, als ich mir mit ernster Miene ihre Tragödie anhörte. Warum Tragödie? Weil ihr Liebhaber noch nicht frei ist. Er wird erst in einem Monat frei sein. Er hat eine Freundin, und die Freundin wird in einem Monat operiert. Nichts Besonderes, nur eine kleine Operation am Fuß. Aber er ist sehr rücksichtsvoll, er hat ein goldenes Herz, sagt meine Mutter, er hat Mitleid mit ihr und will nicht vor der Operation mit ihr Schluss machen! Das ist der Grund, warum sie ihre Liebe verstecken und warten müssen. Gestern hat sie dramatisch verkündet: Wir haben beschlossen, morgen nicht zu telefonieren. Ich hoffe, dass sie sich jetzt daran erinnert, damit ich dir endlich meine Mail schicken kann.

Manchmal kommt es mir vor, als wäre meine Mutter in der Pubertät und ich in den Wechseljahren. Was sagst du dazu?

Ich muss los. In einer Stunde unterrichte ich. Ich bin froh, dass wir gestern miteinander telefoniert haben, trotz deiner Rüge, dass ich Sascha von uns erzählt habe. Manchmal ist mir deine Stimme wichtiger als das, was du sagst.

Freitag, 29. Oktober, 10:01

Deine letzte Mail gefiel mir so gut, dass ich sie dir zurückschicke, damit du sie noch einmal liest. Und auch um meine Mail zu verlängern, weil ich jetzt keine Zeit habe zu schreiben, dir aber mehr als einen Zweizeiler schicken möchte.
Eva

>Betreff: Regen
>
>Plötzlich, Eva, ist es Herbst, und alles ist weicher.
>Die Farben, die Stimmen, sogar meine Haut und meine Ge-
>danken.
>Ich bin müde. Ich möchte mit dir nicht streiten, ich möchte
>dich nicht überzeugen.
>Wenn du keine Sehnsucht haben willst, dann lass es.
>Wenn du mir nicht schreiben willst, dann schreibe nicht.
>Am Telefon hast du zu mir gesagt: Du musst mich nicht
>überzeugen.
>Das ist gut, denn ich bin heute nicht sehr überzeugend.
>Ich möchte heute auch nichts entscheiden oder mich in die
>Überlegung versenken, wie viel gemeinsame Zeit wir noch
>haben.
>Meine Gedanken sind heute weich, nicht tief.
>Ich möchte dir nur schreiben, wenn ich Lust dazu habe, mit
>dir reden, wenn ich Lust dazu habe, und an dich denken,
>wenn ich Lust dazu habe, also immer.
>Gibt es eine Gedankenpolizei?
>Sind bestimmte Gedanken verboten?
>Wenn du nicht willst, dass ich dir schreibe, dann sag ein-
>fach, ich soll aufhören.
>Wenn du mir nicht sagst, ich soll aufhören, werde ich wei-
>terschreiben.
>
>Mein Beileid? Ich konnte das noch nicht einmal lesen. Eine
>verrückte Frau?
>Ich wollte mir die Ohren zuhalten. Und all seine Freundin-
>nen, die nichts voneinander wissen. Ich spürte, dass ich Sa-
>scha nie treffen möchte. Und der Gedanke, dass Tanja in ihm
>ihren besten Freund sieht. Vielleicht sollte ich an dieser Stel-
>le aufhören, denn ich habe weiche Gedanken versprochen.

>Es regnet, meine Geliebte. Plötzlich regnet es. Ich sehe den
>blauen Regen durch das Fenster auf meiner linken Seite. Ein
>starker Regen, fast brutal, färbt alles blau. Die Second Ave-
>nue in Manhattan sieht aus wie ein Fluss. Ich öffne das Fens-
>ter, damit ich den Regen riechen kann. Ist dir aufgefallen,
>dass der erste Regen einen besonderen Duft hat?
>
>Ich erinnere mich, wie wir zu diesem Felsen zurückgingen,
>von dem aus man die Wüste sah, mit einer Wodkaflasche in
>der Hand, wie wir uns Geschichten erzählten, du über Sa-
>scha und ich über Tanja, und es hat nie geregnet. Bis zu je-
>nem erstaunlichen Moment, in dem wir entdeckten, dass
>sich unsere Geschichten überlappten. Dass wir die gleiche
>Geschichte erzählen. Gerade da fing es an zu regnen. Der
>erste Regen.
>
>Ich erinnere mich, dass ich dachte, es gibt zu viele Überein-
>stimmungen. Es ist kaum zu glauben, was hier geschieht.
>Wie kann es sein, dass ich einen Monat nach der Trennung
>von Tanja auf einen anderen Kontinent fliege, ein Auto mie-
>te, eine Frau auf der Straße nach Gilo verletze, und diese
>Frau und Tanja einen gemeinsamen Liebhaber gehabt ha-
>ben, Sascha, über den ich von Tanja schon so viel gehört hat-
>te, und jetzt sprichst du über ihn.
>
>Ist es mein Schicksal, Geschichten über Sascha zu hören?
>Mich in Frauen zu verlieben, die er verlassen hat? Wie
>kommt es, dass ich und Sascha uns in die gleichen Frauen
>verlieben? Gibt es noch andere Gemeinsamkeiten? Ist Sa-
>scha mein Doppelgänger? Gibt es so etwas überhaupt, Dop-
>pelgänger? Und wie kann es sein, dass es anfängt zu regnen,
>wenn wir das alles entdecken, der erste Regen?
>

>Ich erinnere mich, dass mir all diese Gedanken auf ein-
>mal kamen, zu schnell, zu sehr ineinander verschlungen
>und nicht voneinander zu trennen, und dazu die schweren
>duftenden Regentropfen, und unsere Bekleidung, die fast
>durchsichtig wurde. Ich erinnere mich an deine Tränen. Du
>warst noch stärker geschockt als ich. Du weintest und sag-
>test, das darf nicht wahr sein, das darf nicht wahr sein. Das
>war das erste Mal, dass ich dich weinen sah. Ich erinnere
>mich, dass ich versuchte, dich zu beruhigen, dich in den
>Arm zu nehmen. Aber du hast dich nicht beruhigen lassen.
>Du hast dich aus meinen Armen befreit. Du hast geschrien,
>das darf nicht wahr sein, das darf nicht wahr sein.
>
>Es regnet jetzt in New York, es ist aber nicht der erste Re-
>gen. Es riecht auch nicht wie nach dem ersten Regen. Denn
>in New York gibt es keinen ersten Regen. Hier regnet es das
>ganze Jahr über. Danach sehne ich mich, seit ich hier bin,
>nach dem ersten Regen. Und trotzdem kann man ein Fens-
>ter aufmachen und den blauen Regen riechen. Und die glän-
>zenden Autos sehen, wie sie langsam durch die Second Ave-
>nue schwimmen. Und man kann weich sein. Ich wünschte,
>ich wäre sogar noch weicher. Ich wünschte, ich könnte jetzt
>deine Weichheit spüren. Ich wünschte, ich könnte jetzt in
>deinem Körper versinken.
>
>Adam

Samstag, 30. Oktober, 19:51
Betreff: Herbst

Adam,
ich habe deine Mail gelesen. Das Wort ist nicht genau, ich habe sie eingeatmet. Ich habe sie in mich eingesaugt, in meine Lungen (wir machen so viel im Leben, ohne es wirklich einzusaugen). Das ist in diesen Tagen zu meiner Hauptbeschäftigung geworden, deine Mails zu lesen, dir zu schreiben. Du bist die ganze Zeit hier. Überall. Wie durch ein Zauberkunststück.

Aber meine Finger sind zu langsam. Langsamer als die Worte. Und die Worte sind langsamer als die Gedanken. Und dieser Staffellauf, die Finger hinter den Worten und die Worte hinter den Gedanken, hat etwas Frustrierendes an sich. Es geht so viel verloren.

Was ich jetzt haben möchte, sind mehr Hände.
Tausend Hände auf tausend Tastaturen.
So etwas wie ein Riesenoktopus.

Ja, ich liebe es auch, den Regen zu riechen. Und ich liebe den Herbst.
Ich erinnere mich, dass unsere Lehrerin, als ich ein Kind war, uns fragte, welche Jahreszeit wir am liebsten hätten, und warum. Die meisten Kinder wählten den Sommer, wegen der langen Tage (die weißen Nächte) oder wegen des Wetters. Andere wählten den Winter (Ski, Schnee) oder den Frühling (Anfang?). Nur ich bevorzugte den Herbst. Und meine Begründung war banal: Im Herbst fing die Schule wieder an, ich liebte es zu lernen.

Im Herbst kam immer meine Großmutter aus Moskau nach Sankt Petersburg und blieb zwei Monate bei uns. Ich liebte es, Pilze zu sammeln. Viel mehr, als sie zu essen. Ich suchte mit meinem Vater um die Wette. Dann gingen wir in die Küche, die voller Dampf war, sortierten die Pilze und schnitten sie in dünne Scheiben. Einmal konnte ich wegen des Dampfes nichts sehen und schnitt mir in den Finger, statt den Pilz zu treffen, und mein Vater lutschte an meinem Finger und sagte, das ist aber ein leckerer Pilz.

Ich erinnere mich jetzt, dass es Dinge in meinem Leben gab, die ich wirklich liebte.

Adam,
es ist nun Abend und ich bin traurig. Du hast Glück, dass ich die meisten Mails tagsüber schreibe, denn die Abende bedeuten eine unendliche Melancholie. Ich erinnere mich an ein Gedicht. Es heißt »Herbsttag« und stammt von Rilke. Ich interessiere mich nicht so sehr für Lyrik, aber dieses Gedicht verfolgte mich an den Abenden, wenn die Tage kürzer wurden und das strahlende Licht des Sommers verschwand.

An jenen Abenden, als ich jung und allein war, setzte ich mich ans Klavier und spielte unendlich lang. Hauptsächlich Chopin. Aber in den traurigsten Augenblicken spielte ich Beethoven, die Mondscheinsonate, immer und immer wieder, und mir schien, als ziehe jemand an meinem Herzen, so wie man versucht, eine Wurzel herauszureißen. Ich erinnere mich jetzt ganz genau daran, weil mein Computer in diesem Moment die Mondscheinsonate spielt. Habe ich dir erzählt, dass mein Computer Musik spielen kann? Ich habe eine CD mit den Sonaten von Beethoven. Sie gehört mir nicht, sie gehört Sascha. Das stimmt nicht ganz, eigentlich habe ich sie Sascha einmal geschenkt, und als wir uns trennten und ich meine Sachen aus der Wohnung in Niyot abholte, rutschte diese CD irgendwie in meine Tasche und seitdem ist sie bei mir. Das ist der einzige Gegenstand, den ich habe, der Sascha gehört. Und es ist das erste Mal seit der Trennung, dass ich mir die CD anhöre.

Ich schalte sie jetzt aus. Ich kann die Mondscheinsonate nicht mehr hören. Ich kann auch nicht mehr Klavier spielen. Ich habe in Jerusalem kein Klavier. Was für ein Glück, dass in wenigen Minuten Freunde zu uns kommen. Es sind die, die in den Fotoalben blätterten, die, eine Stunde nachdem du weg warst, in unserer Küche saßen, lachten und tranken und Pelmeni aßen. Habe ich dir schon davon erzählt? So vieles habe ich dir noch nicht erzählt. Ich glaube, ich werde ihnen Wein anbieten, keinen Wodka. Unseren Wodka habe ich nicht angerührt. Im Oktober ohne dich Wodka zu trinken kommt mir vor, als würde ich dich betrügen.

Nein, Adam, ich ertrage es nicht. Nur mir selbst zuzuhören und über mich zu sprechen, wie du es vorschlägst. Das ist der Grund, weshalb ich die ganze Zeit zu Menschen fliehe. Glaubst du, dass ich jemals lernen werde, mir zuzuhören, ohne mir die Ohren zuzuhalten und wegzulaufen?

Aber darüber wollte ich nicht schreiben. Ich wollte über das Gedicht von Rilke schreiben. Ich fand das Gedicht das erste Mal in einem Brief, den mir Ilja von Riga nach Sankt Petersburg schickte. Das war noch die Zeit, in der man Liebesbriefe auf Papier schrieb, nicht per Computer, mit elektronischer Post.

Herbsttag

Herr: es ist Zeit. Der Sommer war sehr groß.
Leg deinen Schatten auf die Sonnenuhren,
und auf den Fluren laß die Winde los.

Befiehl den letzten Früchten voll zu sein;
gieb ihnen noch zwei südlichere Tage,
dränge sie zur Vollendung hin und jage
die letzte Süße in den schweren Wein.

Wer jetzt kein Haus hat, baut sich keines mehr.
Wer jetzt allein ist, wird es lange bleiben,
wird wachen, lesen, lange Briefe schreiben
und wird in den Alleen hin und her
unruhig wandern, wenn die Blätter treiben.

Adam, wir beide wissen es, wir werden nie ein Haus haben.
Wir werden nie an einem Küchentisch zusammensitzen.
Wir werden noch nicht einmal in derselben Stadt wohnen.
Eva

Sonntag, 31. Oktober, 21:55

Adam,
heute bin ich leer. Als hätte mir jemand den Zauber geraubt, seit du weg bist. Wie lange hält der Zauber, den du hinterlässt? Sag mir, dass er länger als zwei Wochen hält.

Ich dachte heute (ich bin mit einer schrecklichen Laune aufgewacht und musste mit Lena zum Innenministerium gehen, um die Termine für die Prüfungen bestätigen zu lassen): Und wenn ich dir heute nicht schreibe? Ein Teufel in mir wollte deine Reaktion prüfen. Aber dann verstand ich, dass ich mich nur selbst quälen würde. Das habe ich auch früher schon gemacht, nicht nur einmal, ich quälte mich selbst, indem ich andere Leute quälte. So habe ich es mit dir gemacht, als du zum ersten Mal mit mir schlafen wolltest. Das war am Tag nach dem ersten Regen. Es hatte die ganze Nacht geblitzt und gedonnert und ich konnte nicht schlafen. Ich wollte dich in meinem Bett. Ich wollte dich auf mir. Unter mir. Ich wollte mit dir alle Donner der Welt hören. Aber morgens, als du mich anriefst, als du mich fragtest, ob meine Mutter schon weggegangen und ich allein zu Hause sei, ob du auf dem Weg zum Außenministerium zu mir kommen könntest, und als du dann auf meinem Bett saßest und mit mir über die Blitze und den Donner sprachst und darüber, dass du nicht schlafen konntest, erlaubte ich dir noch nicht einmal, mich zu küssen, erinnerst du dich?

Vielleicht ärgerte es mich, dass ich in der Nacht genauso empfunden hatte wie du. Vielleicht ärgerte es mich, dass du Kondome gekauft hattest. Dass es dir so selbstverständlich erschienen war. Dass du dir so sicher warst, dass ich mit dir ficken würde (entschuldige das Wort). Und ich fragte mich auch, ob du mich wirklich begehrtest, oder waren es nur diese Zufälle, die dich davon überzeugten, dass es eine Art Schicksal sei, dass zwischen uns etwas passieren müsse. Vielleicht bist du wie meine Mutter und glaubst, dass es keine Zufälle gibt, dass alles einen Sinn hat, dass alles prädestiniert ist. Wenn du in das Schicksal verliebt bist, solltest du vielleicht lieber mit ihm ficken statt mit mir?

Ich saß damals mit dir auf dem Bett, ich erinnere mich, dass ich meinen roten Wollpullover anhatte, ich erinnere mich, wie du versuchtest, mich zu berühren, über dem Pullover und darunter, und wie ich dich wegstieß, ich wollte wissen, wie du reagierst, ob dein Gesicht plötzlich düster würde, wenn ich zu dir sagte, du sollest die Kondome wieder in die Tasche stecken.

Adam, ich verrate dir ein Geheimnis. Auch ich hatte an jenem Morgen Kondome gekauft. Vielleicht war es das, was mich erschreckt hat, diese Parallelität. Vielleicht reagiere ich auf Zufälle genau umgekehrt. Für dich ist der Zufall ein Zeichen, dass etwas so sein soll. Aber mich erschreckt er, als würde ein anderer unsere Geschichte schreiben, als hätte ich keine Kontrolle darüber. Und wer weiß, vielleicht ist auch das Ende bereits geschrieben. In dem Moment, als du die Kondome aus der Tasche holtest und ich sah, dass sie sogar von derselben Firma waren wie die, die ich erst eine Stunde zuvor gekauft hatte, geriet ich vielleicht in eine Art Schock und versuchte, die Kontrolle zurückzuerobern, die Sache zu stoppen, solange es möglich war. Der Teufel in mir wollte dich quälen, und mich auch.

Das habe ich mit Ilja, dem Freund, den ich am meisten liebte, auch getan. In unseren ersten gemeinsamen Tagen floh ich vor ihm, weil ich dachte, dass ich ihn zu sehr liebte.

Wir lernten uns in Riga kennen und verbrachten fast zwei Wochen zusammen. Er wohnte mit seinen Eltern in einer Anderthalbzimmerwohnung. In meinem Zimmer im Wohnheim waren Männerbesuche verboten, sodass wir keinen Ort hatten, wo wir zusammen sein konnten. Deshalb liefen wir die ganze Nacht herum, eine Nacht nach der anderen. Ich erinnere mich, wie wir stundenlang vor dem großen Metalltor des Wohnheims standen und uns nicht trennen konnten, bis es hell wurde. Wir fuhren zusammen nach Tallinn, an die Ostsee, nur so, und ich erinnere mich, dass wir den ganzen Tag lachten, bis wir Muskelkater hatten.

Ich erzählte ihm alles, und unsere Themen erschöpften sich nie, im Gegenteil, sie verdoppelten sich mit jedem Wort, das wir sprachen. Ich erzählte ihm von Büchern, die ich gelesen hatte, stundenlang, ich erzählte ihm meine Eindrücke von einem Buch und hörte zu, wie er mir seine erzählte. Damals gaben wir gemeinsam eine Zeitschrift heraus. Unsere Zeitschrift. Sie war dem Thema Suppe gewidmet. Ich war damals süchtig nach Suppen. Manchmal ging ich an einem Tag in fünf verschiedene Cafeterias, nur um Suppe zu essen. Spontan entschieden wir uns, eine Nacht in Tallinn zu bleiben, dort schliefen wir sogar im gleichen Bett, aber wir liebten uns nicht. Es waren die glücklichsten zwei Wochen meines Lebens. Das Glück war so rein und unschuldig. Alles im Schnee. Weiß und glänzend. Von einem Horizont bis zum anderen Horizont. Ohne Komplikationen. Ich war damals zwanzig. Er war einundzwanzig.

Wir spielten mit Worten.
Er war der kleine König und ich die Ministerin.
Ich war Lohengrin und er der Schwan.
Er war Rotkäppchen und ich der Wolf.
Er war der Regenschirm und ich der Regen.
Ich war das Einhorn und er die Jungfrau.

Ich musste nach Sankt Petersburg zurück, und wir beschlossen, dass ich ihn nach einem Monat besuchen würde. Ich wusste, dass seine Freundin ihn in Riga besuchen wollte, er hatte eine Freundin, aber er behauptete, dass sie bald Schluss machen würden. Ich wartete, dass er mir nach Sankt Petersburg schrieb. Er schrieb nicht. Ich wusste nicht, was los war.

In jenem Monat litt ich mehr, als ich je wegen eines Mannes gelitten habe. Am Ende schickte ich ihm ein Telegramm. Das Einhorn bittet um Genehmigung, die Jungfrau zu besuchen. Er antwortete ebenfalls per Telegramm: Genehmigt. Oder so ähnlich. Ich fuhr mit dem Zug nach Riga. Während der Fahrt zählte ich die Stunden, sogar die Minuten, bis ich ihn sehen würde. Ich konnte es kaum erwarten.

Plötzlich hielt der Zug. Mitten in der Nacht. Ein Suizid. Irgendjemand war aus dem Zug gesprungen. Stundenlang warteten wir, ohne zu wissen, was los war. Angesichts dieser Tragödie fingen die Passagiere an, sich wie eine große Familie zu verhalten. Binnen einer Stunde war der gesamte Alkohol im Speisewagen ausverkauft. Was heißt das? Dass Menschen angesichts des Todes gern feiern?

Ich stand Stunden am Fenster und schaute hinaus. Es war kalt. Es schneite unaufhörlich. Ich wollte die Sekunden nicht zählen. Ich ertrug das Warten nicht. Nach sieben Stunden setzte sich der Zug wieder in Bewegung. Ohne Vorankündigung. Niemand erklärte etwas. Ich war so müde. Mein Nachbar im Abteil hatte einen riesigen Hund dabei. Sonst war das Abteil leer, denn außer mir hatten alle Angst vor dem Hund. Es war das einzige Abteil, in dem man sich ausstrecken und sogar ein bisschen schlafen konnte. Der Hund mochte mich so sehr, dass er beschloss, neben mir zu schlafen. Ich legte den Arm um ihn. Er half mir einzuschlafen. An der ersten Station in Riga musste ich noch nicht aussteigen. Ich hütete den Hund, als sein Herrchen das Abteil verließ, um sich die Zähne zu putzen.

Plötzlich kam Ilja herein. Als er von der Verspätung erfahren hatte, war er zu dieser Station gefahren. Ich hatte ihn nicht erwartet, und er hatte nicht mit einem Hund gerechnet. Vor

Hunden hatte er eine zwanghafte Angst. Vor Hunden erstarrte er ganz einfach. Wenn wir auf der Straße gingen und uns ein Hund entgegenkam, wechselten wir die Straßenseite. Wenn er dem Hund sehr nah war, verlor er die Kontrolle, er verkrampfte sich und blieb stehen.

Als Ilja das Abteil betrat, erstarrte er. Er hatte Rosen in der Hand. Auch seine Hand erstarrte. Ich musste seine Finger lösen, um die Rosen zu nehmen. Ich musste ihn hinausführen und den Hund im Abteil einsperren. Erst dann brachte er ein paar Worte heraus.

Noch taten wir so, als wären wir nur Freunde. Ich hatte vorgehabt, bei einer Freundin in Riga zu übernachten. Die Freundin war nicht zu Hause. Offenbar hatte ich mir nicht viel Mühe gegeben, alles zu organisieren. Wir gingen dann zu ihm nach Hause. Er hatte die Wohnung extra für mich geputzt. Dieses Mal waren seine Eltern nicht da. Er erzählte mir, dass er am Abend zuvor den Boden feucht gewischt hatte, er hatte mit dem Schrubber getanzt und gesungen, Eva kommt, Eva kommt. Er zeigte mir die kleinen Dinge in der Wohnung, die er liebte: einen Brotkasten aus hellem Holz, mit Hühnern bemalt, eine Schachmedaille, die er als Zwölfjähriger bekommen hatte, einen fleischigen Kaktus. Danach besuchten wir meine Freundin. Dieses Mal war sie zu Hause. Aber den Koffer hatte ich schon bei ihm gelassen.

Als wir zurückkamen, war ich müde. Er klappte für mich ein getrenntes Bett in der anderen Hälfte des Zimmers auf. Wir benutzten es nie. Am Anfang zählten wir, wie oft wir miteinander schliefen. In diesen neun Tagen in Riga schliefen wir siebenundzwanzig Mal miteinander. Wir hörten irgendwann, als wir die Hundert hinter uns hatten, mit dem Zählen auf.

Ich liebte seine Zerbrechlichkeit, wenn er in mir war. Es gab Momente, in denen er das Baby war. Adam, vielleicht sollte ich dir das alles nicht erzählen?

In einer jener Nächte, als wir einander nicht einmal für eine Sekunde loslassen konnten, hatten wir einen kleinen Unfall. Er kam in mir. Damals benutzte ich nichts, Verhütungsmittel gab es kaum. Um genauer zu sein, bestand das verbreitetste Verhütungsmittel in Abtreibungen. Er kam in mir in der Nacht von Samstag auf Sonntag und ich musste bis Montag früh warten, um zum Arzt zu gehen. Der Arzt verlangte ein Vermögen für eine Spezialpille. Ich denke, er schmuggelte sie aus dem Westen ein. Die Pille danach. Ich nahm sie und ging gleich ins Bett. Ich bat Ilja, seinen Tagesablauf nicht zu ändern. Er hatte an dem Tag einige Kurse, bestand aber darauf, bei mir zu bleiben. Ich lag den ganzen Tag im Bett, blutete, quälte mich, ohne zu wissen, ob es eine richtige Abtreibung war oder nicht.

Er gab mir einen Schlüssel zu seiner Wohnung, damit ich mich selbstständig bewegen konnte. Ich hatte in Riga einige Bekannte und war sehr beschäftigt damit, sie alle zu treffen. Doch die meiste Zeit verbrachte ich mit Ilja: Mittagessen, Buchläden, Thermalbäder, Suppen kochen, und all die Stunden, die wir im Bett verbrachten. Die Jungfräulichkeit unserer Beziehung verschwand.

Er erzählte mir von anderen Frauen, mit denen er zusammen gewesen war. Eines Tages rief seine Freundin an und hinterließ eine lange Nachricht auf dem Anrufbeantworter. Ein anderes Mal schickte sie ihm Schokolade. Er sagte, er hätte vor zwei Wochen, als sie ihn besuchte, nicht mit ihr geschlafen, sie hätten sich wie Freunde verhalten, aber er hatte nicht gewagt, ihr von mir zu erzählen, weil er fürchtete, sie zu kränken. Vielleicht hat es mich gekränkt, dass er ihr nichts von mir gesagt hatte. Er erzählte mir auch, dass sie in seinem Zimmer geschlafen habe, aber in dem zweiten Bett.

Eines Tages, noch bei jenem Besuch in Riga, kam ich früher in seine Wohnung zurück. Auf einmal klingelte das Telefon. Eine Frau hinterließ eine Nachricht auf dem Anrufbeantworter. Sie schickte ihm Küsse. Sie sagte, sie hoffe, ihn in zwei Tagen zu sehen.

Sofort war mein Kopf ganz leer. Ich wurde von Teufeln geritten. Ich packte meine Sachen, ich schrieb einen Brief an Ilja. Ich schrieb ihm, meine Liebe sei so groß, dass ich es nicht ertragen könne. Dass ich für eine gewisse Zeit Abstand zu ihm haben müsse, vielleicht für immer. Dass ich jetzt bei meiner Freundin bleiben würde, die er ja kenne. Ich ging zu ihr und blieb zwei Nächte dort. Dann wohnte ich bei anderen Freunden. Sie kannten ihn. Sie redeten auf mich ein, dass er mich liebe. Aber ich weinte nur. Es war mein erster Zusammenbruch wegen allzu starker Emotionen.

Ich ging nicht in die Uni oder in Buchläden. Ich wollte ihm nicht begegnen. Am dritten Tag, nachdem ich ihn verlassen hatte, ging ich zu einem großen Platz in Riga, ohne mich wirklich umzuschauen. Plötzlich umarmte mich jemand von hinten. Es war Ilja. Kannst du dir das vorstellen? Zufällig traf ich Ilja auf dem größten Platz in Riga. Genauso gut hätte ich ihn nicht treffen können.

Er fragte mich nie, warum ich ihn verlassen hatte. Er sagte nur, er sei sehr traurig gewesen, habe aber selbstverständlich meine Entscheidung akzeptiert. Es war der 31. Dezember, der letzte Tag des Jahres. Ich fragte ihn, und wenn ich jetzt den

Zug nach Sankt Petersburg besteige, wie ich es vorhatte? Und er sagte, dann würde ich Neujahr in Sankt Petersburg feiern.

Die Nachricht auf dem Anrufbeantworter war von seiner Schwester gewesen.

Nie hatte ich so sehr gelitten wie in jenen Tagen in Riga, ohne ihn. Nur Gott weiß, warum ich ihn wieder verließ, zweieinhalb Jahre später, diesmal für immer.

Bis dahin war viel passiert:
Wir schrieben uns viele Briefe. Er zog nach Sankt Petersburg. Wir wohnten zusammen (mit meiner Mutter). Seine frühere Freundin wurde Nonne. Er sprach mit meiner Mutter darüber, aber nie mit mir. Einmal beschloss er, mich zu verlassen, und obwohl wir weiterhin zusammenwohnten, waren wir praktisch für drei Monate getrennt. Dann kam er zurück. Ich erfuhr nie, warum. Aus Gewohnheit schlief er mit einer alten Bekannten. Sie trafen sich alle zwei Monate, auch als sie beide schon andere Partner hatten. Später hörte er meinetwegen damit auf. Ich fuhr in Urlaub, aber nie mit ihm, er mochte keine Ferien. Ich fuhr mit seinem besten Freund, der sich in mich verliebt hatte. Ich war scharf auf meinen Klavierlehrer. Manchmal schlief ich mit ihm. Ilja und ich beschlossen, Schriftsteller zu werden. Wir saßen in Cafés und kleideten uns wie Bohemiens, ich trug bunte Wäscheklammern in den Haaren, wir saßen uns gegenüber, mit leeren Schreibblöcken und mit Zigaretten, die wir gerade gekauft hatten, und schrieben. Das heißt, wir versuchten zu schreiben. Dann lasen wir uns gegenseitig vor, was wir geschrieben hatten. Das heißt, was wir zu schreiben versucht hatten. Wir verehrten damals Dowlatow und versuchten zu schreiben wie er. Wir sind aber nie sehr weit gekommen.

Und wir zählten nicht mehr, wie oft wir miteinander schliefen. Die letzte Zahl, an die ich mich erinnere, war 111.

Aber wenn ich mit ihm zusammen war, litt ich nie unter dem Schmerz des Zufälligen, des Bedeutungslosen.

Das kam erst, nachdem ich ihn verlassen hatte, und es ging nie mehr weg.
Seither habe ich nie wieder jemanden getroffen, bei dem ich das Gefühl hatte, vollkommen verstanden zu werden.
Glaubst du, dass ich solch einen Menschen noch einmal treffen werde?

Montag, 1. November, 11:20

Heute kann ich nicht schreiben. Meine Hände sind wie festgebunden. Seltsam, gerade wenn ich viel schreibe und mir alle Mühe gebe, keinen Gedanken oder kein Gefühl zu überspringen, jedes Mal, wenn ich dir ein weiteres Stück von mir gebe, reagierst du so heftig und so negativ. Es stimmt, dass ich schrieb, dass mich dein Zauber verlassen hat. Glaubst du, ich hätte es an jemand anderen schreiben können?

Das erste Mal, als du so reagiertest, vor zehn Tagen, war ich erschüttert. Ich schickte dir deine Mail zurück. Soll ich dir noch mehr Mails zurückschicken, Adam? Oder soll ich anfangen, mich zu zensieren? Langsam spüre ich das Trauma deiner übertriebenen Reaktionen, deiner Ansprüche, dass ich dich immer liebe, eine ewige Liebe zu einem verheirateten Mann. Das Trauma erstreckt sich bis auf meine Hände, die heute das Schreiben verweigern. Ich habe Angst, dir weiterhin die Wahrheit zu erzählen. Denn du vergisst, dass sie in

Teilen kommt. Ist deine Liebe zu mir abhängig von meiner Liebe zu dir? Von täglichen Beweisen? Ich möchte es wissen.

Nein, dein Zauber hat mich nicht verlassen. Wie könnte man sonst die Tatsache erklären, dass der Schmerz, der mich vor zweieinhalb Jahren gepackt hatte, als ich Ilja verließ, vor fünf Wochen aufhörte, zum ersten Mal? Ich rede nicht vom Schmerz, der auf Sehnsucht oder Angst oder auf dem Wissen beruht, dass wir keine Zukunft haben. Ich meine den Schmerz, verloren zu sein in der Welt, in den Abgrund zu schauen, ich meine das Gefühl, das mich dazu gebracht hatte, zu meiner Mutter zu sagen: Wenn es in einem Jahr nicht vorüber ist, möchte ich nicht mehr weiterleben. Dieses Gefühl ist seit dem Unfall mit dem Honda Civic, an der Steigung zwischen Beth Zafafa und Gilo, verschwunden. Vielleicht ist es ja etwas Physisches, Adam? Hast du darüber nachgedacht? Vielleicht hat sich etwas in meinem Gehirn oder an meinen Nerven verändert, als ich auf die Straße geworfen wurde, obwohl die Untersuchungen nichts bewiesen? Vielleicht hat es nichts mit dir zu tun? Vielleicht eine Art Gehirnerschütterung, etwas vollkommen Mechanisches?

Ich habe Angst, dir zu erzählen, was vor zweieinhalb Jahren geschah. Wie ich Ilja so plötzlich verließ. Wie ich nach Israel auswanderte, ohne ihm davon zu erzählen. Du wirst falsche Schlüsse daraus ziehen. Du wirst denken, dass ich zu impulsiv bin, zerstörerisch, unberechenbar. Aber ich versuche es trotzdem. Lies es nicht gleich, solange du dich nicht sicher genug fühlst.

Exkurs: Fast alle Mails an dich schreibe ich offline (wegen der telefonischen Affäre meiner Mutter), wie viele Liebesaffären es wohl gibt, nur weil es ein Telefon gibt? Oder weil es Mails gibt? Kannst du dir vorstellen, was auf der Welt los wäre ohne Mails? Ich hätte gar nicht mit dir zusammen sein können, und du nicht mit mir. Ich habe mir nie überlegt, wie sehr unsere Liebe ihre Existenz dem technologischen Fortschritt verdankt. Ich möchte hier noch eine Klammer aufmachen (obwohl ich in der Gefahr bin, sie nie zu schließen. Wird es unendlich viele Klammern geben? Ist es Liebe, wenn es unendlich viele Klammern gibt?). Gabi erzählte mir folgende Geschichte aus seinem Leben: Nach seiner Scheidung litt er unter schweren Depressionen, vor allem deshalb, weil er von seinen Kindern getrennt war (Adam, ich habe dich nie gefragt, warum du keine Kinder hast). Zwei Jahre lang konnte er seine Forschungsarbeit nicht fortsetzen. Er unterrichtete nur noch. Aber auch das nur wenig. In diesen zwei Jahren verbrachte er sehr viel Zeit im Internet und in Chat-Foren. In einem dieser Foren über japanische Literatur lernte er eine Frau kennen, die in Griechenland lebte. Single. Eine Frau, die genau wie er und zur gleichen Zeit von den gleichen Büchern begeistert war. Auch sie steckte in einer Krise, weil eine Beziehung zu Ende ging. In immer kürzeren Abständen wechselten sie Mails. (Gabi: Wir verliebten uns im Netz.) Sie hatte irgendeinen Job in Thessaloniki, glaube ich. Sie beschlossen, dass sie kündigen und zu ihm in die Narkisstraße in Jerusalem ziehen würde. (Kannst du dir das vorstellen, Adam? Sie beschloss, ihre Arbeit, ihr Land, alles zu verlassen, nur wegen einiger Mails.) Gabi: Wir waren sicher, dass es funktioniert, wir waren uns unserer Liebe sicher. Es schien keine Illusion zu sein, sondern realer als die Realität. (Ich: Hast du sie jemals gesehen, bevor ihr zusammengezogen seid? Gabi: Nein, nur auf einem unscharfen Foto, das sie mir als Anhang schickte.) Nach einer Woche in der Narkisstraße bat er sie, wieder zu gehen. Sie ging. Nach Japan. Er sah sie nie wieder. Aber dieses Intermezzo, diese Woche, erzählte er, habe ihnen beiden, obwohl er versagt habe, viel genützt. Sie hätten so viel daraus gelernt. (Gabi: Manchmal hilft eine Niederlage mehr als ein Erfolg.) Sie hatte immer nach Japan gehen wollen und endlich hatte sie es getan. Und er überwand seine Scheidungskrise, lernte sogar eine Frau kennen und heiratete noch einmal. Er hat mir nie erzählt, was zwischen ihm und dieser Frau aus Thessaloniki in jener Woche in der Narkisstraße vorgefallen ist. Vielleicht spielt es keine Rolle. Ende der Klammern. Jedes Mal, wenn ich das Geschriebene speichern muss, liege ich mit meinem Rechner im Clinch. Er schlägt mir Namen für meine Dateien vor. Zum Beispiel »Adam«. Was meinst du, liest er meine Briefe? Oder kommt es daher, weil ich dieses Wort so oft benutze? Ich jedenfalls finde es niedlich. Obwohl »niedlich« aus deinem Wortschatz stammt, nicht aus meinem. Interessant, wie Ausdrücke ihre Besitzer wechseln. Viele meiner Ausdrücke stammen von ehemaligen Liebhabern. Führen unsere Liebhaber zum Verlust der Identität? Bedeutet Liebe, die Identität zu verlieren? Und umgekehrt, auch sie haben vieles von mir angenommen, sodass sie mir mit der Zeit ähnlich wurden, so als würden sie sich gegenseitig rekonstruieren. Vielleicht ist das der Grund, dass ich dir bekannt vorkam, als du anfingst, mit mir zu reden, in deinem Wagen, auf dem Weg zur Notaufnahme? Vielleicht erkanntest du, dass ich meine Art zu reden und mich zu bewegen von Sascha gelernt hatte, damals, als ich mit ihm lebte, und vielleicht hat Sascha sie von Tanja, nach all den Jahren, die sie zusammen verbracht hatten? Das ist mir plötzlich in den Sinn gekommen: Ist das der Grund dafür, dass ich dir gefiel? Bin ich Tanjas Doppelgängerin? Sag die Wahrheit.

Plötzlich bin ich so müde. Ich werde dir heute nicht mehr erzählen, was vor zweieinhalb Jahren geschah.
Eva

7

Im Rückblick, angesichts des Dramas, das sie ihm seit dem Moment ihrer Ankunft angekündigt hatte, angesichts der Tatsache, dass alles, was sich zwischen ihnen abgespielt hatte, vielleicht anders verlaufen wäre, wenn er es vorher gewusst hätte, angesichts der Tatsache, dass so viel auf der Waagschale lag, viel mehr, als er anfangs vermutet hatte, dachte er, wie seltsam es doch war, dass er nicht hartnäckiger darauf bestanden hatte zu hören, was sie ihm hatte erzählen wollen, seltsam, mit welcher Leichtigkeit er die sich wiederholenden Aufschübe akzeptiert hatte, dabei war es klar gewesen, dass sie versucht hatte, ihm etwas Wichtiges zu sagen, im Café und schon davor, im Hotel, und noch eher, am JFK, und vielleicht auch in der letzten Mail, die sie ein paar Stunden vor ihrem Abflug noch an ihn geschickt hatte.

Es stimmte zwar, dass sie jedes Mal durch irgendetwas davon abgehalten wurde, es ihm zu erzählen, aber es stimmte auch wieder nicht, vielleicht wartete sie auf den richtigen Zeitpunkt, der nie kam, vielleicht hoffte sie, er würde darauf beharren, sie zwingen, es zu erzählen, oder dass er erraten würde, was sie sagen wollte, als wäre es ein weiterer Puzzlestein in der Prüfung, der sie ihn unterzog, aber die Wahrheit war doch, dass sie jedes Mal, wenn er versucht hatte, Druck auszuüben, ausgewichen war oder das Thema gewechselt hatte, oder sie erzählte stattdessen irgendetwas anderes, eine Geschichte in unzähligen Variationen, zu jeder Geschichte eine Klammer, die als Versprechen auf zukünftige Geschichten offen blieb, als wolle sie sich damit sein Interesse sichern, bis sie ihm wie eine Art Scheherezade vorkam, als wäre dies der Kern ihrer Liebe, Geschichten zu erzählen, um ihn mit zukünftigen Geschichten zu locken, und als sei alles andere eigentlich nebensächlich.

Manchmal hatte er sich gefragt, was passieren würde, wenn sie mit ihrer Geschichte zu einem Ende käme, würde es auch ihr Ende bedeuten, ihrer beider Ende, doch er wollte das nie zu Ende denken, eine Geschichte mit einem Ende kam ihm bedeutungslos vor, fast beleidigend, etwas, dem von vornherein ein Ende bestimmt war, sollte lieber gar nicht erst beginnen, und wenn man dem Begriff »Liebe« das Verlangen nach Unendlichkeit entzog, auch wenn es eine hoffnungslose Liebe war, nichts anderes als eine Illusion, blieb nur etwas übrig, das wertlos und überflüssig war, nur Sex, und so gesehen waren ihm Evas Aufschübe, das Versprechen von zukünftigen Geschichten, als etwas Positives erschienen, als ein Hinausschieben, als Aufschub des Endes, als immer mehr Pfeile, aus der Gegenwart in die Zukunft geschossen, vielleicht hatte sie recht, vielleicht war es gut, dass er nicht darauf bestand, alles jetzt zu hören, vielleicht war es besser, nicht alles zu wissen.

Seltsam, als sie zum ersten Mal in sein Blickfeld trat, hatte sie ihn tatsächlich an Tanja erinnert, ein Eindruck, der sich zu Beginn ihrer Bekanntschaft weiter vertiefte, ja, beide hatten etwas Theatralisches an sich, manche ihrer Gesten waren sich ähnlich, der amüsierte, selbstbewusste Blick, das aufrechte Auftreten, der fast königliche Gang, die Angewohnheit, mit dem linken Auge zu zwinkern, die verwöhnte Ausdrucksweise, die Größe, der helle und reife Körper, vielleicht auch ihre Art zu rennen, die etwas Schwebendes an sich hatte. Er hatte sie schon von weitem bemerkt, sie war am Straßenrand gelaufen, unter den staubigen Bäumen, die sie nicht verbargen, und er verlangsamte das Auto, um nicht zu schnell an ihr vorbeizufahren, erst war er sicher gewesen, es sei Tanja, was vollkommen unlogisch war, denn Tanja war in New York und er hier in Jerusalem, und trotzdem verlangsamte er auf unkontrollierte Art seine Fahrt und das hysterische Hupen eines Fahrers hinter ihm lenkte ihn ab, und um dem Wagen hinter ihm das Überholen zu ermöglichen und einen Zusammenstoß zu vermeiden, fuhr er an den Straßenrand, und so erfasste er Eva.

Vielleicht war ihre Ähnlichkeit mit Tanja an diesem Unfall schuld, auch an dem Gefühl der Vertrautheit, als er ihr auf der Straße neben Beth Zafafa half, aufzustehen und sich in den geliehenen Honda Civic zu setzen, und schon davor, als er sie auf der Straße liegen sah, blass und bewegungslos, und er sicher war, sie müsste bewusstlos sein, obwohl er auf den ersten Blick keine Verletzung entdeckte. Er wollte sehen, ob sie atmete, und hob sie hoch, wie man ein Baby trägt, und überlegte noch, ob er die Ambulanz bestellen sollte oder ob es besser war, sie selbst zum Krankenhaus zu fahren, als er plötzlich sah, dass sie die Augen öffnete und ihn mit einem neugierigen Blick anschaute. Er schlug ihr vor, sich auf dem hinteren Sitz hinzulegen, aber sie lehnte es ab und sagte, es gehe ihr gut, der Wagen habe sie kaum gestreift, vielleicht nur ein leichter Schlag am linken Bein, und die ganze Idee mit der Notaufnahme sei lächerlich, doch als sie neben ihm saß, hatte sie plötzlich Schmerzen in den Rippen und er entdeckte Blut auf ihrer Stirn, und statt sie zu ihrem Haus in der Anafastraße in Gilo zu fahren, fuhr er weiter zum Krankenhaus Hadassa am Mount Skopus, obwohl es Krankenhäuser gab, die näher waren. Er erinnerte sich an die lange Fahrt mit all den Stationen unterwegs, das Kloster Mar Elias, Ramat Rachel, Talpioth, die Gegend von Abu Tor, die Cinemathek, das Ben-Hinom-Tal, das Sultanbecken, die Mauern der Altstadt mit dem Jaffator, dem neuen Tor, dem Nablustor, dem Hordustor, und von dort am Rockefeller Museum und Scheich Djarach vorbei, eine Art Via Dolorosa auf dem Weg zum Krankenhaus, während sie neben ihm saß, ganz natürlich, vollkommen fremd und doch so vertraut, und er erinnerte sich an das Gefühl eines Abenteuers, daran, dass etwas Unerhofftes geschah, denn für die vorhersehbaren Dinge hatte er keine Geduld mehr.

Er erinnerte sich, wie er, obwohl sie nun über Schmerzen klagte, langsamer gefahren war, als sie sich dem Mount Skopus näherten, er wollte nicht, dass diese Fahrt zu Ende ging, er erinnerte sich, wie er ihr, als sie vor dem Krankenhaus parkten, das Blut von der Stirn wischte, damit sie gut aussah, und sie sagte, sie glaube, sie habe noch eine andere Wunde, und er fragte, was für eine Wunde, wo, als dürfe sie nicht mehr als eine Wunde haben, und sie zog ihre graue Trainingshose herunter und ließ eine schwarze Unterhose sehen, und Oberschenkel, die wie Schnee glänzten, mit einem dunkelroten Fleck auf der linken Seite, und er nahm noch ein Papiertaschentuch, drückte es an ihren linken Oberschenkel, bis das ganze Blut aufgesaugt war, sah, wie sie ihn anlächelte und sich bedankte. Er, Adam, hatte sie verletzt und sie sagte, danke, ja, schon damals, auf dem Parkplatz des Krankenhauses Hadassa am Mount Skopus, hatte eine gewisse Intimität zwischen ihnen geherrscht, er erinnerte sich, dass sie es nicht eilig gehabt hatten, das Auto zu verlassen, vielleicht befürchteten sie, dass sich draußen, in der großen Welt, der Zauber verflüchtigen würde, als hätten sie ihre Chance nur in diesem geliehenen Honda Civic, aber als sie dann doch ausgestiegen waren, lehnte sie sich an ihn, sie zog das Bein nach und ihr Duft erschlug ihn, ihr Parfüm brachte ihn ins Schleudern, das war genau der gleiche Duft, den Tanja benutzte, dieser Duft begleitete ihn schon seit Jahren, er war zu einem Teil seines Lebens geworden. Er drückte sie an sich, er atmete den Duft ihrer Haare und sagte, Eva, du kommst mir so bekannt vor, bist du sicher, dass wir uns nicht schon früher begegnet sind? Und sie sagte, meinst du, dass du mich früher schon mal angefahren hast? Und beide hatten gelacht.

Deshalb war es vielleicht kein Wunder, dass man sie am Empfang des Krankenhauses als Ehepaar wahrgenommen hatte, er erinnerte sich, mit welcher Freude sie dieses Spiel mitgemacht hatten, wie sie ihre Adresse in Gilo als die gemeinsame Adresse angaben und ihre Telefonnummer als gemeinsame Telefonnummer, bis sie beide allmählich selbst an ihre erfundene Geschichte glaubten, eine Geschichte, die ihr Tempo beschleunigt und schließlich den Ozean überquert hatte, denn hier, in New York, waren sie auch eine Art Ehepaar, zumindest in den Augen des Portiers, und wenn das so war, war dieser Aufenthalt am Washington Square wie eine Art Flitterwochen, und er fragte sich, ob sich der Portier noch an Tanja erinnerte, denn sie hatten sich hier regelmäßig getroffen, vor allem wenn ihr Mann auf Reisen war, zum Beispiel vor einem halben Jahr, als der Konsul für eine Woche nach Israel geflogen war, hatten sie die Woche hier im Hotel verbracht, sogar im selben Zimmer, aber wie anders war diese Woche mit Tanja abgelaufen, im Vergleich zu der Woche mit Eva, mit Tanja hatte er das Bett nicht verlassen, sie waren gierig gewesen, hatten sich aufeinandergestürzt, hingerissen von immer neuen Wellen der Lust, sie hatten auf Mahlzeiten verzichtet, auf Schlaf, manchmal ganze Nächte lang, sie hatten sich nicht voneinander trennen können.

Seine Idee, Eva sei eine Art Doppelgängerin von Tanja, war also ein großer Fehler, obwohl es gewisse Ähnlichkeiten zwischen ihnen gab, in ihrer Art, sich zu geben, der Figur, dem Duft ihrer Körper, und seine Erwartung, die Woche mit Eva werde eine Art Wiederholung der Woche mit Tanja, war auch falsch gewesen, selbst wenn er wieder im selben Hotel war, im selben Zimmer, im selben Bett, das betonte nur den Unterschied. Vielmehr handelte es sich hier um zwei Gegensätze, denn mit Tanja hatte es unendlich lange Gespräche über alle möglichen Themen gegeben und mit Eva nur Anspannung und Streit, mit Tanja hatte er schwindelnde Höhen erstiegen und mit Eva war er in New York kein einziges Mal gekommen, denn es erwies sich, dass sie sich nach einem Orgasmus nur für Essen und Schlafen interessierte, vielleicht auch noch für Tagesausflüge zur 57. Straße, und er sah sie, wie sie neben ihm auf dem Washington Square ging, mit düsterem Gesicht, sie waren einfach nur zwei Menschen auf dem Platz, nicht Arm in Arm, nicht Hand in Hand, nicht wie ein Bild aus einem Magazin, nur zwei beliebige Menschen auf einem Platz, als hätte sich diese Woche, diese Flitterwoche, in zwölf Stunden schon erschöpft, als wäre nichts anderes geblieben, als sich höflich die Hand zu geben und dann seiner Wege zu gehen. Plötzlich erfüllte ihn die Sehnsucht nach etwas Unklarem, von dem er gehofft hatte, es diesmal zu bekommen, anscheinend vergeblich, und die Wodkaflaschen in seiner Hand erschienen ihm plötzlich so überflüssig, so verwaist, und er beugte sich vor und stellte sie auf den Boden, als würde er sie dort stehen lassen, fertig, es wird keine unendliche Zahl von Wodkaflaschen geben, noch nicht einmal zwei wird es geben, aber in dem Moment, als er sich vorgebeugt hatte, konnte er sich nicht mehr aufrichten, er hatte nicht mehr die Kraft, sich aufzurichten, er hatte für nichts mehr Kraft, und so setzte er sich im Schneidersitz auf den Boden, neben die Wodkaflaschen, als wäre das hier sein Platz, das Ende seines Lebens, als würde er sich nicht mehr von hier wegbewegen, es war noch nicht einmal ein Rasen, einfach nur ein schmutziger Asphaltweg, und es war ihm egal, dass eilige Passanten fast auf ihn traten, vielleicht war es besser so, vielleicht sollte man ihn lieber zertreten, und er spürte, wie die Tränen über sein Gesicht flossen, ein warmer Strom, der ihn von der Welt trennte.

Er sah, wie sie sich neben ihn setzte, sie flüsterte, Adam, was ist los, Adam, aber er brachte kein Wort heraus, und sie sagte, Adam, du weinst, ich habe dich noch nie weinen gesehen, aber er war unfähig, etwas zu sagen, und spürte, wie sie den Arm um ihn legte und wie ihre Lippen über sein Gesicht flatterten, über seine Augen, sie saugten seine Tränen ab, und er hörte, wie sie sagte, Adam, ist das wegen mir? Weinst du wegen mir? Wenn das so ist, dann hast du keinen Grund, merkst du nicht, wie sehr ich mit dir zusammen bin? Er sagte immer noch kein Wort, und sie hob die Flasche Absolut und trank ein paar Schlucke, dann hielt sie ihm die Flasche an den Mund, als wäre er ein Baby, das man füttern müsse, und sagte, Adam, wir haben zwei Flaschen zu leeren, wir dürfen nicht faul sein, wir müssen uns darum kümmern, und er drückte die Flasche an seinen Mund und spürte, wie die Flüssigkeit brennend durch seinen Hals in den Magen lief. Er fing an zu husten, und Eva sagte, es tut mir leid, vielleicht brauchst du Wasser? Und er bewegte den Kopf, eine unklare Bewegung, als würde er zugleich ja und nein sagen, und sah, wie sie zu einem Hot-Dog-Stand ganz in der Nähe ging und mit einer Flasche Mineralwasser zurückkam, und wieder war er ein großes Baby, das mitten im Park aus der Flasche nuckelt.

Plötzlich drückte sie sich an ihn und sagte, Adam, wir müssen nicht in nördlicher Richtung gehen, es geht auch südlich, wenn du möchtest, und wieder bewegte er den Kopf mit einer undefinierbaren Bewegung, und sie sagte, eigentlich interessiert mich der Süden mehr als der Norden, als wären alle Gedanken über die 57. Straße auf einmal wie weggewischt, und Adam fragte, was interessiert dich im Süden? Als hätte ihm ihr Verzicht auf die 57. Straße plötzlich die Sprache zurückgegeben. Und Eva sagte, ich möchte mit dir auf das höchste Gebäude in New York steigen, lass uns auf die Twin Towers steigen. Und Adam sagte, ich glaube es nicht, kannst du Gedanken lesen, das habe ich auch gerade gedacht, komm, ich bringe dich hin, lass uns zum World Trade Center fahren.

Und plötzlich schaffte er es aufzustehen, vielleicht hatte ihm der Gedanke an ein definiertes Ziel seine Energie zurückgegeben, oder es war das Staunen über die Gleichzeitigkeit der Gedanken, die sie immer wieder erlebten und die nie aufhören würde, und sie stiegen an der 4. Straße, Ecke Sixth Avenue hinunter zur U-Bahn-Station und fuhren mit der Linie E in südlicher Richtung, und in der U-Bahn gab sie ihm noch etwas mehr Wodka, und er sagte, weißt du, dass es in Amerika nicht legal ist, in der Öffentlichkeit zu trinken? Und sie sagte, du bist der Diplomat, wenn sie dich dabei erwischen, dass du Wodka trinkst, wird man dich nach Israel ausweisen und dann gehörst du mir.

Er drückte sie an sich und bedeckte ihr Gesicht mit Küssen, und Eva sagte, es kratzt, und Adam sagte, ja, ich hab mich heute nicht rasiert, und er dachte, unrasiert mit verweintem Gesicht und mit schmutziger Hose müsse er wie ein Obdachloser aussehen, der nichts besaß außer zwei Wodkaflaschen und einer Sitzbank in der U-Bahn. Wie gut, dass der Konsul ihn nicht in dieser Aufmachung sah, denn hätte er ihn gesehen, hätte er ihm bestimmt keine Flasche Château Musar angeboten, und als sie vor der U-Bahn-Station ins Einkaufszentrum im Erdgeschoss des World Trade Centers kamen, sahen sie mit ihren roten Gesichtern verdächtig aus, und er sagte ihr, es ist seltsam, mit zwei Flaschen in der Hand herumzulaufen, wir hätten sie ins Hotel bringen sollen, und sie lächelte und sagte, wenn wir ins Hotel gegangen wären, wären wir von dort nicht mehr weggekommen, und er sagte, du hast recht, aber vielleicht versuchen wir wenigstens, eine undurchsichtige Tüte zu bekommen? Es gibt hier viele Polizisten, es lohnt sich nicht, erwischt zu werden, und sie sagte, lass mich nur machen, sie verschwand und kam kurz darauf mit einer braunen Papiertüte zurück und gab sie ihm, und dann standen sie in der Warteschlange und kauften Eintrittskarten für den schnellen Aufzug und betraten ihn mit einer Gruppe Japaner, die alle mit kleinen Videokameras ausgestattet waren, und als der Aufzug auf seinem Weg zum 110. Stock immer schneller wurde, spürte er, wie sich plötzlich etwas in ihm öffnete, vielleicht in den Ohren, vielleicht in der Nase, vermutlich weil der Druck nachließ, eine andauernde Blockade löste sich spürbar, wie beim Abflug eines Flugzeugs.

8

An den Tagen danach, auch Monate und Jahre danach, wenn New York nicht mehr das gleiche New York sein würde, wenn an Stelle der Twin Towers ein Krater in der Erde sein würde, wenn neben Evas Wohnung in Gilo eine graue Betonmauer sein, aber Eva dort nicht mehr wohnen würde, wenn die Welt aus der Bahn geraten sein würde, durchgedreht, wenn nur sein eigenes Leben seinen normalen Gang gehen würde, würde er diese Minuten auf dem Dach der Twin Towers als Zenit betrachten, als einen Moment, in dem noch nichts entschieden war, an dem noch alles in jede Richtung offen war, alles möglich, ein nackter Moment, so wie das Dach der Twin Towers, von dem aus man in alle Himmelsrichtungen sehen konnte und nichts höher war, selbst das Empire State Building nicht, denn meist bewegen wir uns mittels der Kraft der Trägheit fort, sehen nur eine kleine Spanne weit, und wie selten sind die Momente, in denen sich das Leben plötzlich erweitert und nach allen Richtungen hin öffnet.

Den Schnee, der damals fiel, nur da, zu keiner anderen Minute während dieser Woche, empfanden sie als Wunder, als Gnade, als Reinigung von Sünden, als Gebet für den Weg, und nun blieb ihnen nur noch zu sehen, ob es ein gesegneter Weg war und wohin er sie führen würde.

Es war Freitag, zwei Uhr nachmittags, sie betrachteten die Stadt, die sich hilflos unter ihnen erstreckte, und blickten zum Himmel, der von weißen Flecken gesprenkelt war, die anfangs dünn waren und später dicker und dichter wurden und hinunterfielen, bis der Boden unter ihnen seine Farbe änderte und fast verschwand, auch die Japaner verschwanden und mit ihnen die winzigen Videokameras, und die Wodkaflasche, die sie aus der braunen Papiertüte herausnahmen, wurde langsam weiß, sie standen eng zusammen, drückten sich an das gefrorene Geländer, reichten einander die Flasche, versuchten Schneeflocken zu fangen, und sie sagte zu ihm, Adam, du bist ein Zauberer, wie hast du das gemacht, wie hast du diesen Schnee gerade jetzt hergebracht? Und Adam sagte, nein, du bist die Zauberin.

Sie gingen zurück zum Aufzug, schüttelten die Schneeflocken ab und bliesen sich gegenseitig heißen Atem ins Gesicht, sie stopfte die halbleere Absolut-Flasche zurück in die braune Papiertüte, nahm die andere Flasche heraus und sagte, jetzt haben wir uns einen Smirnoff verdient, glaubst du nicht? Dieses Mal waren sie allein im Aufzug, und sie tranken den Smirnoff und er sagte, du hast recht, er schmeckt besser, und als sie den südlichen Turm verließen und sich auf dem Vorplatz befanden, begann sie im Zickzack zu laufen und er rannte ihr hinterher und am Schluss packte er sie und sagte, ich werde dir nie erlauben wegzugehen, beide atmeten schwer, und sie sagte, was hältst du davon, wenn wir zu Fuß nach Hause gehen? Dass sie dieses Wort sagte, nach Hause, berührte ihn sehr, und er sagte sich, dass er sie nicht enttäuschen dürfe, was auch immer geschah, er dürfe sie nicht enttäuschen, und dann fiel ihm ein, dass das Hotelzimmer vielleicht tatsächlich eine Art Zuhause war, immerhin befanden sich dort schon Lebensmittel, und auch wenn sie dort noch nicht gegessen hatten, würden sie das noch tun, vielleicht sogar schon heute. Sie gingen über die Church Street Richtung Norden und er fragte, willst du, dass wir heute Abend zu Hause essen? Sie warf ihm einen Blick zu, zögerte, ob sie ihm antworten solle oder nicht, als hätte sie die alleinigen Rechte für diese Formulierung, als wäre es illegal, dass er sie benutzte, sie holte tief Luft, nahm zwei Schlucke vom Smirnoff und sagte, ja, lass uns heute Abend zu Hause essen.

Er blieb stehen, ohne ein Wort zu sagen, und umarmte sie, er setzte sich auf die Stufen eines Gebäudes, an dem sie gerade vorbeigingen, und sie fragte, Adam, hast du zufällig eine Telefonkarte? Ja, sagte er und gab ihr die Karte, und sie sagte, ich bin gleich wieder zurück, ich will meine Mutter anrufen, ihr sagen, dass alles in Ordnung ist, ich habe ihr vor der Reise von dir erzählt, ich konnte es nicht mehr verheimlichen, und sie ließ mich schwören, dass ich sie von New York aus anrufe und ihr erzähle, was alles passiert ist. Er schaute ihr nach, wie sie zur Telefonzelle ging, die mit einer dünnen Schicht Schnee bedeckt war, und wie sie mit roten Wangen zurückkam und sagte, meine Mutter lässt dich grüßen, und er sagte, ich hab dich vermisst, es ist gefährlich, du warst nur eine Minute fort und schon hatte ich Sehnsucht. Sie setzte sich neben ihn, ohne ein Wort zu sagen, nahm seine Hand und legte sie zwischen ihre Beine, und dann sagte sie, fass mich an, ich möchte, dass diese Hand mich berührt, und er streichelte ihre Oberschenkel unter dem Rock, dort, wo die schwarzen Nylonstrümpfe aufhörten und die glatte Haut begann, er massierte sie, er kniff sie fast mit Gewalt, als wolle er ein Stück zur Erinnerung mitnehmen, und spürte, wie sie die Oberschenkel fest um seine Hand drückte, und dann fragte er, Eva, sag mir, wie lange kennen wir uns? Und sie sagte, zwei Monate, und er sagte, und hast du vor zwei Monaten gewusst, dass du mit mir jetzt auf dieser Treppe in New York sitzen würdest? Und sie sagte, nein, und er fragte, und jetzt, weißt du jetzt, was in zwei Monaten sein wird? Und sie sagte, nein, und er sagte, wenn das so ist, kann man überhaupt etwas von der Zukunft wissen? Und sie sagte, nein, und er sagte, weshalb hast du mir dann diese Mail geschickt, dass wir nie ein Haus zusammen haben würden? Dass wir nie gemeinsam an einem Küchentisch sitzen würden? Dass wir noch nicht einmal in derselben Stadt wohnen würden?

Und sie sagte, es tut mir leid, ich hätte dir diese Mail nicht schreiben sollen, ich hätte nicht Rilke zitieren sollen, und er sagte, du hättest auch etwas anderes zitieren können, und sie fragte, was hätte ich zitieren können? Und er sagte, ich habe es dir schon in Jerusalem gezeigt, nicht wahr? Entweder ist die Welt so winzig oder wir so riesenhaft, jedenfalls füllen wir sie vollständig.

Plötzlich stand sie auf und sagte, Adam, vielleicht reicht es mit dieser Gehirnwäsche? Was ist das hier, ein Keller des KGB? Statt dieser Zitate solltest du mir lieber etwas von New York zeigen, was du wirklich liebst, oder? Und er sagte, ich weiß schon, ich bringe dich zur Spitze von New York, da wo New York zu Ende ist, komm, gehen wir Richtung Süden statt nach Norden, es ist nicht weit, und sie sagte, ja, ich möchte sehen, wo New York zu Ende ist, und sie gingen Richtung Süden und erreichten den Battery Park, überquerten den Rasen und den Bürgersteig, bis sie die Stelle erreichten, wo der Hudson und der East River zusammenstoßen, und sie setzten sich auf die Ufertreppe, Manhattan im Rücken und mit Blick auf Ellis Island und die Freiheitsstatue, und tranken Smirnoff, kurze, scharfe Schlucke, sie betrachteten das graue Wasser und die Fähren nach Staten Island, die im Wasser weiße Spuren hinterließen, und Adam sagte zu ihr, ich liebe Ränder, auch in Schottland bin ich zur nördlichsten Stelle gefahren, John O'Groats, ich erinnere mich an die glänzenden Augen der Schafe auf der schmalen Straße, über die ich während der Nacht fuhr, bis ich John O'Groats erreichte, und sie fragte, und an welchen Rändern warst du noch? Und er sagte, am südlichsten Zipfel von Neuseeland, in einem Ort namens Bluff, dort steht ein gelber Wegweiser mit Schildern, auf denen die Entfernungen zu anderen Orten angegeben sind, 4816 Kilometer bis zum Südpol, 15008 Kilometer bis New York, und sie fragte, wie merkst du dir diese Zahlen? Und er sagte, du siehst, ich kann es, und sie fragte, warst du allein dort? Und er sagte, ja, und sie fragte, reist du viel allein? Und er sagte, so ist das, wenn man im Konsulat arbeitet, und sie sagte, Adam, warum sprichst du nie mit mir über deine Arbeit? Bist du ein Spion oder was? Und er sagte, ja, und du bist die KGB-Agentin, die mich verführen soll.

Mein Vater war Kosmonaut, sagte sie plötzlich, er war mehrmals im All, über seine Arbeit hat er nie mit mir geredet, die Aufgaben der Kosmonauten waren geheim, ich glaube, es hatte etwas mit dem kalten Krieg zu tun, mit Spionagesatelliten, Vorwarnsystemen und Waffenexperimenten, ich habe dir von ihm schon geschrieben, aber wir haben nie darüber gesprochen. Ich erinnere mich, dass er viel bei militärischen Übungen war oder bei Konferenzen, bei denen es um Raketen und Satelliten ging, die die Erde umkreisen, und ich habe ihn immer zum Flughafen begleitet, um noch eine Stunde mit ihm zusammen zu sein, und manchmal habe ich mich zu seinem Gepäck auf den Kofferkuli gesetzt, und wenn er mich schob, bildete ich mir ein, ich würde mich in seinem Koffer verstecken und er würde mich mitnehmen, vielleicht ohne zu wissen, dass ich im Koffer bin, es gab Zeiten, da habe ich ihn monatelang nicht gesehen, aber ich konnte immer zum Himmel schauen und mir vorstellen, dass er dort war.

Ich weiß noch, als ich zehn Jahre alt war und anfing, alle möglichen Fragen zu stellen, und meine Freundinnen beneidete, die einen Vater auf der Erde und nicht am Himmel hatten, dass er einmal zu mir sagte, ich werde nicht immer bei dir sein oder deine Fragen beantworten können, aber ich werde immer zurückkommen, denk daran, dein Vater kommt immer zurück.

Und wenn er wegfuhr, war meine Mutter immer fürchterlich angespannt und fiel über mich her, als wäre ich daran schuld, dass er nicht zu Hause war, ich erinnere mich, dass ich einmal dachte, wenn ich Geschwister hätte, wäre sie auch auf die böse und ihre Wut hätte sich auf mehrere Menschen verteilt, aber ich war ein Einzelkind. Plötzlich schwieg sie kurz und sagte, Adam, warum hast du keine Kinder? Willst du keine haben?

Adam sagte, Ruth war einmal schwanger, und Eva fragte, ja, und was ist passiert? Und Adam sagte, das ist eine lange und komplizierte Geschichte, vielleicht sollte ich sie dir ein andermal erzählen, lass uns jetzt nicht über Ruth reden, es ist nicht der passende Moment, und Eva schwieg, dann sagte sie, nimm mich in den Arm, ich friere, und Adam sagte, sollen wir nach Hause gehen? Er spürte, dass sie dieses Mal nicht zögerte, als sei dieses Wort schon in ihren gemeinsamen Sprachschatz aufgenommen, und Eva sagte, darf ich etwas sagen? Und er sagte, ja, und sie sagte, ich bin nicht sicher, ob meine Kraft reicht, zu Fuß nach Hause zu gehen, mir ist schwindelig, ich fühle mich sehr schwach, und er sagte, du Ärmste, für einen Tag bist du wirklich genug gelaufen, vielleicht brauchst du einen Arzt? Und sie sagte, ich weiß es nicht, nicht jetzt, vielleicht später, und er sagte, ich weiß, was wir tun, wir fahren mit einem Taxi nach Hause, gehen ins Bett und verlassen es bis morgen nicht mehr, und sie sagte, Adam, kannst du Gedanken lesen? Genau das habe ich auch gedacht, und sie durchquerten wieder den Battery Park, hielten auf dem Broadway ein gelbes Taxi an und waren kurz vor fünf Uhr schon zu Hause, sie sahen von ihrem Zimmer aus dem Sonnenuntergang zu und Eva ging duschen, er hörte, dass sie sich übergab, und fragte, was ist los? Und sie sagte, mach dir wegen mir keine Gedanken, was mir jetzt Sorgen bereitet, ist, dass wir hier nichts zu essen haben, wollten wir heute nicht zu Hause essen?

Du hast recht, sagte er und warf einen Blick auf die Lebensmittel, die er früh am Morgen gekauft hatte und die wirklich nicht aussahen, als wären sie für ein festliches Abendessen geeignet, und er sagte, ich kenne einen großen Supermarkt in der Bleecker Street, nicht weit von hier, vielleicht sollte ich dort ein paar Sachen kaufen, und Eva sagte, ich möchte nicht, dass du allein hinausgehst, so wie gestern, heute begleite ich dich, wir erledigen den Einkauf gemeinsam, und Adam sagte, du siehst ein bisschen blass aus, solltest du dich nicht lieber etwas ausruhen? Eva sagte, nein, ich will diesen Einkauf mit dir zusammen machen, und sie öffnete den Schrank, fing an, etwas zum Anziehen zu suchen, und wenige Minuten später hatte sie das orangefarbene Kleid und den beigefarbenen Mantel an und legte blauen Lidschatten auf, und Adam, der noch nie so viele Vorbereitungen für einen Supermarkteinkauf erlebt hatte, machte ihr Komplimente, er selbst trug immer noch die zerknitterten Sachen mit dem Schmutz vom Washington Square, war unrasiert und ungekämmt, und Eva sagte, Adam, so kannst du nicht ausgehen, und er fragte, wieso, was stimmt denn nicht? Und sie sagte, was ist los, kauft dir Ruth keine neuen Sachen zum Anziehen? Achtet Ruth nicht darauf, wie du aussiehst?

Gleich wühlte sie in seinem Koffer und fand die beiden Anzüge, die er eigentlich nicht hatte anziehen wollen, und überzeugte ihn, sie nacheinander anzuprobieren, als wäre es eine improvisierte Modenschau, und danach sich zu rasieren, und als er sich beschwerte, es sei doch nur ein Gang zum Supermarkt, erinnerte sie ihn daran, dass es Thanksgiving war und dass man ordentlich auszusehen habe, und er dachte, in diesem Fall ist es wohl doch ganz gut, dass Ruth beide Anzüge in den Koffer gepackt hat, vielleicht ist das, was mir auf den ersten Blick so überflüssig vorkam, letztlich gut für uns, und sie verließen die Lobby Arm in Arm, festlich und gepflegt, als würden sie zu einer Show am Broadway gehen. Sie überquerten den Washington Square, bogen in Richtung Süden ab, bis sie den Supermarkt erreichten, der in festlichem Neonlicht erstrahlte, und Eva nahm einen Einkaufswagen, und Adam nahm aus Gewohnheit einen zweiten, Ruth und er benutzten immer zwei Wagen, und sie kauften die Dinge, die jeder von ihnen liebte, aber als Eva den zweiten Wagen sah, brachte sie ihren zurück und fragte, können wir den Wagen teilen, Adam? Und er sagte, ja, wenn du möchtest, und sie sagte, ja, ich möchte, und plötzlich sprang sie in seinen Wagen und sagte, los, Adam, schieb mich, schieb mich, so schnell du kannst, und er rannte mit dem Wagen, in dem sie kreischte wie ein kleines Mädchen und ihm nicht erlaubte anzuhalten.

Sie glitten zwischen den langen Regalreihen des Supermarkts hindurch, der so hell erleuchtet war wie ein Heiligtum, und Eva nahm alles, was ihr in die Hände fiel, Apfelsaft, Weintrauben, Bananen, Erdbeeren, Schlagsahne, Nudeln, Tüten mit Instantsuppen, Biobrot mit sieben Sorten Getreide, Baguette, Cream Cheese und Räucherlachs und sagte, wenn man mir vor drei Jahren gesagt hätte, dass ich je in so einem Supermarkt einkaufen würde, hätte ich es nicht geglaubt, und Adam fragte, was ist mit Wein? Vielleicht sollten wir auch Wein kaufen? Und Eva sagte, ich habe aus dem Duty-free Champagner aus Israel mitgebracht, das habe ich dir doch gesagt, oder? Ich habe Lust, ihn heute Abend in der Badewanne mit dir zu trinken, wir haben noch nie zusammen gebadet, vielleicht tun wir das heute Abend und trinken Champagner, und Adam fragte, um was zu feiern? Und Eva sagte, vielleicht Thanksgiving.

Eine halbe Stunde später waren sie wieder im Zimmer, sie zog ihn langsam aus, dann zog sie sich selbst aus, als wäre es ein Ritual, und als sie völlig nackt waren, sagte sie, Adam, ich möchte nicht, dass du irgendetwas tust, ich möchte noch nicht einmal berührt werden, ich will jetzt alles für dich tun, und er legte sich auf den Rücken und schloss die Augen und überließ sich ihren Lippen, die gründlich über jeden Zentimeter seines Körpers glitten, sie fing mit den Füßen an, sie massierte jeden Zeh einzeln, sie küsste jeden Zeh, sie nahm ihn in den Mund, bearbeitete ihn mit der Zunge, sagte, Adam, ich kann Stunden mit deinem linken Zeh verbringen, wie kommt es, dass du ihn mir die ganze Zeit vorenthalten hast? Ihre Berührung war so aufregend, dass er die Augen geschlossen hielt, um sich nur darauf zu konzentrieren, und spürte, wie sie seine Beine küsste und leckte, hinauf bis zum Knie, in der Kniekehle, und sie sagte, Adam, ich könnte Stunden mit deinem Knie verbringen, und als ihre Zunge die Spalte hinter dem Knie füllte, lief ihm ein Schauer über den Körper, ein Schauer, der stärker wurde, als ihre Lippen seine Oberschenkel erreichten, die Innenseite der Oberschenkel, seine Eier und seinen Schwanz, der in ihrem Mund hart wurde, und von dort ging sie weiter über seinen Bauch bis zur Brust und zu den Brustwarzen, als wolle sie keinen Körperteil bevorzugen, und sagte, Adam, dieser Körper könnte mich jahrelang beschäftigen, kaum zu glauben, dass ich vor zwei Monaten überhaupt nicht wusste, dass es ihn gibt, und als er die Hand ausstreckte, um sie zu streicheln, sagte sie, nein, jetzt bin ich diejenige, die dich berührt, und ich bin noch nicht fertig mit dir, es gibt eine Hälfte, die ich noch nicht erkundet habe, sie drehte ihn um, und als er auf dem Bauch lag, leckte sie ihn vom Nacken bis zu den Füßen und sagte, es gibt so viele Details, es wird ein Leben lang dauern, sie zu studieren, verzeih mir, dass ich nicht gründlich genug bin, aber das ist erst der Anfang.

Es war schon vollkommen dunkel, vielleicht acht Uhr abends, und er versuchte, sich an jedes Detail zu erinnern, an jedes Gefühl, jedes Wort, als müsse er noch Jahre später davon erzählen, Rechenschaft darüber ablegen, als wüsste er jetzt schon, dass dieser Tag mit dem Schnee auf dem Dach der Twin Towers, mit ihrer Zunge, die über jede Pore seines Körpers glitt, der Höhepunkt dieser Woche war, vielleicht auch der Höhepunkt des Jahres oder des Jahrzehnts, wer konnte das wissen. Er verstand auch, dass er sie falsch eingeschätzt hatte, als er dachte, sie könne nur nehmen und nicht geben, oder als er dachte, er wäre für sie nur ein bedeutungsloses Abenteuer, und er beschloss, sein Leben zu ändern, es hatte keinen Sinn, sich gegen das Beste zu wehren, was einem passierte, denn wenn man sich gegen das Beste wehrte, war es wie sterben, ja, es war kompliziert und es würde nicht von heute auf morgen gehen, aber er würde einen Weg finden, egal wie, denn den Weg nicht zu finden wäre wie sterben.

Sie legte sich auf den Bauch, das Gesäß etwas erhöht, die Oberschenkel halb gespreizt und einladend, und sagte, Adam, du kannst mich jetzt bumsen, ich möchte dich jetzt ohne Kondom spüren, und er drang langsam in sie ein, von hinten, einen Millimeter nach dem anderen, biss leicht in ihren Nacken, bewegte sich ganz langsam in ihr, wie breite Wellen im Ozean, und sie sagte, ich möchte, dass du jetzt kommst, und er sagte, wie denn? Und sie sagte, in mir, ganz einfach so, wie ein Mann in einer Frau kommt, und er fragte, ist das sicher? Und sie sagte, möchtest du, dass es sicher ist? Und als er nicht antwortete, fügte sie hinzu, ja, es ist sicher, es sind jetzt die sicheren Tage, du kannst dich auf mich verlassen, aber etwas in ihrem Ton kam ihm seltsam vor, unerklärlich, und er fragte, Eva, was wolltest du mir beim Frühstück sagen, und vorher noch, am JFK? Und sie sagte, es ist nicht wichtig, und er sagte, nein, sag es, und sie sagte, nicht jetzt, und er sagte, ich möchte, dass du das jetzt sagst, du hast es schon einmal verschoben, schon mehr als einmal, und sie sagte, was würdest du tun, wenn ich schwanger würde?

Er stutzte einen Moment, dann sagte er, warum solltest du jetzt schwanger werden, wenn es die sicheren Tage sind? Und sie sagte, ja, es sind die sicheren Tage, du kannst dich auf mich verlassen, ich möchte spüren, wie du in mir kommst, wie das letzte Mal in Jerusalem, und er küsste ihren Nacken, einen Millimeter nach dem anderen, drückte sich immer tiefer in sie hinein, spürte, wie er kam, überraschend und unweigerlich wie ein Wolkenbruch, und er spürte, wie sie ihn umfing und bis zum letzten Tropfen auswrang, dann drehte sie sich auf den Rücken, schlang ihre Arme um ihn und schaute ihm in die Augen, und er sah, dass ihre grauen Augen tiefer wurden, düster, fast nicht mehr zu sehen, und er fragte noch einmal, Eva, was wolltest du mir die ganze Zeit erzählen, es reicht jetzt mit dem Ausweichen, und sie sagte, bist du sicher, dass du das hören willst? Und er sagte ihr, ja, ich bin sicher, und sie sagte, ich bin schwanger, Adam, falls du es noch nicht begriffen hast, deshalb bin ich nach New York gekommen.

ZWEITER TEIL: Freitagabend bis Donnerstagnachmittag

9

Dienstag, 2. November, 13:31

Adam,
Gabi hat mir heute ein Stipendium angeboten. Als ich ihn letzte Woche um Geld bat, war es nur aus Spaß. Aber er nahm es ernst. Wir haben ein paar kurze Mails gewechselt. Ich entschuldigte mich jedes Mal für das unangenehme Thema, und er antwortete, dass das Thema nicht unangenehm sei. Darauf antwortete ich, dass es trotzdem angenehmere Themen gibt.

Irgendwie habe ich mir angewöhnt, Menschen, die viel höher stehen als ich, sehr familiär zu behandeln, und ich habe herausgefunden, dass ihnen das gut gefällt. Als ich letzte Woche Gabis Büro verließ, entschuldigte ich mich wieder wegen des unangenehmen Themas, und er antwortete, dieses Thema gebe ihm die Möglichkeit, mich zu treffen, deshalb sei es gar nicht so unangenehm.

Er hat vergessen, dass er schon einmal einen Versuch unternommen hatte, mich zu treffen. Vor zwei Jahren, im Haus Belgien. Es war während meiner ersten Wochen auf dem Campus, als ich noch scheuer und weniger frech war. Es gab keine freien Tische und er setzte sich zu mir. Darf ich, fragte er und setzte sich mit seiner Zwiebelsuppe mir gegenüber. Ich kann mich an den Duft seines Rasierwassers erinnern, den ich ziemlich mochte, und an seine braunen, muskulösen Arme. Er sah nicht aus wie ein typischer Professor.

Wir führten ein kurzes Gespräch über Suppen. Ich erzählte ihm, dass ich süchtig nach Suppen bin. Dass ich früher sogar eine Zeitschrift über Suppen herausgegeben hatte. Er schaute mich lange an und fragte schließlich, wer bist du? Ich sagte, ich sei erst vor kurzem aus Sankt Petersburg gekommen, dies sei praktisch mein erster Besuch im Haus Belgien. Von Sankt Petersburg zum Hause Belgien, sagte er und fing an zu lachen, das wäre ein guter Titel für ein Buch, nicht wahr?

Später fragte er, und weißt du, wer ich bin? Nein, sagte ich, aber ich bin sicher, dass du es mir gleich sagen wirst. Das tat er. Ich hatte seinen Namen zuvor noch nicht gehört. Er sah ein bisschen enttäuscht aus. Ich stellte mir vor, er sei bestimmt ein berühmter Astrophysiker. Ich sagte, dass ich seinen Namen noch nie gehört hatte, sei nicht seine Schuld, sondern meine. Er lachte wieder. Ich sagte, dass ich noch nicht genug über Astrophysik wisse, obwohl mich das Thema sehr interessierte, vielleicht weil mein Vater Kosmonaut war. Oh, Kosmonaut? Darüber musst du mir alles erzählen, rief er. Seine Augen glänzten. Kaum zu glauben, sagte er, in ganz Israel gibt es nicht einen Astronauten, und hier sitze ich in Jerusalem und trinke Kaffee mit der Tochter eines Kosmonauten. Du trinkst keinen Kaffee, du isst Suppe, sagte ich. Er lächelte, dieser Fehler lässt sich korrigieren. Er stand auf, verschwand und kam nach einer Minute mit zwei Tassen Milchkaffee zurück. Er sagte, ich würde mich freuen, deinen Vater zu treffen, kannst du das arrangieren? Ich trank von dem Kaffee, obwohl er noch zu heiß war. Auch meine Augen glänzten. Ich brachte kein Wort heraus.

Gabi erzählte, dass er sich auf die Theorien zur Entstehung der Welt vor vierzehn Milliarden Jahren spezialisiert habe. Darüber, was in den ersten Sekunden nach dem Urknall geschah, als sich die gesamte Materie auf kleinstem Raum zusammendrängte und unermessliche Temperaturen besaß. Als Materie und Antimaterie (wie Elektron und Positron) miteinander kollidierten und sich in einem Prozess gegenseitiger Vernichtung verwandelten und zu Energie wurden (Photon, Neutron).

Er erzählte mir, dass in den Tagen der Entstehung des Universums, Sekundenbruchteile nach dem Urknall, keine physikalischen Gesetze existierten, oder zumindest nicht die physikalischen Gesetze, die heute gelten. Deshalb könne man die uns bekannten physikalischen Gesetze nicht anwenden, um die Geschichte der Schöpfung zu verstehen. Ich erinnere mich, dass er diesen Begriff benutzte, die Geschichte der Schöpfung, als wäre er Professor für Bibelkunde und nicht für Physik.

Ich fragte ihn, ob man es mit der Geschichte vom Paradies vergleichen könne, vor der Verkündigung der Tora, vor den Geboten, als noch alles erlaubt war. Er lachte. Er sagte, dass der Urknall ein einmaliges Ereignis gewesen sei, dass es keine Möglichkeit gäbe, ihn zu erklären, auch in Zukunft nicht. Die Ereignisse in einem Universum, in dem die Dichte der Materie größer sei als die Dichte des Atomkerns, gehorche nicht den Gesetzen, die wir verstehen. Es sei anzunehmen, dass das junge Universum hauptsächlich aus schweren, aber unstabilen Teilchen bestand. Diese Teilchen fielen auseinander, verschwanden, wir wissen nichts darüber, in unserer Welt ist nichts davon übrig geblieben. Ich weiß nicht, warum, aber als ich ihm zuhörte, hatte ich plötzlich Tränen in den Augen. Gabi wollte wissen, was los sei, Eva, hast du Mitleid mit den aufgelösten Teilchen, die nichts hinterließen? Ich lachte, aber meine Tränen liefen weiter. Er holte ein Papiertaschentuch heraus und gab es mir.

Mittwoch, 3. November, 11:45

Was sagst du dazu? Soll ich dieses Stipendium annehmen?
Der Vorteil ist, dass ich nicht mehr unterrichten muss (es ist ein Riesenvorteil, denn es ermöglicht mir, zu dir nach New York zu fliegen).
Und was den Nachteil betrifft, ich bin mir gar nicht sicher, ob es überhaupt einen Nachteil gibt.
Vielleicht werde ich weniger Zeit für Mails haben.
Ich werde Gabi helfen müssen, Artikel in der Bücherei zu kopieren. Ab und zu redigieren. Eine These für meine Doktorarbeit suchen. Und er hat vor, mich auch bei seinen Forschungsthemen zu beteiligen, wer weiß, vielleicht schreiben wir zusammen einen Aufsatz.
Er wirkt nicht wie ein strenger Chef. Eigentlich verbringt er die meiste Zeit im Haus Belgien. Deshalb hat diese Vereinbarung fast keine Nachteile.
Er hat mich auch zu einer Tagung eingeladen, die er in zwei Wochen am Toten Meer organisieren wird. Vielleicht werde ich dort sogar einen Vortrag halten.

Was sagst du also dazu, Adam?
Du bist zwanzig Jahre älter als ich, deshalb ist es vielleicht sinnvoll, deinen Rat einzuholen?

Donnerstag, 4. November, 09:15

Was ist mit dir los? Du hörst dich plötzlich so anders an. Ist es der Stress bei der Arbeit? Oder eine Erkältung? Du bist auch auf meine Frage wegen Gabi nicht eingegangen. Ich glaube, ich werde ihm auf jeden Fall eine positive Antwort geben. Gute Besserung. Vielleicht solltest du doch noch zum Arzt gehen?

Freitag, 5. November, 10:55

Gestern habe ich den ganzen Tag dazu gebraucht, Formulare auszufüllen. Wenn ich gewusst hätte, dass dieses Stipendium mit so vielen Formularen verbunden ist, hätte ich es vielleicht nicht angenommen. Ich saß in Gabis Büro. Jedes Mal, wenn der Kugelschreiber leer war, hat er mir einen neuen gegeben. Die meisten Kugelschreiber bei ihm schreiben nicht. Wenn ich bei den Formularen etwas nicht verstand, fragte ich ihn um Rat, aber er verstand sie auch nicht. Da rief er seine Sekretärin an und gab an mich weiter, was sie ihm am Telefon erklärte. Ich bekam langsam das Gefühl, als wäre er meine Sekretärin. Besonders, als er darauf bestand, dass ich mich, um es bequemer zu haben, auf den Drehstuhl setzte, der so schaukelt, hinter dem riesigen Schreibtisch. Ab und zu hatte er dringende Aufgaben zu erledigen (im Haus Belgien Kaffee trinken, auf dem Rasen eine Zigarette rauchen), dann ließ er mich im Büro allein und ich legte die Beine auf den Tisch. Nur so. Einmal klopfte jemand an die Tür, ich glaube, es war einer von Gabis Studenten, ich sagte mit tiefer Stimme ja, und als er hereinkam und mich so sah, ist er fast in Ohnmacht gefallen.

Ist das in Ordnung, wenn ich dir diesen Blödsinn erzähle? Ich merke, dass der Ton meiner Mails sich ändert. Ich glaube nicht, dass ich in den nächsten Tagen viel schreiben kann. Ich werde sehr viel zu tun haben. Die Tagung am Toten Meer ist in weniger als zwei Wochen, und mein Vortrag über die Theorie des inflationären Universums ist noch nicht fertig. (Ist Liebe vielleicht doch ein Phänomen unserer Freizeit? Vielleicht verliebt man sich ganz einfach, weil man zu viel Zeit hat?)

Ich muss ein Thema für meine Doktorarbeit finden. Am Anfang dachte ich an schwarze Löcher. Aber jetzt, während ich den Vortrag für das Tote Meer vorbereite, fesselt mich die Theorie des inflationären Universums mehr. Das Problem ist, dass wir so viele Fragen ohne Antworten haben. Über die Vergangenheit, über die Zukunft. Wird das Universum sich immer weiter ausdehnen oder wird es in irgendeiner Phase aufhören, sich auszudehnen, und anfangen zu schrumpfen? Wird es noch einen Urknall geben? Und ist es wahr, dass gleich nach dem Urknall die Geschwindigkeit der Ausdehnung viel größer war als die Lichtgeschwindigkeit und dass als Ergebnis viele Universen entstanden sind, die keinesfalls miteinander korrespondieren, denn kein Lichtstrahl wird je von einem Universum aus ein anderes Universum erreichen?

Gestern sagte Sascha zu mir, vielleicht solltest du anfangen, dich ein bisschen umzuschauen. Es irritiert ihn, dass du und ich noch Kontakt haben. Obwohl ich ihm nichts sagte. Nicht über die Mails, die ich dir täglich schicke. Nicht über die Mails, die du mir schickst. Nichts.

Und Lena gestern Abend, als hätte sie sich vorher mit Sascha abgesprochen: Wir dürfen Dinge, die uns groß erscheinen, nicht allzu ernst nehmen. Dinge, die momentan riesig erscheinen, werden rückblickend nur marginale Episoden sein.

Und Ronen, heute Morgen im Büro.
Ronen, was machst du, wenn du dich in einen Hetero verliebst? (Tausche »du« mit »ich« und »Hetero« mit »verheiratet«)
Ich vermeide solche Situationen.
Wie?
Ich lasse es ganz einfach nicht geschehen. So etwas ist unangenehm und vollkommen überflüssig.
Und wenn es trotzdem passiert?
Dann kämpfe ich dagegen an und versuche, diesen Mann nicht mehr zu sehen.

Es tut mir leid. Ich weiß nicht, was mit mir los ist.

Samstag, 6. November, 12:56

Adam,
vielleicht denkst du noch einmal an deine Bitte?
Als du mich batest, wenigstens so lange auf dich zu warten, bis wir uns in New York sehen, musste ich, ohne dass ich etwas dagegen tun konnte, an unsere Beziehung denken.
Sie ist nicht symmetrisch, Adam. Warum soll ich nicht mit anderen schlafen, so wie du mit Ruth schläfst?

Denke nicht zu viel an mich.
Heute denke ich nur an Essen.
Es tut mir leid, meine Mails werden von Tag zu Tag kürzer und dümmer.
Eva

Als ich Ilja traf, lebte er in Riga und ich in Sankt Petersburg. Manchmal überkam es mich und ich fuhr ganz spontan mit dem Zug von Sankt Petersburg nach Riga, um ihn zu überraschen. Dich werde ich nie so überraschen können. Denn was würdest du deiner Frau sagen, wenn ich plötzlich vor eurer Tür stünde? Mit dir werde ich so etwas nie machen können.

Deine Bitte ist nicht symmetrisch, Adam. Ist dir das bewusst? Warum sollte ich nicht das Gleiche machen wie du? Sogar ohne großes Nachdenken. Ohne Bedeutung. Vielleicht würdest du mich dann noch mehr begehren?

Ich erinnere mich, wie Ilja mich mit aller Kraft an sich drückte, wie er versuchte, meinen ganzen Körper zu küssen, als ich ihm nach zwei gemeinsamen Jahren mitteilte, dass er nicht der Einzige war. Plötzlich verliebte er sich aufs Neue in mich. Er verfolgte mich mit den Blicken. Brachte mir das Frühstück ans Bett. Es wurde zu einer Art Wettkampf. Mit wem macht es dir mehr Spaß? Seine Stimme zitterte, als er dies fragte. Sei nicht dumm, sagte ich. Und er fragte weiter. Bis ich ihn eines Tages bat, seine Sachen zu packen und auszuziehen.

Es war April (der härteste Monat). Ich erinnere mich, dass ich am Gribojedow-Kanal spazieren ging und die Eisschicht auf dem Kanal brüchig zu werden begann. Ich erinnere mich, wie ich auf dem Kusnetschny-Markt, auf dem ich jeden Samstag mit meinem Vater die Einkäufe erledigt hatte, Äpfel kaufte. Ich erinnere mich, wie ich die Gesichter der Menschen auf dem Markt studierte. Wer weiß, vielleicht war einer von ihnen mein Vater. Ich erinnere mich, wie ich auf die Löwenbrücke

ging und die Äpfel mit aller Kraft in den Kanal warf, fasziniert von den Löchern, die sie ins Eis schlugen.
Ich erinnere mich, dass ich mit der grünen Teetasse nach dem verschwitzten Bett meiner Mutter warf, als ich früher als gewohnt nach Hause zurückkam und sie mit ihrem damaligen Freund in flagranti erwischte. Ich erinnere mich, dass er wie eine haarige Ratte die Treppe hinunterflitzte. Er rief noch, du bist in Ordnung, aber deine Tochter ist verrückt. Das hinderte meine Mutter nicht daran, sich einen Monat später einen Neuen zuzulegen. Ich erinnere mich, wie ich einen ganzen Tag einem fremden älteren Mann folgte, nur weil seine Armbanduhr mich an die Uhr erinnerte, die ich meinem Vater einmal geschenkt hatte.

Ich erinnere mich, dass meine Mutter zu mir sagte, ich solle aufstehen und die Berge von Büchern und Klamotten aufräumen, die auf dem Fußboden lagen und so schwer waren, dass ich sie nicht heben konnte. Sie sagte, dann räume wenigstens eine Sache auf. Nur ein Buch. Oder ein Paar Socken. Ich weigerte mich stundenlang. Ich war unfähig, einen Finger zu rühren. Ich erinnere mich, dass meine Mutter mit mir zum Meer fuhr, dass sie mit mir am verlassenen Strand spazieren ging, als könne mich der Anblick des Meeres retten. Ich erinnere mich, dass die Menschen, die ich kannte, einer nach dem anderen Sankt Petersburg verließen. Wer konnte, fuhr nach Amerika. Die anderen nach Israel. Ich erinnere mich, dass ich anfing, die prachtvolle zerbröckelnde Stadt, in der ich aufgewachsen war, zu hassen. Ich plante etwas Einschneidendes. So konnte ich nicht weitermachen.

Einen Monat später wanderte ich nach Israel aus.
Ich bin ganz einfach verschwunden.
Ohne Spuren zu hinterlassen.

Es schmeichelt mir, dass du von mir geträumt hast.
Vielleicht strengst du dich an und erscheinst auch in meinen Träumen?
Ich fange an zu glauben, dass es eine gewisse Anstrengung deinerseits verlangt.
Eva

Montag, 8. November, 11:34

Habe ich dir von Alexandra erzählt? Sie ist die Frau, die mich gerettet hat. Dank ihr war meine Landung in Israel so weich. Ich weiß nicht, was ich ohne sie gemacht hätte. Alexandra war verliebt. In Sascha. Vielleicht habe ich deshalb mit ihm angefangen. Bis heute packt mich ein Schauder, wenn ich an diese Serie von Ereignissen denke.

Wir lernten uns in einem Kurs für Physik kennen. Zu Beginn des Studienjahrs wurden wir einfach zusammen in ein Zimmer gesteckt, obwohl sie bereits seit ein paar Jahren Doktorandin war und ich gerade erst mit meinem Masterstudium angefangen hatte. Ich erinnere mich, dass sie mich fragte, ob ich Tische tauschen wollte, ihr Tisch war attraktiver (er stand am Fenster). Natürlich sagte ich nein. Später dachte ich allerdings, wie symbolisch das war, das Tauschen der Tische. Letzten Endes habe ich ihr mehr abgenommen als nur einen Tisch.

Ich mochte sie sofort, ich achtete sie auch. Sie war eine brillante Physikerin. Die beste Studentin ihres Jahrgangs. Sie war sehr aktiv. Tagungen, Artikel, Seminare. Es war ihr letztes Jahr als Doktorandin. Obwohl sie noch nicht promoviert war, hatte sie schon Angebote fürs Postdoktorat bekommen, von den besten Universitäten. Princeton, MIT, California Institute of Technology. Aber sie war nie arrogant. Sie verfügte über ein enormes Wissen. Nicht nur in Physik, sondern auch in Mathematik, Philosophie, Psychologie, Politik und Musik. An meinem Geburtstag sang sie mir die Lieder von Wyssozki vor, die ich so liebe, und begleitete sich selbst auf der Gitarre. Bis dahin hatte ich nicht mal gewusst, dass sie singen und ein Instrument spielen konnte.

Zu Partys gingen wir immer zusammen. Sie kannte alle und jeden, stellte sie mir vor und sagte immer etwas Nettes über mich. Sie war eine kluge Gesprächspartnerin und immer in lebhafte Diskussionen verwickelt. Ich vertrat eher die ruhige, melancholische Seite. Sie hatte eine feste Meinung zu vielen Themen. Ich hingegen habe nie Stellung bezogen. Manchmal fragte ich mich, was sie an mir fand.

Ich erzählte ihr alles, und unsere Themen erschöpften sich nie. Im Gegenteil, es war, als würden sie sich mit jedem Wort verdoppeln, das wir aussprachen. Ich erzählte ihr von den Büchern, die ich gelesen hatte, stundenlang konnte ich ihr meine Eindrücke von einem Buch schildern und mir ihre Ansichten anhören. Ich erzählte ihr auch von Ilja, wie ich ihn verlassen hatte und nach Israel ausgewandert war. Ich fing auch an, ihr von meinem Vater zu erzählen.

Ich verehrte sie so sehr. Ich war stolz auf jedes Zeichen der Sympathie und jedes Lob, das von ihr kam. Ich war dankbar, dass ich solch eine Freundin gefunden hatte. Mittags aßen wir fast jeden Tag zusammen in der Mensa. Wir luden uns gegenseitig ein. Die Kassiererin kannte uns als Paar, wenn eine von uns allein kam, erkundigte sie sich, was los sei. Abends gingen wir manchmal in ihr Zimmer neben dem Machne-Yehuda-Markt, hockten auf dem Bett und tranken zusammen Wodka. (Bist du neidisch?)

Wir funktionierten als Team. Am Freitagnachmittag überzeugten wir zum Beispiel die Verkäufer am Markt, uns das Obst umsonst zu geben. Alexandra, die die meisten Verkäufer schon länger kannte, schaffte es mit ihrem Talent und ihrer Beredsamkeit, sie zu überzeugen, und ich bezauberte sie mit meiner Naivität und mit Flirten.

Wir entwickelten ein wortloses Verständnis, was die Menschen in unserer Umgebung betraf. Wenn sich eine Nervensäge zu uns setzte, warf ich Alexandra einen Blick zu, und wenn ich ein gewisses Funkeln in ihren Augen sah, bestärkte mich das in meiner Meinung. Wir planten, gemeinsam nach Eilat zu fahren. Wenn wir mit Männern zusammen waren, unterstützten wir uns gegenseitig. Zu mir fühlten sich die Männer eher physisch hingezogen, aber Alexandra gegenüber empfanden sie eine größere Hochachtung, und sie konnten jedes Thema mit ihr diskutieren.

Ich erinnere mich, dass sie mir sogar auf romantischem Gebiet Hilfe leistete. Damals interessierte ich mich für Ronen, vermutete aber, er sei schwul. Alexandra erklärte sich bereit, »ihn zu testen«, und zwei Tage später kam sie mit der Antwort zurück. Sie hatte Mut, sie hatte Humor, wir lachten sehr viel zusammen. Sie fing an, mir zu vertrauen.
Das Einzige, was sie nicht hatte, war ein Freund.

Warum musste ich sie an ihrem einzigen schwachen Punkt verletzen? Ich erinnere mich genau an jene Party bei ihr. Ich erinnere mich, dass sie sie sogar von Samstag auf Sonntag verschob, weil ich am Samstag nicht kommen konnte. Ich erinnere mich, wie sie mir Sascha vorstellte, von dem sie schon oft gesprochen hatte. Und ich erinnere mich, dass ich neugierig war, jemanden zu treffen, an dem Alexandra interessiert war, jemanden, der aus Sankt Petersburg gekommen war, wie ich, jemanden, der gerne schwamm, wie ich, den ich aber trotzdem nie getroffen hatte (er ist einige Jahre älter als ich). Ich erinnere mich an diese Party bei Alexandra, ich erinnere mich, wie ich mit Sascha trank, wie ich mit ihm tanzte, beides gleichzeitig, wie ich ihn beim Tanzen küsste, sogar ohne den Versuch, es zu verheimlichen, ich sah, wie Alexandra mich beobachtete, und machte trotzdem weiter.

Ich weiß nicht, warum ich das tat. Ebenso wenig wie ich weiß, warum ich vor Ilja davonlief und nach Israel auswanderte. Ich verstehe so vieles in meinem Leben nicht. Vielleicht überkommt mich jedes Mal, wenn ich an einer wichtigen Wegkreuzung ankomme, ein Schwindelgefühl. Vielleicht ist das auch der Grund, warum ich mit dir zusammen bin? Vielleicht hattest du recht, als du sagtest, das hinge wohl damit zusammen, dass ich die meiste Zeit ohne Vater lebte, nur mit einer Mutter, die sich wie ein Kind benahm und mir keine Regeln mitgab. Aber diese Erklärungen sind sehr schematisch. Vielleicht gibt es ja auch Dinge, die man besser nicht versteht?

Vielleicht geschah es, weil ich so gerne konkurriere. In der Schule war ich immer gut. Ich genoss die Komplimente. Immer musste ich das beste Zeugnis nach Hause bringen. Später, als sich herausstellte, dass ich auch eine gute Schwimmerin war, als man anfing, mich zu trainieren, als man mich auf ständiges Siegen dressierte, als man mich mit fünfzehn Jahren zur Schwimmmeisterin machte, wurde die Lust an der Konkurrenz Teil meiner Persönlichkeit. Es war schon zu spät für eine Veränderung.

Vielleicht schmeichelte es mir, dass ich einer so wunderbaren Frau wie Alexandra den Mann wegnehmen konnte, den sie am liebsten mochte. Als würde ich noch einen Wettbewerb gewinnen. Vielleicht dachte ich auch gar nicht nach. Vielleicht war ich betrunken. Vielleicht dachte ich, es sei nur eine wilde Party und würde zu nichts führen.

Wir sprachen nicht darüber. Einen Tag. Zwei Tage. Nach einer Woche zog sie ganz einfach in ein anderes Büro um. Der schöne Tisch am Fenster blieb ein paar Tage frei, bis jemand anderer daran saß. Wäre ich schnell genug gewesen, hätte ich ihn haben können. Sie hörte auf, sich mit mir zu treffen. Sie sagte, sie habe zu viel Arbeit. Jedes Mal, wenn es Zeit zum Mittagessen war, hatte sie plötzlich viel Arbeit. Und es wurde unmöglich, sich außerhalb des Campus zu treffen oder gemeinsam Wodka zu trinken. Sie war sehr stolz. Und ich hörte allmählich auf, sie zu bitten.
Ich hatte sie verloren.

Wir trafen uns nur noch ein einziges Mal, nur wir beide. Natürlich sah ich sie im Physikgebäude, im Flur des Sekretariats, neben den Postfächern, im Kaffeeraum, in der Bibliothek, aber das kann man nicht als Treffen bezeichnen. Ein richtiges Treffen gab es nur noch ein Mal, im Café Moment in der Gazastraße, aber ihre Zuneigung war verschwunden, auch der Respekt, den sie mir vielleicht gezollt hatte, wir konnten nicht mehr miteinander sprechen wie früher, es war, als hätten wir uns auf einmal nichts mehr zu sagen.

Damals sagte ich, Alexandra, ich möchte dir etwas erzählen. Vielleicht sagte ich auch, Alexandra, ich muss dir unbedingt etwas erzählen, mein Herz ist schwer. Gott weiß, was ich sagte. Ich wollte ihr meine Schuldgefühle zuschieben, als könne mich eine Beichte reinigen. Als bekäme ich einen Freispruch, wenn ich nur die Wahrheit sagte.

Und dann sagte ich, Alexandra, ich habe gestern Nacht mit Sascha geschlafen, ich will das vor dir nicht verheimlichen, ich möchte, dass du das weißt. Und sie sagte, mach dir keine Sorgen, Eva, es ist in Ordnung, ich hab damit kein Problem, und trank weiter ihren Cappuccino.

Monate später erzählte mir Sascha, dass Alexandra sich nicht leicht verliebt. Dass es ihr schwerfällt, sich zu verlieben. Sodass es etwas Besonderes und Seltenes war, was sie in jenen Tagen gespürt hatte. Aber das hatte sie ihm erzählt, nicht mir. Ich erfuhr es erst viel später von Sascha. Sie hat mir nie gezeigt, dass sie verletzt war.

Und sie verschwand. Kurze Zeit nach unserem Treffen im Café Moment. Ich kam mit Sascha von einem Ausflug nach Eilat zurück und ging in ihr neues Büro, vielleicht zum zwanzigsten Mal. Ich erinnere mich, dass es ihr Geburtstag war, und ich hatte ein Geschenk in der Hand, Jehuda Amichai auf Russisch. Diesmal war das Zimmer wenigstens nicht leer, es war jemand dort. Er sagte, Alexandra sei nach Moskau gefahren, zu ihren Eltern, und komme in einem Monat zurück. Es war eine spontane Entscheidung gewesen, sie hatte fast niemandem davon erzählt. Sie unterrichtete nicht, sie hatte ein Stipendium (solch ein Stipendium wie das, das Gabi mir zugeschanzt hat), das es ihr ermöglichte, nicht zu unterrichten. Deshalb konnte sie auch von einem Tag auf den anderen verschwinden. Ich legte die Liebesgedichte von Jehuda Amichai auf ihren leeren Tisch und verließ das Zimmer.
Aber sie kam nicht zurück. Nicht nach einem Monat, nicht nach zwei Monaten. Ich hatte keine Ahnung, was mit ihr los

war. Sie stand am Beginn einer glänzenden Karriere. Ob sie diese woanders fortsetzte, weiß ich nicht. Alexandra verschwand und ließ mich mit Sascha allein. Jetzt bin ich noch nicht einmal fähig zu weinen.

Dienstag, 9. November, 10:10

Adam,
heute verstehe ich nicht, was du an mir findest. Womit ich Liebe überhaupt verdiene. Heute kommt es mir vor, als verdiente ich nur Hass. Oder Missachtung. Oder Nichtbeachtung, was das Schlimmste ist. Heute habe ich das Gefühl, es gut verstehen zu können, wenn plötzlich alle Menschen der Welt aufhören würden, mit mir zu sprechen. Was ich nicht verstehe, ist, warum alle so nett zu mir sind. Und warum ich diese ganzen Mails von dir bekomme.

Plötzlich fällt mir ein, dass ich Sascha genau das gefragt habe, an dem Abend, als ich zu ihm hinübergeschwommen war und angefangen hatte, ihm von dir zu erzählen. Ich fragte ihn, warum ich? Warum hat er sich in mich verliebt? Sascha war ein bisschen betrunken, es war, nachdem wir in meiner Küche viel Wein getrunken hatten, und er umarmte mich und sagte nichts. Ich erinnere mich, dass es eine lange Umarmung war, einige Minuten vielleicht. Ich erinnere mich, dass ich seine Umarmung nicht erwiderte, aber ich hatte auch nichts gegen sie. Ich erinnere mich, wie seine Umarmung schwächer wurde, wie seine Arme mich nicht halten konnten vor Trunkenheit.

Aber noch früher, Adam, als wir auf unserem Felsen saßen, auf Isawija, und die Judäische Wüste betrachteten, das Krankenhaus Hadassa und den Mount Skopus im Rücken, völlig durchnässt vom ersten Regen. Du küsstest mich und sagtest, dass du bisher alle Paare beneidet hast, die sich auf der Straße küssen, dass du aber jetzt nicht mehr neidisch wärest, und weißt du noch, wie ich reagiert habe? Erinnerst du dich, was ich dich fragte?

Wenn ich von dir etwas haben will, dann ist es eine Antwort auf diese Fragen. (Warum gerade ich? Was ist Liebe?)

Hast du eine Ahnung, wie oft ich versucht habe, Alexandra ausfindig zu machen? Sie dazu zu bewegen, mit mir Kontakt aufzunehmen? Hast du eine Ahnung, wie ich mich in dem ganzen Jahr mit Sascha, der so wortkarg ist, nach den langen Gesprächen mit ihr gesehnt habe? Wie viele Mails habe ich geschrieben, wie viele Telefonate geführt, wie oft habe ich im Internet gesurft, aber sie war wie vom Erdboden verschluckt. Es gab Zeiten, da dachte ich wirklich, sie sei tot. Wenn ich manchmal auf dem Campus eine Frau in einer abgewetzten Jeansjacke und mit kurzen schwarzen Haaren sah, wollte ich schon hinrennen und ihren Namen rufen, ich war sicher, dass es Alexandra war.

Und weißt du, wann sie wieder aufgetaucht ist? Wann sie mir geantwortet hat? Ein Jahr später, nachdem Sascha mich verlassen hatte. Nachdem ich ihr geschrieben hatte, dass ich jetzt allein war, dass Sascha und ich nicht mehr zusammen waren. Nach einem Schweigen von mehr als einem Jahr kam plötzlich eine Mail von ihr. Warte einen Moment, ich finde die Mail. Lies sie selbst.

>Hi Eva,
>entschuldige, dass ich nicht früher geantwortet habe. Ich
>war dir gegenüber nie nachtragend. Es war für mich traurig
>zu sehen, wie sich unsere Freundschaft in Luft auflöste. Ich
>kann nicht mit Gewissheit sagen, was geschehen ist. Viel-
>leicht hängt es mit Sascha zusammen. Es tut mir leid, dass
>ihr nicht mehr zusammen seid. Ihr wart ein schönes Paar.
>Entschuldige, dass ich so kurz angebunden bin, ich bin die-
>ser Tage sehr beschäftigt. In zwei Wochen habe ich in Chi-
>cago eine Tagung, und davor Bewerbungsgespräche an drei
>Universitäten. An unseren gemeinsamen Herbst in Jerusa-
>lem habe ich herrliche Erinnerungen, auch daran, wie wir
>uns zum ersten Mal in unserem Büro im Schprinzak-Haus
>trafen, erinnerst du dich? Ich glaube, dass ich dich nicht
>weniger liebte, als ich Sascha liebte. Bist du noch in diesem
>Büro?
>
>Alexandra

Mittwoch, 10. November, 10:44

Es ist also kein Wunder, dass ich es jetzt nicht schaffe zu arbeiten. Nicht nur, dass ich jetzt doppelt lebe, mein Leben und deines, jetzt ist auch mein eigenes Leben doppelt, Gegenwart und Vergangenheit, und auch meine Gegenwart ist doppelt, ich lebe sie mit doppelter Intensität. Vielleicht ist das Liebe, wenn alles doppelt ist?

Ich werde das für morgen geplante Mittagessen mit Gabi absagen.
Und ich werde auch Sascha absagen, der mich zum anschließenden nächtlichen Schwimmen eingeladen hat. Vielleicht

hast du recht, vielleicht bekommt mir die Flucht zu den Menschen nicht gut.
Meine Mutter: Du hast zu viel gemacht und zu wenig nachgedacht.

Ich muss nichts tun, es reicht, wenn man beobachtet, nachdenkt, schreibt. Ich muss mich nicht hinter Betriebsamkeit verstecken. Ich habe in meinem Leben schon so viele Dinge gemacht. Dinge, die ich getan, aber nicht erlebt habe. Manchmal, wenn ich dir schreibe, spüre ich, dass ich sie zum ersten Mal erlebe.

Donnerstag, 11. November, 23:40

Manchmal denke ich, dass du nicht mehr real bist.
Gibt es dich?
Kannst du mir beweisen, dass es dich noch gibt?
Um dich wieder greifbar zu machen, habe ich nun die Flüge nach New York angeschaut.
Bist du sicher, dass es eine gute Idee ist?
Vielleicht ist es sicherer mit Mails?

Heute ist alles verkehrt: Der Morgen war schlecht, und jetzt, bei Nacht, bessert sich meine Laune. Ich hatte gerade mit Lena ein philosophisches Gespräch über Lügen. Ich merke, wie die Menschen sich bemühen, ihre Lügen auf logische Weise wahr erscheinen zu lassen. Solange das, was sie sagen, nicht durch und durch eine Lüge ist, fühlen sie sich wohl.
Die meisten Menschen wagen es ganz einfach nicht, richtig zu lügen, und das macht sie anfällig für Manipulationen. Die Kunst ist es, die Frage so zu formulieren, dass sie sich nicht hinter einem Punkt verstecken können, der logisch korrekt

ist. Aber diese Kunst verlangt von dem Fragenden eine Ehrlichkeit, die nicht geringer ist als die des Befragten. Vielleicht ist dies dein Geheimnis bei deiner Art, dich selbst darzustellen? Dich mit den Fragen zu entblößen, statt mit den Antworten? Mir scheint, dass ich das, was du mir einmal gesagt hast, immer nur neu definiere.
Wenn man die ganzen logisch korrekten Lügen berücksichtigt, die wir täglich erfinden, ist es erstaunlich, wie schwierig es ist, wirklich zu lügen. Ich habe mit Lena über den Trieb gesprochen, zu lügen, auch wenn es nicht notwendig ist. Ist es der gleiche Trieb, der jemanden dazu führt, im Supermarkt Schokolade zu klauen, obwohl er doch genug Geld hat?

Heute Mittag habe ich mit Gabi gegessen und abends war ich mit Sascha schwimmen. Ich hatte schon fast vergessen, wie gern ich schwimme. Sascha und ich haben wieder eine Routine entwickelt, die wir schon mal hatten und die im Dezember unterbrochen wurde. Mit dem Unterschied, dass wir uns jetzt nichts vormachen. Und ohne Besitzanspruch meinerseits. In der letzten Zeit haben uns viele Menschen zusammen gesehen und glauben vermutlich, dass wir wieder ein Paar sind. Es amüsiert uns. Wir fangen sogar wieder an, das perfekte Paar zu spielen, genau wie damals. Sascha und ich haben jetzt alles zurückbekommen, außer meinen Illusionen. Zwischen uns gab es nie Liebe. Nur Gewohnheit, Ansprüche, Sex, die Suche nach Geborgenheit und viel Egoismus. Habe ich in ihm jemals etwas anderes gesehen als ein gelungenes Schnäppchen? Ich darf gar nicht daran denken, dass er vor nur einem Jahr meine ganze Welt war.

Jetzt erwarte ich wenigstens von ihm nichts, was er nicht geben kann. Und ich habe weder die Sicherheit noch die Angst, dass ich mit ihm das ganze Leben verbringe, ich erwarte nicht, dass er meine Bedürfnisse befriedigt, weder die intellektuellen noch die anderen. Das macht es viel leichter. All meine Fragen an ihn kommen aus echtem Interesse, weil ich die Antwort wissen möchte, und nicht deshalb, weil die Antwort so oder so sein muss, nur weil er mein Freund ist. Erstaunlich, wie ich mich damals als Gedankenpolizei aufspielte, wie ich darauf bestand, zu allem, was er dachte, das letzte Wort zu haben (das heißt zu allem, was er denken »sollte«).

Meine Mutter: Hör auf, die Männer als Krücken für dein Leben zu benutzen.
Das ist genau das, was ich die ganze Zeit zu tun versuche.
Ich glaube nicht, dass das Verhältnis des Behinderten zu seinen Krücken Liebe genannt werden sollte.
Aber wie schwer ist es doch, ohne Krücken zu gehen.

Erst jetzt verstehe ich, dass ich lernen muss, allein zu gehen. Und vielleicht fange ich erst jetzt, mit dir, eine wirkliche Liebe an? Sodass es vielleicht eher Glück als Pech ist, dass ich dich gerade jetzt kennengelernt habe? Verheiratet, auf einem anderen Kontinent, tausende von Kilometern von mir entfernt. Ich werde dich nie als Krücke benutzen können. Vielleicht ist es die Unmöglichkeit einer Symbiose zwischen uns, die zur Befriedigung unserer Bedürfnisse führt und unsere Beziehung echter macht?
(Adam, ich habe jetzt eine meiner stärksten Minuten. In schwächeren Zeiten könnte ich dich genau aus diesem Grund verlassen. Oder ich könnte von dir Dinge verlangen, von denen ich nicht will, dass du sie tust.)

Heute Abend, als wir beim Schwimmen waren, sagte Sascha, dass er dir für zwei große Dinge in seinem Leben noch etwas schuldig sei.

Wofür schuldest du ihm etwas, fragte ich.
Erstens hat er mich von Tanja befreit.
Wie meinst du das, fragte ich, sie hat doch noch Kontakt zu dir.
Ich meine, dass er mich von ihrer Liebe befreit hat.
Und das zweite?
Er hat dich zu mir zurückgebracht.

Du lieber Gott, als ich im Dezember und Januar wegen ihm weinte, war es mehr darüber, dass ich mein Spielzeug verloren hatte, den Gegenstand, den ich der Welt zur Schau stellen konnte.
Meine Mutter: Du weinst jetzt genau so, wie du als Kind geweint hast, wenn ich dir dein Spielzeug weggenommen habe, damit du schlafen gehst.
Meine Mutter: Hör auf damit, deine Identität von den Männern zu beziehen, mit denen du zusammenlebst. (Sie hat behauptet, dass sich sogar meine Stimme veränderte, als ich mit ihnen zusammen war.)

Freitag, 12. November, 23:55

Seltsam, aber um meinen Vater habe ich nie geweint. Ich erinnere mich an den Schwimmwettbewerb, ich war fünfzehn und machte in hundert Meter Kraulen bei der Meisterschaft von St. Petersburg den ersten Platz. Ich erinnere mich, dass er einen Abend vorher nach einem zweimonatigen Aufenthalt im All aus Kasachstan zurückkommen und mich zum Wettbewerb bringen sollte. Ich weiß noch, wie ich den ganzen Abend auf die Uhr schaute und nicht wagte, etwas zu sagen, und meine Mutter sagte auch nichts. Und ich weiß auch noch, wie schwer es mir fiel, am nächsten Tag aufzustehen, allein mit meiner Mutter Kaffee zu trinken, allein mit meiner Mutter zum Wettbewerb zu gehen. Und wie meine Augen, als ich schon im Schwimmbecken war, die Gegend absuchten, ob er vielleicht gerade angekommen war und mir zuschaute. Und vielleicht war er dann stolz auf mich, darauf, wie ich in letzter Minute die Schwimmerin rechts von mir überholte, diejenige, der alle den Sieg prophezeit hatten, und wie ich halb ohnmächtig am Beckenrand anschlug.

Und dann, bei der Medaillenvergabe, suchten meine Augen weiter nach ihm. Ich hatte für ihn gewonnen, aber er war der Einzige, der mich nicht beklatschte. Und all die Wochen und Monate und Jahre danach, in denen meine Augen nach ihm suchten und noch immer suchen. In denen jedes unerwartete Klopfen an der Tür mein Herz zum Rasen bringt. In denen jeder TV-Bericht über Raumschiffe und Kosmonauten mich an den Bildschirm fesselt. Und die Dialoge, die ich mit ihm noch führe. Und die heimlichen Spaziergänge morgens um zwei am Ufer der Newa, im Alter von sechzehn und siebzehn, wenn meine Mutter schlief und sich plötzlich alle Brücken über den Fluss öffneten. Die Erwartung, ihn zufällig zu treffen. Denn es kann doch nicht sein, dass ihm wirklich etwas passiert ist. Verstehst du, Adam, er hat mir versprochen, er würde immer zurückkommen. Und etwas nicht genau zu wissen, bringt mir immer die schlimmsten Albträume. Wie kommt es, dass keine offizielle Stelle sich die Mühe macht, uns zu erklären, was genau dort im All geschehen ist. Alles war so geheim. Die Experimente, die sie machten. Die Ausrüstung, die sie benutzten. Und wenn es zu einem Todesfall kam, so wurde sogar der streng geheim gehalten.

Und da sind meine Gedanken, diese unvermeidlichen Gedanken, die ich nicht wegschieben kann, über seine letzten

Minuten dort, im All. Über die schreckliche Einsamkeit in der dunklen, unendlichen Weite, gegenüber der bläulichen Erdkugel. Über den Sauerstoff, der langsam weniger wird, nicht schnell genug (hat er auf die Uhr geschaut?). Über seine letzten Gedanken, die ihm durch den Kopf gingen (wollte er mir etwas sagen?). Und manchmal auch Wut, brennende Wut, kindliche, fast brutale Wut. Verstehst du, Adam, er hat es mir doch versprochen. Er hat mir versprochen, dass er immer zurückkommt.

10

Er stand auf, ging zum Badezimmer, drehte die Dusche an und spürte, wie das warme Wasser über seinen Körper strömte, es prickelte auf seiner Haut, schlug fast Löcher, und er sah, wie die Tür der Duschkabine sich öffnete, wie Eva eintrat und sich mit ihm unter die Dusche stellte, sie hatten noch nie zusammen geduscht, plötzlich passierten so viele Dinge zum ersten Mal, der Schnee, das Einkaufen im Supermarkt, das gemeinsame Duschen, als hätte die Schwangerschaft sie verwandelt, und nun, da sie ihm von der Schwangerschaft erzählt hatte, würde alles anders sein, nichts würde mehr so sein wie früher.

Er erinnerte sich, dass sie früher einmal erzählt hatte, für sie sei gemeinsam duschen intimer als ein Fick, und dass man die Zahl der Männer, mit denen sie gemeinsam geduscht habe, an einer Hand abzählen könne, aber als er sie gefragt hatte, mit wem sie geduscht habe und mit wem nicht, versuchte sie das Thema zu wechseln, und auch als er sie direkt fragte, zum Beispiel mit Sascha, verweigerte sie die Antwort, sodass sie ihm sogar das Vergnügen der Eifersucht nahm.

Er war sicher, dass sie mit Sascha geduscht hatte, sie waren immerhin ein Jahr zusammen gewesen, und ihre Weigerung, es zu bestätigen oder abzustreiten, erschien ihm wie ein Eingeständnis oder wenigstens wie die Erlaubnis, irgendeine Art von Eifersucht entwickeln zu dürfen, und in der Tat, wenn er sie sich mit anderen Männern vorstellte, Männern aus ihrer Vergangenheit oder aus der Gegenwart, wie Gabi zum Beispiel, hatte er oft das Bild gemeinsamen Duschens im Kopf, und das störte ihn mehr als der aufregendste Fick, als gebe es so etwas wie einen exklusiven Kreis von Männern, die sie unter die Dusche mitnahm, und er gehörte noch nicht dazu und würde vielleicht nie dazugehören.

Aber jetzt war sie neben ihm unter dem fließenden heißen Wasser, das konnte man nicht leugnen, er berührte sie, um sich zu versichern, dass sie es war und keine andere, seine Hand bewegte sich erregt von ihrer Schulter zu den üppigen Brüsten und von dort nach unten, über die Hüften und von dort zum Bauchansatz, wo die blonden Schamhaare anfingen, und er nahm die Seife und seifte sie gründlich ein, zunächst den Bauch, dann verteilte er den Seifenschaum und strich ihr mit dem Schwamm über den ganzen Körper, bis sie sich in eine Art weiße, substanzlose Wolke verwandelte, und dann fragte er, bist du sicher?

Ja, ich bin sicher, sagte sie, und er fragte, seit wann weißt du das? Und sie sagte, ich war zwei Tage vor der Reise bei der Untersuchung, und er sagte, warum hast du mir nichts davon geschrieben? Warum hast du bis jetzt gewartet? Und sie sagte, ich habe dir geschrieben, dass ich zu einer Untersuchung gegangen bin, ich habe dir auch von der Schwäche und der Übelkeit erzählt, aber du hast dich überhaupt nicht erkundigt, und Adam erinnerte sich wieder an den Moment vor dem Computer, im Konsulat, auf dem Weg zum JFK, als der Taxifahrer unten auf ihn wartete und wie er sich in der Toilette eingeschlossen hatte, ohne sie zu benutzen, und wie er dann sein Gesicht mehrmals gewaschen hatte, anstatt die Mails zu lesen, wie er es sonst jeden Tag tat.

So ist es also, sagte er, und ich bin schuld, dass ich am Tag, als du abgeflogen bist, die Mails nicht gelesen habe? Und Eva sagte, wer redet von Schuld? Und außerdem, ich habe dir schon in früheren Mails Hinweise gegeben, aber du hast nicht reagiert, du hast es vorgezogen, das Thema zu ignorieren, und Adam fragte, wozu hast du all diese Kondome mitgebracht, wenn du schwanger bist?

Und Eva sagte, weil ich nicht wusste, ob ich es dir erzähle oder nicht, ich wusste nicht, was du gern hören möchtest, es könnte auch sein, dass ich auf den richtigen Zeitpunkt gewartet habe, von einer Schwangerschaft kann man nicht einfach so erzählen, und Adam sagte, ich habe gedacht, wir belügen uns nicht, ich habe gedacht, wir erzählen uns alles, ich habe gedacht, wir haben uns versprochen, nie zu lügen, ich fühle mich seltsam, weil du es die ganze Zeit schon gewusst hast, auch hier, in New York, und kein Wort davon gesagt hast, es lässt alles, was zwischen uns war, alles, was wir gemeinsam gemacht haben, wie Theater erscheinen.

Nach einem langen Schweigen sagte Eva, daran könnte etwas sein, schau uns an, schau dir dieses Zimmer an, dieses Bühnenbild, das ist alles, was wir haben, ein Bett und eine Kommode und eine Tischlampe und einen Schrank und eine Gardine, und selbst das nur für eine Woche, in einer Woche wird das Bühnenbild verschwinden oder anderen Schauspielern dienen, nicht uns, vielleicht ist das alles eine große Show, wie du gesagt hast, alles außer einem kleinen Detail, meiner Schwangerschaft.

Adam sagte, rede nicht so, und sie sagte, wie soll ich sonst reden? Korrigiere mich, wenn du meinst, dass ich mich irre, warum korrigierst du mich nicht? Und Adam schaute auf ihren Körper, der langsam aus der Seifenwolke auftauchte, und berührte wieder ihren Bauch, von einer seltsamen Erregung gepackt, und fragte, ist das Wasser nicht zu heiß? Nein, es ist nicht zu heiß, sagte Eva, nein, es ist nicht zu heiß, aber wenn du magst, kann ich es kälter stellen, ich werde sowieso gleich rausgehen, und Adam sagte, wie, du willst schon raus? Du bist doch erst reingekommen, und Eva fragte, warum soll ich nicht rausgehen? Und Adam sagte, wir wollten doch gemeinsam baden, in der Badewanne Champagner trinken, Thanksgiving feiern.

Eva betrachtete seinen nackten Körper, von oben bis unten, ihr Blick verriet, dass sie noch unentschieden war, und dann sagte sie plötzlich, Adam, du hast meine Frage noch nicht beantwortet, und Adam fragte, welche Frage? Und Eva sagte, die Frage, die ich dir vor einer Minute im Bett gestellt habe und die ich dir schon vorher hatte stellen wollen, es tut mir leid, dass ich es so lange hinausgezögert habe, was ich dich fragen wollte, ist, was würdest du tun, wenn ich schwanger wäre.

Adam trat unter dem Wasser hervor, es war ihm zu heiß, er drehte das kalte Wasser auf, hielt die Hand unter den Strahl, prüfte die Temperatur und wartete, dass er sich wieder unter die Dusche stellen könnte, und sagte, Eva, ich möchte nicht, dass du abtreibst, und Eva sagte, ist das deine Antwort? Als wäre es ein TV-Quiz, bei dem man noch eine Chance bekam, und Adam sagte, ja, das ist meine Antwort, und Eva sagte, ich habe gefragt, was du machen würdest, und nicht, was ich machen würde.

Sie verließ die Dusche, ließ ihn dort allein, wie zur Strafe, wie in der dritten Klasse, als er in der Ecke stehen musste, weil er vergessen hatte, irgendein Buch mitzubringen, und wieder dachte er über die Zeit mit ihr nach, als wäre sie eine Art Schule, mit all den Belohnungen und Strafen, die dazugehörten, denn plötzlich verwandelte sich das gemeinsame Duschen, nach dem er an normalen Tagen süchtig geworden wäre, von einer Belohnung in eine Strafe, so schnell gewöhnen wir uns an etwas Gutes, wie das Duschen mit ihr, das nur fünf Minuten gedauert hatte, und plötzlich fiel es ihm so schwer ohne sie, und er fragte sich, ob es außer der Kategorie der Männer, die mit ihr duschten, und der Kategorie der Männer, die nicht mit ihr duschten, eine dritte Kategorie gab, von Männern, die nur ein einziges Mal mit ihr duschten.

Er gab sich wieder dem prickelnden Wasserstrahl hin, seifte sich ein, wusch sich zweimal die Haare, trocknete sich ab, und als er endlich das Badezimmer verließ, stand er kurz davor, sie zu fragen, ob sie hundert Prozent sicher sei, dass das Kind von ihm war, aber sie stellte schon Lachs, Cream Cheese und Baguette auf das Bett, alles, was sie im Supermarkt gekauft hatten, und daneben, auf der Kommode, stand die Flasche Champagner vom Duty-free, und alles war feierlich, hell und voller Hoffnung.

Als er die Dusche verließ, nur in ein Badetuch gewickelt, war er sicher, sie wortkarg und mit schlechter Laune vorzufinden, aber es zeigte sich, dass er die Lage wieder falsch eingeschätzt hatte, und eine Welle der Freude stieg in ihm auf, er dachte über die kurze Spanne zwischen Belohnung und Strafe nach, und über die seltsame Dynamik zwischen ihnen, wie es nach jedem schlechten Moment einen guten gab, so etwas wie einen überraschenden Neubeginn, als habe sie beschlossen, Probleme nicht überzubewerten und lieber das halb volle Glas zu sehen.

Er dachte, es gehe hier tatsächlich um eine Entscheidung, denn die Realität ist irreführend und voller widersprüchlicher Daten, und wir sind diejenigen, die entscheiden müssen, welche Details wichtig sind und welche man ignorieren kann, und er sprang voller Enthusiasmus aufs Bett, um mit ihr den Lachs und das Baguette zu teilen, und spürte, wie sein Bein an irgendetwas schlug, und in der ersten Sekunde begriff er nicht, was geschah.

Die Champagnerflasche, die er hinuntergestoßen hatte, lag neben dem Bett auf dem Teppich, und eine kleine Pfütze voller Blasen breitete sich langsam aus, er griff zur Flasche, hob sie hoch und hielt sie gegen das Licht, sie war nicht ganz leer, ein Drittel des Champagners war noch darin, und er sagte, ich wusste nicht, dass die Flasche offen war, und sie sagte, ja, ich habe sie geöffnet, als du unter der Dusche warst, und er sagte, man öffnet Champagner doch nicht vorher, Champagner öffnet man immer zusammen, im letzten Moment, und sie sagte, ist das so? Bin ich jetzt auch daran schuld?

Er sagte, niemand ist schuld, und außerdem, es ist noch einiges übrig geblieben, die Flasche ist nicht ganz leer, als hätte man die Polizei rufen müssen, wenn die Flasche leer gewesen wäre, und Eva sagte, gut, dann trinken wir den Rest, worauf warten wir? Es zeigte sich, dass sie sogar bereit war, dieses Missgeschick zu ignorieren. Er durfte alles machen, Champagner umkippen, Fragen falsch beantworten, denn ihre Liebe zueinander und ihre Überlegenheit allen anderen Dingen gegenüber war für sie ein Axiom, etwas, das man benutzt, um Dinge zu beweisen, und nicht etwas, das bewiesen werden muss, und er goss den Rest des Champagners in zwei Gläser, achtete darauf, es gleichmäßig zu tun, reichte ihr ein Glas und sagte, trinken wir auf Thanksgiving? Und sie sagte, nein, lass uns auf unsere Vergangenheit anstoßen, und er sagte, was heißt das, auf die Vergangenheit anstoßen? Als würde eine Vergangenheit, jede Vergangenheit, nicht rechtfertigen, eine Flasche Champagner zu öffnen.

Aber der Geschmack des Champagners, der die Zunge kitzelte, vermischte sich mit dem Geschmack des Lachses und des Cream Cheese und des Baguettes und war so perfekt, dass er sich entschied, sich nicht weiter in dieses Thema zu vertiefen. Wenn sie sich entschied, bestimmte Themen, die er anschnitt, zu ignorieren, konnte auch er einige Dinge ignorieren, die sie sagte, das machte alles einfacher, und sie lehnten sich nebeneinander an die Wand, halb sitzend, halb liegend, sie bissen ins Baguette und in den Lachs und tranken langsam den Champagner, der schon fast leer war, bevor sie begonnen hatten, und Eva sagte, hätte mir jemand vor fünf Jahren, in Sankt Petersburg, gesagt, dass ich einmal in New York sein würde, in einem Hotel, mit Lachs und Champagner, ich hätte es nicht geglaubt, und er sagte, siehst du, über die Zukunft kann man nichts wissen, und sie sagte, Adam, hör auf mit der Zukunft, kannst du dich nicht für einen Moment auf die Gegenwart konzentrieren, ich bin gerade in der Gegenwart, und er sagte, du hast recht, er küsste sie auf die Wange und stellte fest, dass sie sogar im Bett die besten Tischmanieren hatte und dabei hübsch anzusehen war, und Eva trank den Rest des Champagners und sagte verblüfft, das war's, wir haben gegessen und getrunken und jetzt gehen wir schlafen, als wäre auch Schlafen etwas, was sie sich vor fünf Jahren, in Sankt Petersburg, nicht hatte vorstellen können.

Er warf die Lachstüte und Baguettereste in den Papierkorb und wischte die Krümel von seiner Bettseite, und nachdem sie sich die Zähne geputzt hatten, nebeneinander vor dem Spiegel stehend, als täten sie das schon seit fünf Jahren Tag für Tag, gingen sie zu Bett, deckten sich zu und schliefen in wenigen Minuten ein.

Am nächsten Morgen erwachte er um zehn Uhr und rechnete nach, dass er dreizehn Stunden geschlafen hatte, er war so frisch und entspannt, dass es einen Moment dauerte, bis er merkte, dass sie nicht da war, erst dachte er, sie stecke unter der Decke, dann glaubte er, sie sei in der Badewanne, meinte sogar, Geräusche von dort zu hören, sodass er sich eine Viertelstunde lang nicht die Mühe machte, aufzustehen und nachzusehen, er sagte sich, gestern sei er vor ihr aufgewacht und habe geduldig warten müssen, bis sie aufgewacht war, und heute sei es eben umgekehrt, das war normal, heute war sie es eben, die vor ihm wach geworden war und geduldig auf sein Aufwachen wartete, sie war ins Badezimmer gegangen, um ihn nicht zu stören, wer weiß, vielleicht saß sie dort auf der Klobrille und aß Cracker.

Ohne Eile stand er auf, um seine Theorie zu bestätigen, er öffnete langsam die Tür des Badezimmers, und als er sie nicht gleich sah, war er sicher, dass sie hinter dem Duschvorhang stand, obwohl nichts zu hören war, und auch als sie auch dort nicht war, blieb er entspannt, als wäre das Hotelzimmer voller geheimer Ecken und verborgener Gänge, die er noch nicht untersucht hatte, doch dann drang ihre Abwesenheit langsam in sein Bewusstsein und er sagte sich, auch wenn man einige Details besser ignoriert, das hier gehört nicht dazu, sie ist hier nicht, nicht in diesem Zimmer, das kann man nicht leugnen.

Er begann, nach einem Lebenszeichen von ihr zu suchen, zum Beispiel einem Zettel, auf dem stand, wohin sie gegangen war und wann sie zurückkommen würde, er wühlte zwischen den Decken und den Laken, als habe sie den Zettel dort versteckt, er machte den Kleiderschrank auf und dann den kleinen Schrank im Badezimmer, und als er auch dort nichts fand, machte er sich daran, die anderen Stellen abzusuchen, zum Beispiel neben dem Telefon oder an der Tür, und dann ging er wieder ins Badezimmer, dramatisch, fast wie ein Sieger, als hätte sie sich dort versteckt und er würde sie überraschen, sie finden, wie bei einem Streich von Kindern.

Aber sie war nirgends zu entdecken, auch keine Notiz von ihr, und Adam dachte, das ist es, sie hat mich verlassen, ich kann nichts machen, die gemeinsame Woche hat nur vierundzwanzig Stunden gedauert, oder dreißig und ein bisschen, eigentlich nur von Donnerstagnacht bis Samstagmorgen, und vielleicht nicht einmal das, vielleicht hatte sie ihn schon viel früher verlassen, vielleicht hatte sie gar nicht neben ihm geschlafen, vielleicht hatte sie die Nacht woanders verbracht, wie konnte man das wissen.

Und plötzlich war es ihm wichtig zu wissen, um wie viel Uhr sie ihn verlassen hatte, um wenigstens die Stunden ausrechnen zu können, die sie gemeinsam verbracht hatten, und er schob die Gardine zur Seite und sah hinunter auf den Washington Square, als hätten sich die Spielregeln geändert und sie dürfe sich ab jetzt auch dort verstecken, nicht nur im Badezimmer.

Das plötzliche Tageslicht blendete ihn, aber nach ein paar Sekunden fing er an, die verschiedenen Details zu unterscheiden, Bäume, Bürgersteige, Rasen, Wurstverkäufer, Radfahrer, Menschen mit Einkaufstüten, Menschen mit Regenschirmen, aber die Größe des Platzes und die Zahl der Menschen und die vielen Himmelsrichtungen, in denen sie sich fortbewegten, überforderten ihn, sodass er sich sagte, wenn er sie nicht auf diesem Platz fand, wie sollte er sie dann in ganz New York finden.

Und plötzlich kam ihm die Idee, sie könne vielleicht in der

57. Straße sein, die sie in der Vergangenheit so aufgeregt hatte, vielleicht gerade weil sie für sie beide tabu war, und selbst wenn sie sich nicht in jener Straße befand, würde sie wohl in einem anderen Teil von New York sein, da, wo Ruth normalerweise herumlief, überall sonst konnte Eva mit ihm herumspazieren, außer in jenen Stadtteilen, es gab keinen Grund, warum sie nicht allein hingehen sollte, schließlich hatte Ruth sie nie gesehen, es war nur Eva, die Ruth gesehen hatte, genauer gesagt, ein Foto von Ruth, damals in Jerusalem, nachdem sie das erste Mal miteinander geschlafen hatten, hatte sie wissen wollen, wie seine Frau aussah, und er hatte es erst abgelehnt, es machte ihm Angst, aber Eva hatte darauf bestanden, und er hatte die Hand ausgestreckt, vom Bett zu der Hose hin, die auf dem Boden lag, und seine Brieftasche mit dem Foto von Ruth herausgezogen, das Foto, auf dem sie mit strahlendem Gesicht im weißen Arztkittel am Eingang zum Krankenhaus Mount Sinai stand, wo sie arbeitete, und jetzt dachte er daran, wie Eva das Foto einige Minuten lang studiert und schließlich gesagt hatte, Adam, du hast eine schöne Frau, als wäre das eine Sünde, für die er sich schämen müsse.

Wie um diesen Moment zurückzurufen, schob er die Hand in die Hosentasche, nahm die Brieftasche mit Ruths Foto heraus, aber es war ein anderes Foto, von ihrer gemeinsamen Fahrt nach Neuseeland, vom südlichsten Zipfel der südlichen Insel, von einem Ort, der Bluff heißt, Ruth stand dort neben dem gelben Wegweiser mit den vielen Pfeilen, mit schwarzen Locken und schwarzen, ausdrucksvollen Augen, mit einem angedeuteten Lächeln, und auf einem der Pfeile, links neben ihr, stand: 4816 Kilometer bis zum Südpol.

Nachdem er das Foto einige Minuten lang betrachtet hatte, steckte er es schnell wieder in die Brieftasche und dachte, was mache ich? Es ist nicht Ruth, die verschwunden ist, was ich jetzt brauche, ist ein Foto von Eva, und er suchte in der Brieftasche und fand dort noch drei weitere Fotos von Ruth, aber kein einziges von Eva, diese volle Brieftasche war nutzlos, und er erinnerte sich, dass er in seinem Büro im Konsulat, irgendwo in der Tiefe einer Schublade, ein Foto von Eva versteckt hatte, möglichst fern von Ruth, obwohl er bezweifelte, dass sie jemals in seine Brieftasche schaute, sie legte großen Wert auf seine Privatsphäre, und selbst wenn sie Geld brauchte, nahm sie es nicht einfach aus seiner Brieftasche heraus, sondern bat ihn, es ihr zu geben, und wenn er manchmal sagte, in Ordnung, nimm dir doch die vierzig Dollar aus meiner Brieftasche, fragte sie, bist du sicher? Als würde sie darin wer weiß welche dunklen Geheimnisse finden.

Er leugnete den Vorteil nicht, den ihm ihr Verhalten brachte, sie würde ihm nie nachspionieren, vielleicht zog sie es vor, nichts zu wissen, und er dachte, dass es vermutlich bei vielen verheirateten Paaren so war, vielleicht basierten die meisten Ehen auf dieser konstruktiven Unklarheit, denn es gab Dinge, die besser nicht an die Oberfläche kommen sollten, um überflüssiges Leiden zu vermeiden, und manchmal wusste man etwas und zugleich auch nicht, dann war es besser so, obwohl es ihm vorkam, als ob Ruth die Entscheidung, nichts wissen zu wollen und ihm Freiheit zu bieten, besonders extrem verfolgte, so als würde der Fortgang ihrer Ehe davon abhängen, und er zog sich schnell an, mit einem Gefühl der Dringlichkeit, als müsse er jemanden in letzter Minute retten, er lief die Treppe hinunter zur Lobby, um mit dem Portier zu sprechen, der Eva höchstwahrscheinlich gesehen hatte, als sie das Hotel verließ, und vielleicht sogar einige Worte mit ihr gewechselt hatte, doch als er die Lobby betrat, stellte er sofort fest, dass ein anderer Portier Dienst hatte, einer, der sie nicht kannte, der ihm noch nicht einmal zuzwinkerte, und er fragte sich, wie kommt es bloß, dass auf einmal alle verschwunden sind?

Dennoch versuchte er sein Glück, wandte sich an den neuen Portier und fragte, haben Sie vielleicht eine junge Frau gesehen, die das Hotel verlassen hat? Und der Portier antwortete, es sind viele Menschen gekommen und viele gegangen, und sein philosophischer Ton regte Adam auf, er versuchte es noch einmal und sagte, ich meine eine Frau allein, eine Russin, blond, groß, über zwanzig, und plötzlich schoss es ihm durch den Kopf, dass er nicht sicher sein konnte, ob sie allein weggegangen war, vielleicht war sie in Begleitung, und der Portier fragte, haben Sie ein Foto von ihr? Und Adam sagte, einen Moment, und zeigte ihm das Foto von Ruth in Neuseeland, aber dann bemerkte er seinen Fehler und steckte das Foto rasch in die Brieftasche zurück, und der Portier sagte, einen Moment bitte, ich habe es noch nicht gesehen, und Adam sagte, es tut mir leid, und der Portier sagte, sie ist doch überhaupt nicht blond, und Adam sagte, das ist sie nicht, das ist eine andere Frau, und der Portier zuckte mit den Schultern und dann rutschte es ihm heraus, wie viele Mädchen sind Ihnen denn verschwunden?

Adam verließ das Hotel, ging um den Washington Square herum, dann überquerte er ihn und versuchte, die Stelle zu finden, an der sie gestern Mittag mit den Wodkaflaschen gesessen hatten, kurz bevor sie auf das Dach der Twin Towers hinauffuhren, als könne er sie beide mit ein bisschen Glück dort noch finden und man könne von diesem Punkt aus die Geschichte anders fortsetzen, aber die Stelle, an der sie gesessen hatten, war leer, auch die Bänke daneben waren verlassen und nass vom Regen, und ein New Yorker Herbstwind rüttelte drohend an den Bäumen, und er beschloss, den Platz zu verlassen und zur 57. Straße zu gehen, eine innere Stimme sagte ihm, dass sie dort sein könnte, denn das war es, was sie hatte sehen wollen, die Straße, in der er wohnte, das war für sie der interessanteste Ort in New York.

Er verließ den Platz durch den albernen Triumphbogen, bewegte sich mit schnellen Schritten die Fifth Avenue entlang Richtung Norden, er versuchte herauszufinden, wie viel Zeit er für jeden Block brauchte, er wollte ausrechnen, wie lange er brauchen würde, um zu der Straße zu gehen, die er vor zwei Tagen verlassen hatte. Um Zeit zu sparen, hätte er zwar ein Taxi nehmen können, aber dieser Fußmarsch schien ihm irgendwie nicht völlig überflüssig zu sein, wenn er Glück hatte, könnte er unterwegs Eva treffen, und er wunderte sich über die plötzliche Sonne und das frühlingshafte Wetter, kaum zu glauben, dass es gestern geschneit hatte und er noch vor einer halben Stunde gesehen hatte, wie Menschen mit Regenschirmen den Platz überquerten, so unbeständig war alles, und vielleicht hatte jeder Stadtteil New Yorks ein anderes Klima. Doch ab der 50. Straße aufwärts spürte er eine gewisse Unruhe und brachte dies in Zusammenhang mit der Chance, Ruth zu treffen, er sagte sich, hier wandere ich durch die Straßen von New York und suche eine Frau, während ich zugleich eine andere keinesfalls treffen möchte, und dieser doppelte Auftrag schien ihm verwirrend, im besten Falle, und er überlegte kurz, wen er eigentlich suchte und vor wem er Angst hatte.

An einem normalen Tag wäre Ruth jetzt bei der Arbeit, im Krankenhaus Mount Sinai in der Upper East Side, und es gab keinen Grund für die Befürchtung, sie könne mitten in Manhattan in der Fifth Avenue spazieren gehen, aber heute war kein gewöhnlicher Tag, sondern ein Wochenende, noch dazu Thanksgiving, sodass er keine Ahnung hatte, wo sie gerade sein könnte, und ihm fiel ein, dass er sich vor zwei Tagen, vor seiner angeblichen Abreise nach Washington, nicht nach ihren Plänen erkundigt hatte, er fragte sie nie, was sie vorhatte, so wenig wie sie ihn fragte, er wusste nur, dass sie zum feierlichen Abendessen zu ihrem Bruder nach Long Island fahren wollte, aber von der Zeit danach wusste er nichts, es war, als habe sich im Lauf der Ereignisse ein schwarzes Loch aufgetan.

Und er fragte sich, warum Ruth ihn nie anrief, wenn er auf Reisen war, oder ihm wenigstens eine Mail schickte, war es denn so schwer, eine Mail zu schicken? Hätten sie Mailkontakt, könnte er zum Beispiel im Konsulat über Internet mit ihr in Verbindung treten oder wenigstens erfahren, wo sie gerade war und wie sie sich fühlte, doch so hatte er keine Ahnung, ob es ihr gut ging oder schlecht, ob sie satt war oder hungrig, ob sie an ihn dachte oder ob sie vielleicht an einen anderen dachte, vielleicht war sie auf Long Island oder in New York, vielleicht machte sie Einkäufe in der Fifth Avenue und er konnte ihr jeden Moment zufällig begegnen.

Er kam zur 57. Straße und bog nach rechts ab, und als er die Park Avenue erreicht hatte, betrat er die große Filiale von Borders, wo er und Ruth fast jeden Samstag Bücher kauften, einen Kaffee tranken und in den Wochenendzeitungen blätterten, er wollte sichergehen, dass Ruth nicht oben in der zweiten Etage war und vor dem hohen Bogenfenster Kaffee trank, vielleicht hatte sie ihn schon auf der Straße entdeckt und wusste nicht, was sie davon halten sollte, er fuhr mit der Rolltreppe zum zweiten Stock und dachte sich für den Fall, dass Ruth dort sein sollte, eine plausible Geschichte aus, schnell prüfte er die Tischreihen, empfand eine unverständliche Enttäuschung und ging zur Theke, um sicher zu sein, dass sie auch dort nicht war, und weil er nun schon in der Warteschlange stand, beschloss er, noch eine Weile zu bleiben, hier im zweiten Stock von Borders, wo er sich fast zu Hause fühlte, mit all den Büchern und Magazinen und den Wochenendzeitungen aus aller Welt, er empfand eine angenehme Wärme, als wäre es ein normales Wochenende, ohne Stürme, ohne Abenteuer oder Aufregungen, ohne Unsicherheiten, ohne mysteriöses Verschwinden. Plötzlich packte ihn Sehnsucht nach einem durchschnittlichen Wochenende, er bestellte sich einen großen Cappuccino und einen Apfel-Zimt-Muffin, setzte sich an den Tisch, den er und Ruth bevorzugten und der zufällig frei war.

Er schaute hinunter auf die Straße, dann wieder zur Rolltreppe, die immer die falschen Leute ausspuckte, Menschen wie er, die sich am Samstagmittag eine Pause gönnten, die für Cappuccino und Muffin anstanden, die sich ans Fenster setzten, manchmal mit einem Buch oder mit einem Stapel Zeitungen, die sie neben die Kaffeetasse legten, ohne überhaupt darin zu blättern, und für einen Augenblick überlegte er, ob er ein Buch aus einem Regal suchen oder sich eine Zeitung holen sollte, damit auch er irgendetwas ignorieren konnte, vielleicht auch um sich dahinter zu verstecken, falls ein Bekannter vorbeikommen sollte.

Er trank einen Schluck von dem Cappuccino, der zu schwach war, normalerweise bestellte Ruth einen Espresso und trank nur die Hälfte, die andere Hälfte kippte sie in seinen Cappuccino, um ihn stärker zu machen, aber jetzt würde niemand seinen Cappuccino stärker machen, und wieder betrachtete er prüfend die Menschen, die ihm die Rolltreppe servierte, und plötzlich fühlte er sich entblößt, fast nackt, wenn Ruth käme, würde sie ihn bestimmt sofort sehen, er hätte es vorgezogen, nicht gesehen zu werden, er griff in seine Tasche und zog seine große Agenda vom Konsulat heraus, klappte sie auf und versteckte sich dahinter, und zugleich versuchte er, den Kontakt mit der Umgebung nicht zu verlieren, ihm fiel auf, dass fast jeder Tag des Kalenders in seiner engen Handschrift vollgekritzelt war, nur diese Woche nicht, die Tage dieser Woche waren weiß, ohne jeden Eintrag, kein Treffen, keine Sitzung, kein Termin, nur weiße Tage und Nächte, als wäre diese Woche gestrichen, herausgerissen aus der Zeit.

Als er die Agenda wieder in die Tasche steckte, fiel ihm ein, dass er auch ein Buch dabeihatte, das Buch, das er für den angeblichen Flug mitgenommen hatte, doch als er es herausholen wollte, stellte er fest, dass es nicht das richtige Buch war, das Buch in seiner Tasche gehörte Ruth, es war ein medizinisches Buch über Knochen, Ruth las bevorzugt solche Bücher, als Fachärztin für Orthopädie war sie bemüht, immer auf dem neuesten Stand der Wissenschaft zu sein, sie wurde auch öfter eingeladen, Vorträge auf Kongressen zu halten, und bereitete sich dann immer nächtelang darauf vor, mit Folien voller bunter Zeichnungen und lateinischer Namen, und manchmal fand er sie morgens schlafend in ihrem Arbeitszimmer, über den Folien, erschöpft wie nach einer Liebesnacht, er brauchte immer neun Stunden Schlaf, sogar zehn, die er meist allein im Schlafzimmer verbrachte, er bewunderte ihre Fähigkeit, nachts zu arbeiten und sich mit vier Stunden Schlaf zu begnügen, manchmal sogar weniger, und in den seltenen Nächten, in denen sie neben ihm schlief, wachte er morgens oft auf, wenn sie schon mit einem Buch raschelte.

Er schaute in Ruths Buch und wusste nicht, was er tun sollte, es erinnerte in Größe und Umschlagfarbe an das Buch, das er hatte mitnehmen wollen, vermutlich hatte er es einfach verwechselt, und die Tatsache, dass Ruths Orthopädiebuch die ganze Zeit in seiner Tasche war, am JFK, auf dem Washington Square, im Hotelzimmer, neben dem Bett, in dem er mit Eva gelegen hatte, sogar auf dem Dach der Twin Towers, als es angefangen hatte zu schneien, diese Tatsache störte ihn, sie verlangte eine Erklärung, als würden dadurch die Ereignisse in einem neuen Licht erscheinen.

Er fing an, über Ruths Buch wie über einen Zeugen nachzudenken, stumm zwar, aber dennoch ein Zeuge, vielleicht eine Art Antithese zu Ruth selbst, die nichts wusste und vermutlich auch darauf bestand, nichts zu wissen, aber Ruths Buch wusste alles, nichts war vor ihm verborgen geblieben, es war überall dabei gewesen, und plötzlich fiel ihm ein, dass Ruth das Buch vielleicht brauchte, vielleicht hatte es ja nicht zufällig neben dem Bett im Schlafzimmer gelegen, möglicherweise suchte sie es sogar, wenn er es ihr nur irgendwie bringen könnte, ohne entdeckt zu werden.

Die einfachste Methode wäre nach Hause zu gehen und das Buch an seinen Platz neben ihrem Bett zurückzulegen, vorausgesetzt, Ruth war nicht da, und das konnte er mit einem Anruf leicht herausfinden, er könnte auflegen, wenn sie antwortete, und eigentlich konnte er, wenn er wollte, sogar mit ihr sprechen, er könnte sagen, er riefe aus Washington an, um zu wissen, wie es ihr ging, so etwas war unter Ehepaaren üblich, aber in ihrem Falle wäre es ungewöhnlich und würde vermutlich Misstrauen wecken.

Er rief sie nie von unterwegs an, und auch sie rief ihn nie an, wenn sie auf einem ihrer medizinischen Kongresse irgendwo in der Welt war, und nur selten schrieb sie ihm eine kurze Mail: Bin gut angekommen, oder: Der Vortrag lief bestens, sodass es seltsam aussehen würde, sie aus Washington anzurufen, es sei denn, er dachte sich einen besonderen Grund aus, zum Beispiel, dass er früher nach Hause komme, er könnte sagen, einige Termine seien abgesagt worden und er überlege sich, vielleicht schon ein paar Tage eher zurückzufliegen, und er dachte noch eine Weile über die Ausrede mit den abgesagten Terminen nach, sie kam ihm wie eine Methode vor, Ruth indirekt mitzuteilen, hör mal, du wirst nicht glauben, was passiert ist, meine Geliebte ist verschwunden, wir wollten eine Woche zusammen sein, aber offenbar haben ihr vierundzwanzig Stunden mit mir gereicht, es ist zwar nicht angenehm, das zuzugeben, aber jetzt bin ich eigentlich frei.

Er fragte sich, was geschehen würde, wenn er tatsächlich so etwas sagen würde, wenn er Ruth die Wahrheit sagen würde, war es denn so sicher, dass sie nichts wissen wollte, oder wollte sie, wenn sie ehrlich war, letztlich doch, dass er sie bei allem, was ihm geschah, einbezog, und hatte nur Angst, es von ihm zu verlangen, vielleicht wartete sie darauf, dass er den ersten Schritt machte, von sich aus, ohne dass sie ihn dazu ermutigte, einen kleinen Schritt auf sie zu, vielleicht hatte er jetzt, am Thanksgivingtag, da er so unerwartet allein war, die Chance, diesen Schritt zu machen und ihr alles zu erzählen und zu sehen, was dann passierte.

Eigentlich war er schon in der richtigen Straße, in der 57. Straße, er müsste nur Borders verlassen und einige Blocks Richtung Osten gehen, die Lexington und die Third Avenue überqueren, dann die Second und die First Avenue, er musste das Haus Nr. 411 betreten, zehn Stockwerke hinauffahren und ihr alles erzählen, wer weiß, vielleicht würde seine Beichte die Nähe erzeugen, nach der sie sich seit Jahren sehnten, vielleicht würde sie ihm alles verzeihen, vielleicht würde sie ihm sogar helfen, Eva zu suchen.

Aber an ihre Tür zu klopfen, also an seine Tür, also an die Tür ihrer Wohnung in der 57. Straße zu klopfen, schien ihm ein unüberlegter Schritt zu sein, vor allem unumkehrbar. Er könnte sie damit auch erschrecken, schließlich war er nicht ihretwegen in New York. Was sie betraf, war er irgendwo in Washington, deshalb wäre es, als würde ein Phantom in die Wohnung einbrechen. Wenn er darüber nachdachte, war ein Anruf sicherer, da konnte er, wenn er wollte, sagen, er rufe aus Washington an, wenn er wollte, konnte er auflegen, oder er konnte ihr die Wahrheit sagen, und wenn sie nicht zu Hause war, konnte er ohne Angst nach Hause gehen und ihr das Buch ans Bett legen.

Er trank den Cappuccino aus, aß den Rest des Muffins, warf einen letzten Blick auf die Straße, die er durch das Bogenfenster sah, verließ seinen und Ruths Stammplatz, ging an den Wartenden vorbei zur Kassiererin hinter der Kaffeetheke und fragte, gibt es hier ein Telefon? Die Kassiererin warf ihm einen kurzen, tadelnden Blick zu, als zögere sie mit der Antwort, und dann deutete sie gelangweilt in Richtung Toilette, in dem Flur davor war eine Reihe von Telefonapparaten, er hatte nur um ein Telefon gebeten und bekam eine ganze Reihe, dieser Umstand gab ihm die Sicherheit, dass es richtig war, Ruth anzurufen, er nahm vier Quarter aus der Brieftasche, warf sie in den Automaten, feierlich, einen nach dem anderen, als handelte es sich um ein Ritual, und wählte seine eigene Telefonnummer, und nach fünf Klingeltönen hörte er Ruth sagen, wir können gerade nicht ans Telefon gehen, bitte hinterlassen Sie eine Nachricht.

Er legte auf, beschämt, als wäre ein genialer Plan, den er ausgeheckt hatte, im kritischen Moment gescheitert, weil er ein kleines Detail vergessen hatte, und er dachte, so ist es, das Leben ist einem immer zwei Schritte voraus, und wenn man sich schon entschließt, die Wahrheit zu sagen, erreicht man nur den Anrufbeantworter.

Er dachte daran, dass, wenn er mit Ruth schlief, öfter das Telefon klingelte, sie hörten die Ansage und anschließend die Nachricht des Anrufers, und die Anwesenheit eines anderen Menschen, zumindest akustisch, erregte Ruth, eigentlich erregte es sie beide, eine perverse Erregung, als hätten sie jemanden ins Zimmer gelassen, der sie nun beobachtete, und die Art der Erregung und ihr Ausmaß hingen mit dem Inhalt der Nachricht und mit der Person zusammen, die sie hinterließ, da gab es zum Beispiel einen jungen Arzt, einen Kollegen von Ruth am Mount Sinai, dessen Nachrichten Ruth immer besonders gierig machten.

Der Satz, wir können gerade nicht ans Telefon gehen, der aus dem öffentlichen Telefon in sein Ohr gedrungen war, bekam im Laufe der Jahre, wenigstens in seinem und Ruths Bewusstsein, eine intime Bedeutung, wurde zu einer Art sauberer Benennung für das, was gerade geschah, und das in einem Ausmaß, dass sie manchmal im Spaß überlegten, ihn durch einen anderen zu ersetzen, zum Beispiel, wir vögeln gerade, aber ihr könnt reden, wir hören zu, und plötzlich dachte er, und was war, wenn Ruth jetzt nicht antwortete, weil sie gerade mit einem Liebhaber im Bett lag, was war, wenn sie jetzt mit ihm über diesen Satz, wir können gerade nicht ans Telefon gehen, lachte, so wie sie es tat, wenn sie mit ihm schlief?

Er fragte sich, ob es gut oder schlecht war, dass er keine Nachricht hinterlassen hatte, und was sie fühlen würde, wenn sie von ihm eine Nachricht bekam, während sie es mit einem anderen trieb, zum Beispiel mit diesem jungen Arzt, würde es sie wilder machen, würde sie ihn kratzen, würde sie schreiend kommen, ein Mal nach dem anderen, würde sie ihm erlauben, in ihren Mund zu spritzen?

Der Sex mit Eva war nicht so wild wie der Sex mit Ruth, aber es war erst der Anfang, er spürte, dass sich noch alles ändern konnte, es gab Momente, da kam es ihm vor, als konzentriere sich Eva nur auf sich und ihr Vergnügen, aber in anderen Momenten, wie zum Beispiel gestern Nacht, schaffte sie es, ihn auf eine ungekannte Art zu erregen, und auch wenn sie sich so sehr auf sich selbst konzentrierte, dass sie ihn völlig vergaß, etwas, was Ruth nie tat, gefiel ihm das, er genoss es, ihr Lust zu bereiten, sie so weit zu bringen, dass sie die Kontrolle verlor, zu hören, wie ihr Atem heftiger wurde, die Konzentration in ihren Augen zu sehen und zu fühlen, wie sie sich an ihn klammerte, wie ihr Atem noch schneller wurde, wie bei einem kleinen Tier, bis zum Höhepunkt, wenn sie flüsterte, ho, Adam, ja, für diesen Augenblick war er bereit, viel zu geben, mit der Zeit waren sie geschickt geworden und sprachen von neunzig Prozent Erfolg, und der Erfolg wurde immer daran gemessen, ob sie einen Orgasmus hatte, mit ihm hatte es nichts zu tun, doch vielleicht war es besser so, manchmal glaubte er, zu spüren, wie sie kam, sei genussvoller, als selbst zu kommen.

Vielleicht war es diese Umkehrung, die er bei Eva suchte, denn Ruth hatte ihm immer Vergnügen bereitet, und nun war er es, der einer anderen Frau Vergnügen bereiten würde, vorausgesetzt, er fand sie, das heißt Eva, die vielleicht doch keinen so großen Gefallen an seiner Lustbereitung gefunden hatte, schließlich war es eine Tatsache, dass sie nach vierundzwanzig Stunden verschwunden war, und nun waren schon zwei Stunden vergangen, und er hatte noch nicht einmal den geringsten Anhaltspunkt.

Weil er aber nun mal in der 57. Straße war, dachte er, es wäre besser, vorher nach Hause zu gehen und Ruths Buch an seinen Platz zu legen, obwohl die Gefahr bestand, dass Ruth doch zu Hause war, dass sie nicht ans Telefon gegangen war, weil sie mit etwas anderem beschäftigt war, er beschloss, in die Richtung seiner Wohnung zu gehen und zu schauen, ob es ein Zeichen gab, ob Ruths Auto auf dem gewohnten Parkplatz stand, und wer weiß, wenn er nur lange genug wartete, würde er vielleicht Ruths Liebhaber sehen, wenn er nach dem Fick das Gebäude verließ.

Er ging hinunter ins Erdgeschoss von Borders, dann trat er in das grelle Licht der Straße, es war um die Mittagszeit, sechsunddreißig Stunden seit Evas Landung in New York, und er überlegte, dass sich seit ihrer Ankunft so vieles geändert hatte, fast wie in einem Thriller, besonders seit ihrem Verschwinden, und wer wusste schon, welche Wendungen ihn im Verlauf dieser Geschichte noch erwarteten.

Als er die Kreuzung 57. Straße und First Avenue erreichte, war ihm klar, dass er hier besonders vorsichtig sein musste, er ging in einen Kiosk, um sich die New York Times zu kaufen, hinter der er sich verstecken könnte wie in einem Spionagefilm, er überflog die Schlagzeilen, es kam nur selten vor, dass sechsunddreißig Stunden vergingen, ohne dass er die New York Times las, aber neben der New York Times gab es auch eine hebräische Zeitung, Yedioth Achronot, deren erste Seite sehr optimistisch aussah, und er legte die New York Times zurück, nahm die Yedioth Achronot und las von einem zusätzlichen Treffen Baraks mit Arafat und von der großen Chance, dass bald ein Abkommen unterzeichnet würde.

Einen schönen Nachmittag, hörte er jemanden sagen und erinnerte sich daran, dass in Amerika bereits um fünf nach zwölf der Nachmittag anfing, in den zehn Jahren in Amerika hatte er sich an alles Mögliche gewöhnt, aber nicht daran, dass fünf nach zwölf schon Nachmittag war. Er hatte sich daran gewöhnt, Amerika als sein Zuhause anzusehen, er hatte hier mehr als genug Bekannte, und mit den Jahren sprach er sogar lieber Englisch als Hebräisch, manchmal tat er es sogar in Israel oder mit Israelis, die zu Besuch in New York waren, und auch mit Ruth, die in London geboren und aufgewachsen war, etwas, was seine Eltern entrüstete, für die sein Wechsel zu Englisch fast so etwas wie ein Verbrechen war, sodass er in den letzten Monaten vor allem mit Eva hebräisch gesprochen hatte, was eigentlich lächerlich war, schließlich lebte sie erst zwei Jahre in Israel, aber ihr Sprachtalent war phänomenal, und sie hatte schon in Russland Hebräisch gelernt, manchmal hatte sie sogar gestichelt und gesagt, dein

Hebräisch wird von Tag zu Tag schlechter und meines besser, wenn du nicht bald nach Israel zurückkehrst, wird mein Hebräisch besser sein als deines.

Normalerweise besuchte er Israel nur einmal im Jahr, allein, eine Woche, und wohnte dann in einem Hotel in Romema, nicht weit vom Außenministerium, und von Jahr zu Jahr deprimierten ihn diese Besuche mehr und er brauchte länger, um sich davon zu erholen, doch in diesem Jahr war es anders gewesen, vielleicht wegen der Beerdigung seiner Eltern, die Mitte September gestorben waren, ein Lastwagen, dessen Bremsen versagten, hatte sie überfahren, als sie die Emek-Refa'im-Straße überquerten, und wegen der doppelten Trauerwoche, die ihm plötzlich auferlegt wurde, flog er zusammen mit Ruth hin, die vom Krankenhaus Mount Sinai einen Sonderurlaub bekommen hatte, um an der Beerdigung und der Trauerzeit teilzunehmen. Sie hatten in seinem geräumigen Elternhaus gewohnt, das plötzlich leer stand, in der Moschawa Germanit, gegenüber dem Kino Smadar, sie hatten sich einen Leihwagen genommen, einen Honda Civic, um sich das Leben zu erleichtern, und blieben einen ganzen Monat.

Seltsam, dass der Tod seiner Eltern dazu geführt hatte, dass er einen ganzen Monat geblieben war. Als sie noch lebten, reichte ihm immer eine Woche. Vielleicht war es einfacher ohne die Klagen seines Vaters über seinen langen Aufenthalt in Amerika, ohne die sich ständig wiederholende Frage, wann er endlich zurückkäme, eine Frage, die in einem schon fast messianischen Ton gestellt wurde, und ohne die Klagen seiner Mutter darüber, dass sie keine Kinder hatten und wann sie endlich Kinder bekommen würden.

Er drehte sich um und sah den Zeitungsverkäufer, der ihn erkannte, obwohl er sich erst hinter der New York Times und dann hinter der Yedioth Achronot versteckt hatte, und verstand, dass er einen Fehler begangen hatte, er hätte seinen vertrauten Zeitungskiosk nicht betreten dürfen, nun war es schon nicht mehr sicher, ob er seinen Aufenthalt in New York geheim halten konnte, und er antwortete dem Verkäufer, einen schönen Nachmittag, und der Verkäufer sagte, Ruth hat diese Zeitung schon gekauft, und Adam fragte, welche? Und der Verkäufer sagte, die New York Times, und Adam fragte, sind Sie sicher? Ja, sagte der Verkäufer, sie war erst vor zehn Minuten hier, und Adam überfiel eine seltsame Erregung, endlich fand er einen Zeugen, jemanden, der ihn auf eine Spur verwies, jemanden, der besser informiert war als er, und er fragte den Verkäufer, wann genau war sie hier? Der Verkäufer warf einen Blick auf seine Uhr und sagte, kurz vor zwölf Uhr, sie ist um zwölf gegangen, und sie hat auch die Village Voice und Schokolade mitgenommen, Kisses, und Adam fragte, haben Sie vielleicht bemerkt, in welche Richtung sie gegangen ist?

Das weiß ich wirklich nicht, sagte der Verkäufer, und Adam legte die Zeitungen zurück ins Regal, verließ schnell den Laden und überquerte die Straße, um sich von zu Hause zu entfernen, dieser Zufall, dass er Ruth fast getroffen hätte, ließ seinen Adrenalinspiegel steigen, er dachte, Zufälle sind Teil einer Sprache, die man richtig verstehen können müsste, wer weiß, dachte er, vielleicht war Ruth auf dem Weg zu Borders, vielleicht saß sie jetzt auf dem Stuhl, den er vor wenigen Minuten frei gemacht hatte, und blätterte in der Village Voice und aß Kisses, wie sie es jeden Samstag gemeinsam machten.

Und vielleicht dachte sie sogar an ihn, vielleicht fragte sie sich, was er dort in Washington machte, ohne zu ahnen, wie nah er war, und dass sie fast zur selben Zeit am selben Ort gewesen waren, aber andererseits konnte es sein, dass sie mit den Zeitungen nach Hause ging und dass dort, auf dem Bett, dieser Orthopäde auf sie wartete, vielleicht blätterten sie beide in den Zeitungen, bis seine Hand zwischen ihren Beinen wühlte und die nächste Welle der Lust kam.

Er stand vor dem Geldautomaten, so, als würde er warten, bis er an die Reihe kam, aber in Wirklichkeit beobachtete er den Eingang des Hauses, in dem er wohnte, und er bemerkte einen jungen Mann mit nassen Haaren, der das Gebäude betont unauffällig verließ, und dachte, es geht doch nicht, dass ich jetzt anfange, jeden zu verdächtigen, und wieder überlegte er, zu Hause anzurufen und diesmal vielleicht eine Nachricht zu hinterlassen, aber er hatte keine Ahnung, welche Nachricht er hinterlassen sollte, sollte er etwa zu ihr sagen, schau aus dem Fenster und winke mir zu? Alles kam ihm plötzlich so haltlos vor.

Und er dachte, es wäre besser, sich von hier zu entfernen, und zwar schnell, und was für ein Glück, dass Ruth ihn in der Zwischenzeit nicht entdeckt hatte, aber das hieß noch lange nicht, dass er mit dem Feuer spielen sollte, und Evas Verschwinden durfte er auch nicht einfach ignorieren, schließlich hatte Eva ein Problem, nicht Ruth, Ruth ging es bestimmt gut, und er beschloss, das Spiel zu beenden und aufzuhören, Eva in der 57. Straße zu suchen, oder in jeder anderen Straße, denn die Chance, sie in Manhattan zufällig auf der Straße zu treffen, war gleich null, er musste ins Hotel zurückkehren und dort auf sie warten, vielleicht versuchte sie ja, ihn anzurufen, und vielleicht war sie sogar ins Hotel zurückgegangen und suchte ihn jetzt. Erleichtert, eine Entscheidung getroffen zu haben, ging er zum Straßenrand und hielt die Hand hoch, und die Schnelligkeit, mit der ein Taxi neben ihm hielt, stimmte ihn zuversichtlich, er warf sich auf den Rücksitz und sagte, Washington Square.

11

Samstag, 13. November, 10:44

Manchmal bin ich mir nicht sicher, ob ich dich wirklich kenne. Gestern, als ich dir am Telefon erzählte, dass Gabi mich zum Abendessen in seine Wohnung eingeladen hat, hat sich deine Stimme plötzlich verändert.

Hast du mir nicht irgendwann einmal gesagt, du seist nicht besitzergreifend? Hast du mir nicht schon einmal geschrieben, dass du hoffst, nicht meine einzige Liebe zu sein?

Ich kann zwei Wochen warten, wenn du das willst.
Aber nicht das ganze Leben.

Sonntag, 14. November, 21:12

Ein bisschen Geduld, Adam. Es stimmt, dass ich heute Morgen nicht geschrieben habe. Ich habe einen verrückten Tag gehabt. Ich weiß nicht, wo mir der Kopf steht. Ich musste ein Proseminar zur Einführung in die Mechanik halten (ich bekomme erst nächste Woche eine Vertretung), ich musste einem Gast Gabis, einem Astrophysiker aus England, die Zeit vertreiben, ich musste meinen Vortrag fürs Tote Meer fertig machen und noch unendlich viel Kleinkram erledigen.

Die Tagung am Toten Meer ist vom 17. bis zum 22. November.

Obwohl ich so unter Druck stehe, habe ich das Gefühl, dass mir ständig Wunder geschehen. Ich habe angefangen, mit Gabi den Artikel zu schreiben, und bekomme alle möglichen Einladungen für Vorträge. Ich werde jeden Tag dicker, aber die Männer machen mir Komplimente. Gabi wird für mich Bœuf Bourguignon kochen.

Nein, ich glaube nicht, dass ich der einzige Gast bei diesem Abendessen bei Gabi bin. John wird dort sein. Der Astrophysiker aus England. Das Abendessen ist für ihn. Und ich bin sicher, dass es noch mehr Gäste gibt.

Aber (und vielleicht ist es schlecht, richtig absurd, wenn ich darüber nachdenke) weißt du, was mich heute am meisten bewegt hat? Gabi erzählte mir, dass es an der Columbia University einen großen Experten zu meinem Sachgebiet gibt. Und Columbia ist in New York, Adam. Er hat sogar einen Studentenaustausch als Möglichkeit erwähnt, vielleicht schickt er mich für ein Jahr nach New York, zur Fortbildung.

Ist es immer noch dein Zauber?

Es stimmt, dass ich kaum schreibe, aber ich denke an dich. Sogar wenn ich einfach 4x4-Matrizes multipliziere. Vielleicht mache ich deshalb so viele Fehler.
Eva

Montag, 15. November, 19:20

Und wieder bin ich hier, im Rechenzentrum des Physikgebäudes, unter dem blassen Neonlicht, umringt von so vielen ernsthaften Wissenschaftlern. Alle arbeiten an ihren Artikeln, nur ich schreibe dir. In einer Stunde fängt das Abendessen bei Gabi an und ich bin todmüde.
Es ist mir aufgefallen, dass du fast nur über Liebe schreibst. Vielleicht sollten wir zur Abwechslung ein anderes Thema ausprobieren?

Du hast einmal in Jerusalem, nach einer Matinee im Kino Smadar, zu mir gesagt, dass du mich nicht als Freundin haben möchtest, du hättest genug Freunde.
Das hat mich geängstigt.
Denkst du immer noch so?

Heute bin ich ganz durcheinander, kann mich nicht konzentrieren. Ich bin noch so jung, verstehst du das? Ich habe den größten Teil meines Lebens noch vor mir, und manchmal fühle ich mich wie ein halb gebackenes Brötchen. Was wird mit mir in zehn Jahren sein, wer kann das wissen. Oder in einer Woche?

Heute war ich wieder mit John aus, Gabis Kollegen aus Cambridge. Gabi war beschäftigt und bat mich, John einige Stunden zu unterhalten. Ich bin mit ihm in das Restaurant vom Haus Belgien gegangen.

Es war eine Katastrophe. Ich merkte, wie seine Ablehnung mir gegenüber von Minute zu Minute größer wurde. Seine Auffassung von Physik ist eine ganz andere als meine. Er hat eine Liste von Themen, mit denen er sich beschäftigen will, und er setzt seine Arbeit von einem Punkt zum anderen fort, mit der Entschiedenheit eines Bulldozers. Es sitzt ewig in den Bibliotheken. Er liest die ganze Fachliteratur, beginnt jeden Tag damit, im Internet in den Forschungs-Websites zu surfen, informiert sich über die neuesten Veröffentlichungen. Und seine Veröffentlichungen sind Variationen von Artikeln anderer.

Ich glaube, dass wissenschaftlicher Fortschritt keine fließende logische Abfolge ist, sondern etwas Revolutionäres, Umstürzlerisches. Etwas aus einem völlig neuen Blickwinkel zu betrachten. Zum Beispiel die kopernikanische Wende. Oder die Gesetze von Newton. Oder die Prinzipien der Relativitätstheorie. Oder das Prinzip der Unschärferelation von Heisenberg. Das intensive Wühlen in Enzyklopädien reicht für solche konzeptuellen Revolutionen nicht aus. Im Gegenteil, es kann sogar schaden. (Vielleicht ist Unwissenheit auch ein Vorteil.)
Ich möchte glauben, dass Forschung mehr eine Sache von Inspiration und Schönheit ist. Von verblüffenden Ideen, die dann auftauchen, wenn man sie am wenigsten erwartet. Sogar nachts im Bett. Oder in der Badewanne. Das Vergnügen, neue Fragen zu stellen, sich nicht auf verbrauchte Fragen zu konzentrieren, oder ein frischer, außergewöhnlicher Blick auf dasselbe Datensystem.

Ich habe gespürt, dass John und ich sehr unterschiedlich sind. Aber der Gipfel war, als er mich fragte, ob ich bei politischen und gesellschaftlichen Themen aktiv bin. Ich habe gesagt, nein. Ich habe gesagt, dass ich erst vor zwei Jahren nach Israel kam, dass ich ein Produkt der postideologischen Ära bin.

Aber nach dem Essen, als ich John in Gabis Zimmer zurückbrachte (wir haben uns kaum verabschiedet), wurde mir klar, dass ich überhaupt nicht das Bedürfnis habe, mich zu entschuldigen. Ich liebe Schönheit. An Worten. An Menschen. An mathematischen Ideen. An Blumen. An Gesten. An Frauen. An Blättern von Bäumen. An Fragen, die keine Antwort haben. An ziehenden Wolken. An zwei Menschen, die sich plötzlich ohne viele Worte verstehen.

Plötzlich habe ich verstanden (durch dieses Essen, das ich so gehasst habe), dass ich den Rest meines Lebens mit der Suche nach Schönheit verbringen werde. Und dass ich, wenn es möglich ist, Krümel von Schönheit über andere Menschen streuen möchte.

Habe ich dir schon einmal von meiner Kindheit erzählt? Als Kind, bevor ich eine Frau wurde, genoss ich viel Schönheit. Ich erinnere mich an meinen Großvater, der mir das Schachspielen beibrachte, als ich sechs Jahre alt war, und mich gewinnen ließ (siehst du, mit sechs Jahren habe ich schon einen Schachmeister besiegt). Ich erinnere mich, wie meine Großmutter alle möglichen Gerichte für mich kochte, wie sie mich überredete, Borschtsch und Piroschki zu probieren. Ich erinnere mich an meinen zweiten Großvater, der mich jeden Tag vom Kindergarten abholte. Er war Sportler und vielleicht habe ich seinetwegen mit dem Schwimmen angefangen. Ich erinnere mich, dass mir mein Vater aus Kasachstan Spielzeugraumschiffe mitbrachte. So viele Erwachsene, die um ein kleines Mädchen herumschwirrten.

Ich weiß noch, wie wir einmal Schach spielten, mein Großvater und ich, und da kam plötzlich meine Großmutter ins Zimmer und zwang mich, einen Löffel ekelhaft schmeckender

Medizin zu schlucken. Als sie wieder draußen war, sagte ich zu meinem Großvater: Siehst du, wie böse sie ist! Und er: Nein, sie ist gut, sie sorgt für deine Gesundheit. Ich war vollkommen verblüfft: Das kann nicht sein. Wenn sie gut ist, musst du der Böse sein!

Schon damals gab es für mich diese Teilung, jede Sache brauchte ihr Gegenteil, um zu existieren.

Dienstag, 16. November, 05:05

Wo bist du jetzt, da ich dich so dringend brauche?
Vielleicht sitzt du ja am Rechner?
Schreibe mir eine Zeile, wenn du kannst.
Es ist jetzt fünf Uhr morgens, ich bin gerade nach Hause gekommen und ich fühle mich schrecklich.

Dienstag, 16. November, 16:58

Tut mir leid, ich habe deine Mail erst jetzt gelesen. Ich habe den ganzen Tag geschlafen.
In dieser Nacht ist mir so vieles klar geworden.
Adam, dein Leben mit mir wird vielleicht manchmal schwierig werden.
Aber zumindest werde ich ehrlich sein.
Bist du noch online?

Dienstag, 16. November, 17:07

Warum reagierst du so, bevor du etwas gehört hast? Warum diese schnelle Schlussfolgerung? Ich möchte reden, nicht schreiben. Was soll ich machen, ich kann nicht schreiben.

Ruf mich bitte an.
Eva

Dienstag, 16. November, 17:27

Adam,
so habe ich mir ein Gespräch zwischen uns beiden nie vorgestellt. Ich kann nicht viel schreiben, weil ich schon für die Tagung packe, aber hauptsächlich, weil mir die Worte fehlen. Es gibt noch so viele Dinge, die ich dir sagen muss, damit du verstehst. Aber manchmal sieht es aus, als würde es nichts nützen, als bestündest du darauf, nichts zu verstehen. Vielleicht solltest du dich mit der Tatsache abfinden, dass ich nicht immer Lust habe, dir alles zu erklären?

Ich komme zu spät zur Mitfahrgelegenheit zum Toten Meer, ich muss jetzt los.

Ich habe es schwer, Adam. Was machst du mit mir?

Mittwoch, 17. November, 16:01

Adam, mein Geliebter,
du kannst dir nicht vorstellen, wie tief du jetzt in mir bist.
Ich habe mich so gefreut, als ich die passenden Worte fand: Dass es so war, als würden wir ihn beide küssen.
Ich spürte dich so sehr, ich war dir so nah, als ich Gabi die ganze Nacht küsste.

Ich glaube, dass Liebe frei von Ansprüchen und Zwängen sein muss. Wenigstens so weit wie möglich. Es fällt mir schwer, es genau zu erklären. Ich hätte gern gedacht, dass ich dich liebe, ohne dass es etwas mit dem zu tun hat, was du tun wirst.

Was deine Frage betrifft, ich weiß noch nicht, ob ich monogam bin oder nicht. Ich muss es erst noch herausfinden. Ich kann mich nicht zu irgendeiner Antwort zwingen, das widerspricht meiner Natur, es steht im Widerstreit zu dem, wie ich gern sein möchte, und auch zu dem, was du vielleicht an mir liebst. Ich glaube nicht an Verzicht, an erzwungene Treue. Ich glaube, so etwas muss sich natürlich entwickeln.

Es war so wundervoll, nicht mit Gabi zu schlafen, ihn nur zu küssen, nach dem Abendessen, nachdem John und die anderen Gäste gegangen waren. Ich fühlte mich so glücklich, und ich werde nie hinterher zu dir sagen: Ich habe es für dich getan, gegen meinen Willen, deinetwegen habe ich nicht mit Gabi geschlafen, denn das wäre einfach nicht richtig. Ich habe mich so glücklich gefühlt, als ich es tat, viel richtiger, als wenn ich es nicht getan hätte, ich spürte stärker denn je, wie sehr ich dich liebe.

Ich möchte nicht wie eine Schnecke leben, in mich selbst verkrochen, verschlossen für die Welt um mich herum. Ich möchte den anderen Menschen gegenüber offen sein. Vielleicht ist es auch eine Frage des Alters. Vielleicht warst du in meinem Alter auch so?

Ich war mit Gabi zusammen. Natürlich. Aber es war, als wären wir beide mit ihm zusammen, dort auf dem Sofa im Wohnzimmer, nachdem alle anderen gegangen waren. Ich habe mich so gefreut, im Bus zum Toten Meer, als ich die richtigen Worte fand (dass es war, als würden wir ihn beide küssen).

Und ja, ich habe meinen Stolz. Ich führe nicht automatisch alles aus, was du mir sagst.

Und es gibt ja auch deine Situation, Adam.
Am Anfang, als ich dich kennenlernte, hoffte ich, du seist frei oder wenigstens nicht verheiratet. Aber du hast mir so gut gefallen, deine Geschichten und deine Offenheit und dein unendliches Interesse an mir haben mich so fasziniert, dass ich dich als Menschen nicht verlieren wollte.
Vielleicht danach, als du mich geküsst hast, auf unserem Felsen vor der Wüste von Judäa und den Häusern von Isawija, als du angefangen hast, mich zu berühren, war ich eine Zeit lang sogar etwas enttäuscht.
Weil du etwas Inkonsequentes getan hast (mich zu lieben und mit Ruth zusammenzubleiben).
Später wurde ich süchtig nach deinen Mails und dachte, dass ich dich als einen verheirateten transatlantischen Liebhaber akzeptieren könnte. Oder als einen virtuellen Liebhaber. Eine Art Internet-Affäre. Aber jetzt sehe ich, dass unsere Beziehung nicht statisch ist. Dass wir uns ändern. Dass uns das Internet nicht reicht. Einerseits liebe ich es, dass nichts festgelegt ist,

nicht einmal der Ton unserer Mails. Andererseits fällt es mir schwer, weil ich dich so sehr begehre. Und ich beginne über Dinge nachzudenken, die verboten sind.

Vielleicht habe ich Angst vor New York. Angst vor dieser Woche, die ich so sehr erwarte. Besonders vor dem Ende der Woche. Nicht der Woche vor Thanksgiving, sondern der Woche danach. Vor der Atlantiküberquerung in umgekehrter Richtung. Vor meinem Flug nach Israel, ohne dich.

Und ich denke auch über Ruth nach. Und ich frage mich manchmal, ob das, was wir tun, richtig ist. Vielleicht ist es die Angst vor dem Dezember, nach der Zeit mit dir, Ende November, die mich am Telefon so bitter werden ließ. Deshalb hast du gefragt, ob wir New York absagen sollen.

Mein Akku ist bald leer.
Ich schreibe im Offline-Modus, im Bus, auf dem Weg zum Toten Meer.
Wir haben die rosafarbene Wüste, die uns im Oktober so hypnotisiert hat, schon durchquert.

Ich habe die Worte jetzt satt. Habe die Ozeane zwischen uns satt. Habe die optischen Fasern auf dem Boden des Ozeans satt, die nur Buchstaben übermitteln und weder Blicke noch Berührungen. Ich will mit dir zusammen sein. Dich beobachten. Dich anfassen. Ja, klar, in New York werde ich dich küssen. Wenn du willst, können wir eine ganze Nacht nur mit Küssen verbringen.

Sei nicht neidisch. Es gibt keinen Grund dazu. Es ist deine Liebe zu mir und meine Liebe zu dir, die es uns möglich macht, an andere Menschen Reste zu verteilen, Krümel von

Schönheit. Vielleicht ist Liebe etwas, was sich in alle Richtungen verstreut, in allen möglichen Formen, und kein gezielter Laserstrahl?

Als ich sagte, dass ein Leben mit mir schwierig wird, habe ich nicht meine Lust auf andere gemeint, überhaupt nicht. Ich habe gemeint, dass wir einen großen Bedarf an Erklärungen haben und vielleicht lernen müssen, Dinge zu akzeptieren, die uns auf den ersten Blick unverständlich vorkommen.

Diese Woche ist es mir schwergefallen, die richtigen Worte zu finden.

Ich liebe dich.
Eva

Mittwoch, 17. November, 16:39

Schade, dass ich es vorhin nicht geschafft habe, dir meine Mail zu schicken. Aber das Internet hier ist beschissen. Ich habe einen ganzen Tag gebraucht, um Anschluss zu bekommen. Und jetzt ist die Mail, die ich an dich geschickt habe, mit der Nachricht zurückgekommen, dass sie ihr Ziel nicht erreicht hat. Und du denkst jetzt bestimmt, dass ich aufgehört habe, dir zu schreiben. Dieses Internet wird noch einen von uns töten.

Ich habe versucht, dich telefonisch im Konsulat zu erreichen, aber irgendeine Frau hat gesagt, du könntest jetzt keine Anrufe entgegennehmen. Das war sicher deine Sekretärin Anat. Sie war kalt wie ein Gletscher. Sie hat mich gefragt, wie ich hieße und in welcher Angelegenheit ich anriefe.

Ich habe jetzt große Sehnsucht nach dir, ich hatte eine Heidenangst vor diesem Moment, und jetzt ist es für mich schon so wie im Dezember.

Seltsam, vor zwei Monaten habe ich noch nicht einmal gewusst, dass es dich gibt, und jetzt verliere ich schon die Nerven, wenn ich einen Tag lang keine Mail von dir bekomme.
Schreib mir, wenn du diese Mail bekommen hast.
Ich bin noch online.
Eva

Mittwoch, 17. November, 17:25

Du hast immer noch nicht geschrieben.
Ich habe hier ein riesiges Zimmer mit einem unglaublichen Doppelbett (welch eine Verschwendung ...), dazu einen Arbeitstisch und einen Wandschrank und einen herrlichen Blick auf das Tote Meer.
Ich habe mich gefragt, ob unser Zimmer in New York auch so sein wird und ob wir es wirklich die ganze Woche nicht verlassen werden.

Nach dem Frühstück habe ich mich heute plötzlich sehr schwach gefühlt. In den letzten Tagen passiert mir das oft, habe ich dir das schon erzählt? Ich habe es kaum die Treppe hinauf zu meinem Zimmer geschafft. Mir war übel. Ich musste mich zwei Stunden auf dem riesigen Doppelbett ausruhen und alles verdauen. Den Käse, den Fisch, die Salate, den Pfannkuchen. Danach, statt zu Mittag zu essen, habe ich mich übergeben. Vielleicht werde ich das Abendessen auch auskotzen.

Ich sitze jetzt am Fenster, schaue hinunter auf das Tote Meer, das wie ein riesiger Spiegel aussieht, und hinüber zu den rosafarbenen Bergen auf der jordanischen Seite, haben sie eigentlich einen Namen? Ich schreibe dir und warte auf eine Mail von dir, und zwischendrin bereite ich die Folien vor, für meinen Vortrag morgen, über die Theorie des inflationären Universums.

Seltsam, wie viele scharfe Wendungen das Leben in einer so kurzen Zeit nehmen kann. Vor einem Jahr war ich sicher, dass ich Sascha heiraten werde (das habe ich mir wenigstens eingeredet). Und jetzt ist alles ganz anders. Letztes Jahr war ich voller Ängste, ich war bereit, die Augen zuzumachen und alles für die Sicherheit zu opfern. Und jetzt, vielleicht zum ersten Mal, riskiere ich etwas. Vielleicht stimmt es, was man sagt: Erst wenn man in den Abgrund fällt und den Schweiß und die Angst am ganzen Körper spürt, ist man in der Lage, mit dem Angsthaben aufzuhören.

Soll ich dir von einem anderen Zufall erzählen? Genau vor einem Monat habe ich Sascha zufällig im Schwimmbad der Universität getroffen und ihm von dir erzählt (erinnerst du dich, Adam? Wie viel Spannung es zwischen uns gegeben hat? (Damals haben wir gedacht, dass wir uns gut kennen, aber es ist nichts im Vergleich zu heute. Damals habe ich gedacht, dass ich dich liebe, aber

Ich bin plötzlich so schwach und verheddere mich so in den Klammern, dass ich den Satz nicht beenden kann.

Mittwoch, 17. Oktober, 19:00

Ich habe gelesen, was du gerade geschickt hast, und fühle mich angefault. Meine ganze Energie ist weg und ich bin einfach traurig. Bist du jetzt auch traurig?
Haben wir es endlich geschafft, synchron zu sein und das Gleiche zu fühlen?

Du hast recht, deine und meine Mails gehen in verschiedene Richtungen. Vielleicht liest du sie in einigen Tagen noch einmal?

Adam, ich spüre, dass es so einfach wäre, meinem Leben ein Ende zu machen. Was soll ich tun, wenn ich keinen Grund dafür finde weiterzumachen? Kein einziges Argument? Was soll ich tun, wenn der Preis, den ich zahlen muss, größer ist als die Glücksmomente, die ich hatte?

Ich weiß, dass ich einen Nachmittag lang glücklich war, Anfang Oktober, auf einem Felsen, in deinen Armen. Das weiß ich. Aber es ist lange her.

Es geht mir nicht gut mit mir selbst. Wie kannst du mich lieben, wenn ich so hilflos bin? Gleich gibt es Abendessen, aber ich habe keine Kraft dafür, ich habe für nichts Kraft (als hätte ich Jetlag).

Weißt du, nach der Mail, die du gerade geschickt hast, mit all den Vorwürfen und Forderungen, habe ich keine große Hoffnung für unsere Zukunft. Ich fürchte, dass ich eines Tages etwas Irrationales tun werde.

So ein dunkler Brief an einem strahlenden Nachmittag.

12

Während der Taxifahrt war er voller Optimismus, das Taxi fuhr mit einer irrsinnigen Geschwindigkeit in den Süden von Manhattan, und die Geschwindigkeit, mit der es die Entfernung zwischen der 57. Straße und dem Washington Square zurücklegte, verglichen mit der Langsamkeit seines Spaziergangs in der umgekehrten Richtung, gab ihm den Eindruck, dass die Richtung stimmte, und als das Taxi vor dem Hotel hielt, gab er dem Fahrer ein großzügiges Trinkgeld und zweifelte nicht daran, dass er Eva vorfinden würde, oder wenigstens eine Nachricht von ihr, und er beschloss, sofort hinaufzufahren, ohne sich in der Lobby aufzuhalten, den Portier konnte er immer noch fragen, falls es nötig sein sollte.

Er zögerte, ob er die Treppen nehmen oder diesmal ausnahmsweise mit dem Aufzug hinauffahren sollte, um Zeit zu sparen, und er drückte schon auf den Knopf des Aufzugs, obwohl er hoffte, er würde nicht so schnell kommen, denn in einem geschlossenen Aufzug zu stehen machte ihm immer Angst, aber die Tür öffnete sich sofort, und er hatte schon einen Fuß hineingesetzt, da beschloss er, doch die Treppe zu nehmen, und wenige Minuten später stand er vor der Zimmertür, heftig atmend wegen der Anstrengung und wegen der Aufregung, Eva gleich wiederzusehen, und mit einer unerklärlichen Sicherheit klopfte er leicht an die Tür und wartete, dann klopfte er wieder, diesmal lauter, um Eva noch eine Chance zu geben, vielleicht war das erste Klopfen zu zögerlich gewesen.

Er wartete noch einen Moment, er wollte sich den Misserfolg nicht eingestehen, erst dann holte er den Schlüssel aus der Tasche und steckte ihn in die Tür, und als er in das Zimmer trat und das leere Bett sah, fühlte er, wie er in ein tiefes Loch fiel, so tief, dass kein Mensch wissen konnte, ob er jemals wieder herauskam, er war so sicher gewesen, dass er sie im Bett finden würde, dass sie auf ihn wartete, mit ihren herrlichen Haaren, die das Kissen bedeckten. Von dem Moment an, als er beschlossen hatte, zum Hotel zurückzugehen, und während der Fahrt im Taxi war er sicher gewesen, dass sie auf ihn wartete, wozu hätte er es sonst so eilig gehabt? Um in das leere Zimmer zurückzukehren, hätte er kein Taxi gebraucht, und mit dem letzten Funken Hoffnung schaute er zu dem roten Lämpchen des Anrufbeantworters, aber es blinkte nicht, es gab keine Nachricht für ihn, und die Tür des Badezimmers aufzureißen fand er erniedrigend, die Erfahrung sagte ihm, dass das Badezimmer ihn nicht retten würde.

Er entschied sich, den Portier anzurufen und sich bei ihm zu erkundigen, und als er wählte, war die Nummer besetzt, aber er ließ nicht locker und wählte wieder, und diesmal erreichte er den Portier, der ihm wie eine Art Orakel sagte, dass viele Menschen in das Hotel gekommen waren und es verlassen hatten, und er fragte, Sie sind der mit dem falschen Foto, stimmt's? Wenn Sie mir das richtige Foto zeigen, kann ich Ihnen bestimmt helfen, und Adam sagte, wenn es wirklich hilft, werde ich Ihnen ihr Foto besorgen, und der Portier sagte, wie Sie möchten, Sir.

Er wollte tatsächlich zum Konsulat gehen und Evas Foto holen, das Foto, das er tief in einer Schublade versteckt hatte, Sascha hatte sie einmal in ihrer Straße fotografiert, nicht weit von ihrer Wohnung, mit vom Wind zerzausten Haaren, man sah die Olivenhaine, die Kirche und die malerischen Steinhäuser von Beth Djala im Hintergrund, und bevor er nach New York zurückgeflogen war, hatte ihm Eva das Foto gegeben, zur Erinnerung, und wenn sie wirklich verschwunden war, würde er dieses Foto brauchen, nicht nur für den Hotelportier, sondern auch für die Polizei.

Aber die Idee mit der Polizei war ihm unbehaglich, und er dachte, dass es besser wäre, im Hotel zu bleiben und Ruhe zu bewahren, für Eva war es der einzige Weg, ihn zu finden, falls sie ihn überhaupt finden wollte, vielleicht war sie ja schon im Zimmer gewesen und wieder gegangen, als sie gesehen hatte, dass er nicht da war, vielleicht wäre die ganze Angelegenheit schon zu Ende, wenn er nicht den Ausflug in die 57. Straße unternommen hätte, und wenn er jetzt wieder wegginge, um das Foto zu holen, würde das nichts bringen, es würde den Schaden nur noch vergrößern.

Er fragte den Portier, hat jemand eine Nachricht für mich hinterlassen? Und der Portier fragte, hat das rote Lämpchen geblinkt? Und Adam fragte, was ist mit ausgehenden Gesprächen? Gab es ausgehende Gespräche? Und der Portier sagte, wenn Sie jemanden angerufen haben, dann ja, und wenn nicht, dann nicht, und Adam sagte, machen Sie sich lustig über mich? Und der Portier sagte, um Gottes willen, nein, Sir, und Adam ergriff die Initiative, angetrieben von der Verachtung des Portiers, und sagte in autoritärem Ton, prüfen Sie bitte, ob es ausgehende Gespräche gegeben hat, und der Portier sagte, ich werde mein Bestes tun, Sir, als wäre er ein Orakel, das nicht in der Lage ist, eindeutige Antworten zu liefern, und Adam sagte, danke, lassen Sie es mich wissen, ich warte in meinem Zimmer.

Er döste auf dem Bett und auf einmal spürte er einen nagenden Hunger, es war schon ein Uhr, und außer dem Muffin im Borders hatte er heute noch nichts gegessen, was für ein Gegensatz zu dem üppigen Frühstück gestern, und er stand auf und ging ins Badezimmer, um die Lebensmittel zu holen, die er einen Tag zuvor spät in der Nacht gekauft hatte, in der verzauberten, prähistorischen Ära, als er noch eine Partnerin im Zimmer hatte, und arrangierte alles auf dem Doppelbett, auf Evas Seite, und wo einmal eine Frau aus Fleisch und Blut gelegen hatte, lagen nun Äpfel, Cracker und Cornflakes, bedeckt von einer klebrigen Schicht Eiscreme.

Wieder ging er ins Badezimmer, nahm eine Rolle Klopapier und machte sich daran, jedes Teil abzuwischen, prüfte, was noch gerettet werden konnte, von allen langweiligen Optionen, die ihm zur Verfügung standen, kamen ihm die Cornflakes noch am aufregendsten vor, er öffnete die Milchtüte und roch daran, aber die Milch war verdorben, und er fing an, die Cornflakes zu essen wie sie waren, direkt aus der Tüte, und plötzlich fühlte er sich sehr einsam, unendlich einsam, noch nicht einmal frische Milch hatte er, keinen Teller, keinen Löffel, und er fragte sich verwundert, wie er, völlig ohne Grund, ein Obdachloser geworden war, den alle Frauen verlassen hatten.

Erst gestern, dachte er, am Freitagabend, hatte er hier Champagner mit einer schwangeren Frau getrunken, und alles war verheißungsvoll und süß gewesen, und heute, am Samstag, war alles verflogen, er war allein, fischte Cornflakes aus der Tüte, knabberte sie, als wäre er eine Maus, niemand suchte nach ihm, das rote Lämpchen blinkte nicht, und sogar der Portier behandelte ihn, als wäre er ein Sonderling.

Er warf einen Blick auf die Champagnerflasche, die noch neben dem Bett stand, und streckte die Hand aus, vielleicht war ja noch ein Tröpfchen darin, das seine Laune verbessern würde, und sah, dass an der Stelle, an der gestern eine kleine Champagnerpfütze gewesen war, jetzt kleine schwarze Ameisen herumkrabbelten, die sich wahrscheinlich von der Restsüße ernährten, und dieser krasse Symbolismus, Ameisen statt Champagner, erschreckte ihn, als handele es sich hier um einen Urteilsspruch, bis jetzt hatte es nur das Verhör und den Strafantrag gegeben, bis jetzt hatte man noch verhandeln können, aber das war ab sofort endgültig vorbei, er hatte die Prüfung nicht bestanden, es würde kein Wiederaufnahmeverfahren geben, man konnte keinen Einspruch einlegen.

Und er dachte, wenn Eva die Flasche nicht zu früh geöffnet hätte, als er noch unter der Dusche stand, wenn sie sich nicht so beeilt hätte, wenn sie gewartet hätte, bis er ins Bett kam, wäre das alles nicht geschehen, denn er war es zwar gewesen, der die Flasche heruntergestoßen hatte, aber die Flasche war nicht kaputtgegangen, als sie auf den Teppich fiel, und wenn der Korken an seinem Platz gewesen wäre, wäre der Champagner nicht ausgekippt und die ganze Geschichte hätte einen anderen Verlauf genommen.

Das Klingeln des Telefons unterbrach seine Gedanken, er rannte hin, mit einem Anflug von Hoffnung, vielleicht wurde er ja begnadigt, er hoffte, Evas Stimme zu hören, wie sie sich entschuldigte, wie sie erklärte, was es zu erklären gab, wie sie sagte, wo sie sich befand, was sie tat und warum sie nichts von sich hatte hören lassen, und er beschloss bereits, dass ihn die Einzelheiten nicht interessierten, er würde ihr auf jeden Fall verzeihen, auch wenn sie ihn hatte verlassen wollen, er würde sie auf jeden Fall zurücknehmen und nicht mehr weggehen lassen, er würde immer auf der Hut sein, er würde nicht schlafen, wenn sie schlief, würde immer vor ihr aufwachen und sie überallhin begleiten, und so würde sie immer in Reichweite bleiben.

Er sagte, hallo, und eine Stimme sagte, hallo, aber es war nicht das Hallo, das er erwartet hatte, es war das Hallo eines Mannes, und er sagte wieder, hallo, und der Mann sagte, es gab ein Telefongespräch, und Adam sagte, was? Der Mann sagte, Sie wollten wissen, ob es ausgehende Gespräche gegeben hat, und Adam sagte, ja, und der Portier sagte, es gab ein Gespräch, und Adam fragte, mit wem? Und der Portier sagte, das kann ich Ihnen nicht sagen, und Adam sagte, ich meine, welche Nummer hat sie angerufen? Und der Portier sagte, es tut mir leid, Sir, so etwas können wir nicht feststellen, und Adam sagte, aber war es ein Ortsgespräch? Und der Portier sagte, ja, Sir, und wieder schien es Adam, als verspotte ihn der Mann, und er fragte, um wie viel Uhr war es? Und der Portier sagte, Moment, ich schaue nach, und dann sagte er, das Gespräch war heute Morgen, um acht Uhr fünfundzwanzig.

Ich danke Ihnen sehr, sagte Adam und legte auf, und der erste Gedanke, der ihm in den Sinn kam, war erstaunlich einfach, er würde die Wahlwiederholung betätigen und mit der Person sprechen, mit der Eva heute Morgen um acht Uhr fünfundzwanzig gesprochen hatte, und mit ein bisschen Glück würde es vielleicht Eva sein, die den Hörer auf der anderen Seite abhob, es gab eine Chance, dass sie jetzt dort war, schließlich telefonierten Menschen zuweilen, um einen Termin zu vereinbaren, und diese Vorstellung, dass er mit einem elektronischen Trick das Rätsel aufklären würde, dass ein einziger Knopfdruck ihn zu Eva zurückbringen und die ganzen Probleme lösen würde, schien ihm irgendwie zu einfach zu sein, doch er beschloss, es dennoch zu versuchen, und drückte die Wahlwiederholungstaste, und als er die Stimme des Portiers hörte, verstand er den Fehler und legte schnell wieder auf.

Aber die neue Auskunft kam ihm trotzdem wie ein großer Schritt vorwärts vor, er hatte irgendwie das Gefühl, nicht mehr so weit von der Realität entfernt zu sein, auch die Tatsache, dass es ein Ortsgespräch war, schien ihm vielversprechend zu sein, es gab gute Chancen, dass sie noch in New York war, vielleicht hatte sie keine Lust mehr gehabt, ihm beim Schlafen zuzuschauen, und war losgezogen, um eine Freundin zu besuchen, vielleicht war sie auf einen Sprung zur Physikabteilung der Columbia University gegangen, an der Columbia gab es einen Experten für Astrophysik, ein Freund Gabis, vielleicht traf sie sich dort mit diesem Experten, um sich wegen ihrer Doktorarbeit beraten zu lassen, über die Theorie des inflationären Universums oder über die dunkle Materie, er konnte sich nicht mehr genau erinnern, welches Thema sie für ihre Dissertation gewählt hatte, es war auch möglich, dass sie jetzt ihren Aufenthalt in New York organisierte, den Studentenaustausch für das kommende Jahr, er erinnerte sich, dass sie das erwähnt hatte, er hatte noch nicht darauf reagiert, und wer weiß, vielleicht war sie schon zurückgekommen und hatte ihn im Zimmer gesucht, aber er hatte es ja so eilig gehabt, loszugehen und sie an der unlogischsten Stelle der Welt zu suchen, in der 57. Straße, und diese kleine Abwesenheit von einer oder zwei Stunden hatte zu einer Kette von Missverständnissen geführt, und er stand vom Bett auf, ließ die Cornflakesschachtel fallen, leckte sich die klebrigen Eiscremereste von den Fingern und betrachtete wieder aufmerksam das Telefon, die Wahlwiederholungstaste hatte ihn zum Portier gebracht, aber vielleicht gab es noch eine andere Taste, die Eva zu ihm zurückbringen würde.

Und dann dachte er, dass die Nummer, die sie gewählt hatte, irgendwo notiert sein müsse, vielleicht sogar hier im Zimmer, es war nicht logisch, dass sie die Nummer auswendig gewusst hatte, und er beschloss, ihr Notizbuch zu suchen, vielleicht hatte sie es ja hiergelassen, und vielleicht würde er darin die Nummer des New Yorker Astrophysikers finden.

Er öffnete den Kleiderschrank und durchsuchte die Taschen ihrer Hosen und Blusen, er tastete auch den schwarzen Rock ab und den roten Pullover, obwohl sie keine Taschen hatten, und dachte, wer hätte geglaubt, dass ich ihre Kleidungsstücke befummle wie ein alter Perverser, und er schaute sich um, als wolle er sich versichern, dass niemand ihm zusah, und dann spürte er etwas Raschelndes, aber es war nur das Einwickelpapier eines zuckerfreien Kaugummis, und schließlich machte er enttäuscht den Kleiderschrank zu und fragte sich, wann sie es geschafft hatte, ihre Sachen so ordentlich in den Schrank zu räumen, sein eigener Koffer war unausgepackt, als wäre er gerade erst angekommen, aber sie war hier schon völlig zu Hause.

Die Suche nach ihrem Notizbuch gab er nicht auf, aber vorerst beschäftigte ihn die Uhrzeit ihres Anrufs, acht Uhr fünfundzwanzig, vielleicht konnte ihm die Uhrzeit etwas verraten, ihre Uhr ging etwas vor, das war ihm aufgefallen, sodass es bei ihr genau acht Uhr dreißig gewesen sein konnte, und das bedeutete, dass sie vielleicht in einem Büro oder in einem Institut angerufen hatte, das schon um acht Uhr dreißig öffnete, obwohl anzunehmen war, dass am Wochenende von Thanksgiving die meisten Büros geschlossen hatten, vermutlich auch die Columbia University, das galt aber nicht für Krankenhäuser, vielleicht hatte sie ein Krankenhaus angerufen? Aber Krankenhäuser waren immer offen, nicht erst ab acht Uhr dreißig, er geriet in eine Sackgasse und änderte die Richtung, wenigstens hat sie die ganze Nacht hier geschlafen, dachte er, wenn sie erst um acht Uhr fünfundzwanzig telefoniert hatte, bedeutete es, dass sie die ganze Nacht neben ihm geschlafen hatte, dies kam ihm wie ein Erfolg vor, als würde jede zusätzliche gemeinsame Stunde in einem imaginären Buch zu seinen Gunsten eingetragen.

Außerdem bedeutete es, dass sie nur kurze Zeit abwesend war, nur ein paar Stunden, und er dachte an die Geschichten über Vermisste, die er in den Zeitungen gelesen hatte, da stand immer, ab wann man anfangen solle, sich Sorgen zu machen, als wäre es verboten, sich ohne Erlaubnis Sorgen zu machen, und er erinnerte sich auch, dass er einmal in einer Zeitung gelesen hatte, die ersten vierundzwanzig Stunden seien im Fall eines Vermissten die kritischsten, nur ein gewisser Prozentsatz von Vermissten würde nach mehr als vierundzwanzig Stunden zurückkehren, und obwohl er sich bemühte, fiel ihm nicht ein, von wie viel Prozent die Rede gewesen war, und diese Unfähigkeit, sich zu erinnern, kam ihm wie ein kriminelles Vergehen vor, als hätte er die Gelegenheit gehabt, sich auf diese Situation vorzubereiten, es aber nicht getan, als wäre er jetzt, wenn er sich nur in den Zeitungsartikel vertieft hätte, in der Lage gewesen, das Rätsel von Evas Verschwinden zu lösen.

Er suchte weiter nach ihrem Notizbuch, obwohl er nicht

mehr glaubte, dass es da war, er konnte sich nicht erinnern, jemals ein Notizbuch bei ihr gesehen zu haben, es ärgerte ihn, dass er sich an so wenig Details erinnerte aus der Zeit, die sie zusammen verbracht hatten, es war, als wäre sie bloß ein paar Stunden vermisst und er würde sie schon vergessen.

Zum Beispiel konnte er sich nicht erinnern, welche Schuhe sie trug, ein Paar Turnschuhe hatte sie im Zimmer zurückgelassen, aber wenn er zum Beispiel der Polizei das andere Paar beschreiben sollte, das sie jetzt trug, wäre er außerstande dazu, und wieder machte er sich Vorwürfe, dass er ihr Foto nicht dabei hatte, ein Foto, das immer wichtiger wurde, da er Probleme mit seinem Gedächtnis hatte, alles wäre einfacher, wenn er ein Foto bei sich hätte, er hätte den Menschen etwas zeigen können, beweisen, dass er nicht phantasierte, dass Eva wirklich existierte, dass sie keine erfundene Geschichte war.

Wieder überlegte er, ob er zum Konsulat gehen sollte, um das Foto zu holen, es erschien immer unvermeidbarer, und mit dem Foto in der Hand könnte er sofort zur Polizei gehen und eine Vermisstenanzeige aufgeben, falls man die Meldung eines Verschwindens als Vermisstenanzeige bezeichnen konnte, es könnte durchaus sein, dass man seine Vermisstenanzeige nicht ernst nahm, da noch nicht einmal ein halber Tag vergangen war, und es gab natürlich ein weiteres Problem, sie würden wissen wollen, in welcher Beziehung er zu Eva stand, und vom Geheimhalten ihrer Beziehung würde nichts übrig bleiben, sie würden seine Adresse und seine Telefonnummer notieren und sagen, wir bleiben mit Ihnen in Kontakt, und was passierte dann? Ruth würde einen Anruf bekommen, wir freuen uns, Ihnen mitteilen zu können, dass wir die Geliebte ihres Mannes gefunden haben, oder im Gegenteil, wir haben die Geliebte ihres Mannes noch nicht gefunden, aber wir bleiben dran, geben Sie die Hoffnung nicht auf.

Deshalb beschloss er, zunächst noch nicht zur Polizei zu gehen, auch die Tatsache, dass er Diplomat war, könnte die Angelegenheit komplizieren, es wäre nicht ganz leicht, einen offiziellen Bericht über ein Verschwinden vor dem Sicherheitsoffizier des Konsulats zu verheimlichen, und wer weiß, zu was für einem Schneeballeffekt das führen würde, es blieb ihm nichts anderes übrig, als die Suche selbst in die Hand zu nehmen, und er schaute unter dem Bett nach, vielleicht versteckte sich ihr Notizbuch dort, und dann öffnete er die Schublade unterm Telefon und konnte seinen Augen kaum trauen.

Der Umstand, dass ihr Notizbuch so nah gewesen war, in der Schublade unter dem Telefon, genau da, wo man es hätte vermuten müssen, beschämte ihn fast, irgendwie hatte er eine größere Herausforderung erwartet, und statt in der Schublade nachzuschauen, hatte er angefangen, ihre Kleidung zu durchsuchen, und nun schlug er das Notizbuch auf und sah sofort, dass die meisten Einträge auf Russisch waren, in kyrillischer Schrift, doch es gab auch eine ganze Reihe von Einträgen auf Hebräisch und Englisch, und er dachte, dass die Sprache keine Rolle spielte, wichtig war nur, ob eine Telefonnummer mit der Vorwahl von New York darin stand, der Portier hatte ja gesagt, es habe sich um ein Ortsgespräch gehandelt.

Er ging die Nummern der Reihe nach durch, suchte die Zahlen Zwei-Eins-Zwei, er hoffte, diese Vorwahl zu finden, aber nicht zu häufig, und ihm fiel ein, wie gern Ruth Notizbücher durchblätterte, auch Telefonbücher, und wie sie stundenlang gespannt darin lesen konnte, versunken, als wäre es ein Krimi, vermutlich hätte ihr ein kurzer Blick in ein fremdes Notizbuch viel über die betreffende Person gesagt, und außerdem konnte sie die kyrillische Schrift lesen, sodass sie für diese Aufgabe viel geeigneter gewesen wäre als er.

Er fragte sich, was Ruth beim Blättern in dem Notizbuch über Eva herausgefunden hätte und was sie über sie gedacht hätte, wenn sie ihr begegnet wäre, ob sie für oder gegen sie gewesen wäre, ob sie ihn für seinen guten Geschmack gelobt hätte, er erinnerte sich, dass Eva einmal gesagt hatte, die Ehefrau und die Geliebte seien sich in den meisten Fällen ähnlich, und selbst wenn es anfangs nicht so aussähe, würden sie sich mit den Jahren ähnlich werden, vorausgesetzt natürlich, das Verhältnis würde lange genug dauern, doch inzwischen war ihm Eva ja bereits nach dreißig Stunden weggelaufen.

Er blätterte in ihrem Notizbuch und ärgerte sich über die Telefonnummern ohne Vorwahl, denn davon gab es viele, er nahm an, dass es sich um Nummern in Jerusalem handelte, oder in Sankt Petersburg, jedenfalls nicht in New York, und als er plötzlich auf eine Nummer mit der New Yorker Vorwahl stieß, die einzige im Notizbuch, konnte er sein Glück kaum fassen.

Seit er beschlossen hatte, die Nachforschung selbst in die Hand zu nehmen, ohne fremde Hilfe, war plötzlich alles sehr schnell gegangen, das Telefongespräch von diesem Zimmer aus, morgens um acht Uhr fünfundzwanzig, das Notizbuch, die New Yorker Telefonnummer, plötzlich wurde diese Angelegenheit zu einer intellektuellen Herausforderung, eine Art Sherlock-Holmes-Spiel, seltsam, er hatte diese Woche in New York zwar als eine Prüfung betrachtet, aber bis jetzt dabei nicht in detektivischen Begriffen gedacht, doch das spielte keine Rolle, noch lief die Sache gar nicht so schlecht, er tappte nicht mehr im Dunkeln, er hatte schon den Anfang eines Fadens in der Hand, und alles, was er jetzt tun musste, war, die New Yorker Nummer aus dem Notizbuch zu wählen und ihre Stimme zu hören.

Er wusste nicht, was er ihr sagen sollte. War es besser, seine Sorge zu betonen, die Angst, die sie ihm bereitet hatte, oder die Freude, dass es ihm gelungen war, sie heil und gesund wiederzufinden? Vor lauter Unsicherheit verschob er den Anruf, als müsse er erst seinen ganzen Text auswendig lernen und dürfe erst dann wählen, und er betrachtete wieder die Nummer und den dazugehörigen Namen in kyrillischer Schrift, die er nicht lesen konnte, und er fragte sich, was passieren würde, wenn sie auf Russisch antworten würde. Auch dieser Gedanke ließ ihn zögern, doch schließlich raffte er sich auf und wählte die Nummer, unter der sofort eine Nachricht auf Englisch zu hören war, eine weibliche Stimme, hier ist Dr. Berman, leider kann ich Ihren Anruf jetzt nicht entgegennehmen, bitte hinterlassen Sie eine Nachricht, ich werde so schnell wie möglich zurückrufen.

Er legte den Hörer auf und lief im Zimmer hin und her, irgendwie wollte ihm heute niemand antworten, es war eine Art Komplott, erst Ruth und nun auch Dr. Berman, und er überlegte, ob diese Dr. Berman auch gerade mit einem Fick beschäftigt war. Und wieder dachte er darüber nach, ob Eva vielleicht in Not war, ob es vielleicht ein medizinisches Problem gab, wenn sie an ihrem zweiten Tag in New York Dr. Berman anrief und dann verschwand, und er nahm sich vor, alles zu tun, um sie zu finden und ihr zu helfen, und dann rief er erneut Dr. Berman an, lauschte der Nachricht und sagte nach dem Signalton, Dr. Berman, Sie kennen mich nicht, rufen Sie mich bitte an, sobald es geht, es ist sehr dringend, und er hinterließ nicht nur die Telefonnummer, sondern auch die Nummer seines Zimmers.

In dem Moment, als er die Nachricht für Dr. Berman hinterließ, war ihm klar, dass er im Zimmer bleiben musste, er durfte den Anruf nicht verpassen, er war neugierig, was für eine Ärztin sie war, auf welches Fach sie sich spezialisiert hatte, denn das konnte natürlich etwas mit Evas Problem zu tun haben, doch dann kam ihm die Idee, dass Eva ihm vielleicht alles in einer Mail erklärt hatte, Mails waren doch ihr wichtigstes Kommunikationsmittel, es gab keinen Grund, warum sie diese Methode nicht auch in dieser Woche anwenden sollte, wenn sie beide in New York waren, es war gut möglich, dass er, wenn er nachschaute, eine neue Mail von ihr finden würde, mit der das ganze Rätsel gelöst wäre.

Als er das Hotel verließ, hatte er sich noch nicht entschieden, was er wirklich machen wollte. Eine frühlingshafte Sonne stand mitten am Himmel und strahlte eine hypnotisierende Wärme aus, als wäre hier etwas falsch gelaufen, als wäre es Ende Mai und nicht November, er ging in östlicher Richtung und war ein paar Minuten später am Broadway, er ging ziellos, ließ sich vom Menschenstrom mitreißen, stöberte im *Strand* in alten Büchern, hielt an einem Stand, um ein Würstchen von Hebrew National zu kaufen, probierte sogar in einem der Läden ein sommerliches T-Shirt an, genoss die seltsame Freiheit, zu der er gezwungen war, weil keine Frau neben ihm ging, plötzlich fühlte er sich einsam, und ihm fiel auf, dass er, seit er vor zwei Tagen das Haus verlassen hatte, zum ersten Mal weder an Eva dachte noch an Ruth.

Vielleicht ist es besser so, überlegte er, vielleicht ist das Verschwinden der beiden Frauen nicht so schlimm, vielleicht ist es etwas Positives, nichts, was einen hysterischen Ausbruch rechtfertigen würde, vielleicht sollte er nach all der Angst, dem Suchen und Herumlaufen und den quälenden Überlegungen, dass etwas passiert sein könnte, endlich aufhören, sich Sorgen zu machen, und er ging weiter den Broadway entlang, die Sonne schien ihm in die Augen und ein leichter Wind wehte durch seine Haare, er entfernte sich vom Hotel, entfernte sich vom Konsulat, vielleicht war die Zeit gekommen, dass auch er verschwand, sollten andere sich doch Sorgen machen, sollten andere nach ihm suchen, statt dass er immerzu jemanden suchte.

Er betrat ein Internetcafé am Broadway und setzte sich an einen sonnigen Tisch mit Blick auf den Bürgersteig, er dachte an nichts, nur an das Bier, das er bestellt hatte, er betrachtete die Menschen auf der Straße mit einer Gleichgültigkeit, als wäre kein einziger von ihnen wichtiger als der andere und als gäbe es keinen Grund, den einen oder anderen zu bevorzugen, als gäbe es so etwas wie Verschwinden nicht, denn jeder war da, wo er sein sollte, und es gab keinen Grund, sich Sorgen zu machen.

Als er das Bier ausgetrunken hatte und gehen wollte, bemerkte er die leuchtenden Bildschirme im Café, er spürte kein Bedürfnis, online zu gehen, es war zwar schon drei Tage her, seit er zuletzt seine Mails gelesen hatte, doch irgendwie fehlten sie ihm nicht, er wollte niemandem schreiben, er ging zur Theke, zahlte sein Bier und wollte gehen, da sah er, dass man für fünf Dollar ein Getränk bekam und eine Viertelstunde ins Internet gehen konnte, und weil er schon für das Bier fünf Dollar bezahlt hatte, wollte er wissen, ob ihm die Benutzung des Internets jetzt ohne Bezahlung zustand, aber die Frau hinter dem Tresen, mit den kurzen roten Haaren, schaute ihn kühl an und sagte, Sie haben das Bier schon bezahlt, das hätten Sie vorher sagen müssen, und er sagte, gut, ich werde getrennt für eine Viertelstunde Internet bezahlen, und die Frau sagte, wenn man Internet ohne Getränk nimmt, ist eine halbe Stunde das Minimum.

Von mir aus, dann eine halbe Stunde, sagte er und setzte sich an einen Bildschirm, und als er das Passwort eingegeben hatte und sich sein elektronischer Briefkasten öffnete, spürte er eine unklare Erregung, vielleicht weil er erwartete, von Eva eine Mail vorzufinden, denn mehr als er sie vermisste, vermisste er in diesem Moment ihre Mails, er vermisste ihre Art zu schreiben, die manchmal banal oder sentimental war und ihn trotzdem zu Tränen rührte, und es schoss ihm durch den Kopf, sie könnten sich weiterhin Mails schreiben, auch wenn sie zusammen waren, am gleichen Ort, nichts hinderte sie daran, es zu tun, sie könnten sogar zusammen in ein Internetcafé gehen, einen Meter voneinander entfernt, und Mails austauschen.

Er schaute die Mails schnell durch, die er seit Mittwoch bekommen hatte, seit drei Tagen, und bemerkte eine Mail von Eva, die er noch nicht gelesen hatte. Aufgeregt öffnete er die Mail und verschlang sie Zeile für Zeile, aber irgendetwas stimmte nicht, er brauchte eine Weile, bis er verstand, dass es keine neue Mail war, diese Mail war zwei Tage alt, die letzte Mail, die sie ihm aus Israel geschickt hatte, am Donnerstag, wenige Stunden vor ihrem Abflug, und als er die Stelle las, in der sie fragte, ob sie vom Duty-free Champagner mitbringen solle, wurde er traurig, plötzlich schien ihm diese Mail wie das Licht von einem weit entfernten Planeten zu sein, einem Planeten, den es schon längst nicht mehr gab.

Er blätterte die neuen Mails durch, teils vom Konsulat, teils Spam, Werbung für Viagra oder Tabletten zum Abnehmen, oder Angebote, um schnell reich zu werden, er vergewisserte sich, dass es keine neue Mail von Eva gab, und wollte schon gehen, als eine neue Mail kam. Er hielt die Luft an, als er sie las.

Samstag, 27. November, 14:44

Lieber Adam,
wo bist du? Ich bin allein in New York, Me'ir ist für einige Tage weggefahren. Ich weiß, dass du gesagt hast, dass diese Woche für dich nicht so günstig ist, dass wir erst in zwei Wochen verabredet sind, aber was soll ich tun, Me'ir hat seine Reise vorverlegt, und es wäre schade, die Gelegenheit nicht zu nutzen. Ich habe versucht, unser Zimmer im Hotel am Washington Square zu reservieren, aber alle Zimmer sind belegt, ich habe dann ein Zimmer im Herald Square Hotel reserviert. Schreib mir oder ruf an (oder komm ganz einfach ins Hotel …).

Entweder ist die Welt so winzig oder wir so riesenhaft, jedenfalls füllen wir sie vollständig.

Für immer deine
Tanja

Er las die kurze Mail vielleicht fünf Mal, als könnte er beim wiederholten Lesen noch Neues entdecken, beim ersten Lesen dachte er, die Mail sei von Eva, aber das war vollkommen unlogisch, und auch die Tatsache, dass der Konsul seine Reise vorverlegt hatte, schien ihm unlogisch, er wusste schon seit einem Monat, dass die Reise für den 10. Dezember gebucht war, darauf basierten seine Pläne, das Treffen mit Eva und zwei Wochen später mit Tanja, dieser veränderte Reisetermin des Konsuls brachte alles durcheinander, also war auch der Konsul letzten Donnerstag, als er ihn im Konsulat getroffen hatte, auf dem Weg zum JFK gewesen, wenn er das nur im Voraus gewusst hätte, es war unsinnig, Eva ausgerechnet an den Tagen nach New York kommen zu lassen, die er mit Tanja verbringen konnte, er konnte sich nicht vorstellen, dass Eva und Tanja darauf bestehen würden, ihn in derselben Woche zu treffen, überhaupt eine Woche mit so vielen Überraschungen konnte er sich nicht vorstellen.

Er schaute zur Uhr, um zu sehen, wie viele Minuten Internet ihm noch blieben, sieben Minuten, genug Zeit, um Tanja zu antworten, er klickte die Antworttaste und schrieb:

Meine Süße,
es tut mir leid, ich habe von dieser Terminänderung nichts gewusst. Ich dachte, wir sind in zwei Wochen verabredet. Wie ich schon sagte, dieses Wochenende bin ich mit Ruth auf Long Island, sodass alles viel komplizierter ist. Aber ich finde eine Lösung. Es geht nicht, dass du allein in New York bist, ohne dass wir uns treffen. Ich vermisse dich. Deine Augen. Deinen Körper. Ich vermisse unsere unbeschreiblichen Nächte. Ich vermisse deine Küsse, wenn ich in dir bin. Ich habe die Paare, die sich auf der Straße küssen, immer beneidet. Bis ich dich getroffen habe. Ich werde versuchen, heute das Herald Square Hotel zu erreichen. Warte auf mich.
Adam

Nachdem er die Mail abgeschickt hatte und das Netz verließ, entfernte er sich schnell vom Café, ohne zurückzublicken, und ging nun in nördlicher Richtung zum Herald Square. Er dachte an Tanja, die im Bett auf ihn wartete, und an ihren Duft, den er so liebte, an ihre Haare, die er so liebte, an ihre Augen, die er so liebte, ihren Hals, den er so liebte, an ihre Brüste, die er so liebte, und an ihre Hüften, die er so liebte, und an die Innenseite ihrer Oberschenkel, die er so gern küsste, während seine Hände ihre Brüste massierten, sie fast zerquetschten, und er dachte, bald gehört das alles mir, dieser Duft, diese Haare, diese Oberschenkel, und er versuchte, sich jede Sekunde mit ihr als einen Diamanten vorzustellen, und das Wochenende mit ihr im Herald Square Hotel als einen Schatz, der ihm plötzlich zugefallen war, nur weil er beschlossen hatte, seine Mails zu lesen. Und auch diese Zufälle, die plötzliche Reise des Konsuls, und dass ihm Tanja gerade in dem Moment geschrieben hatte, als er im Internetcafé vor dem Bildschirm gesessen hatte, erschienen ihm wie ein Zeichen, dass er jetzt mit ihr zusammen sein sollte, und Evas Verschwinden, das ihn bis jetzt beunruhigt hatte, wurde zu einem Vorteil.

Doch dann fiel ihm ein, dass man sich auf dieses Verschwinden nicht allzu sehr verlassen konnte, Konsequenz war keiner von Evas typischen Charakterzügen, und es konnte gut sein, dass sie es gerade jetzt, wenn er sich beeilte, zu Tanja zu kommen, für richtig hielt, zu ihm zurückzukehren, vielleicht war sie schon im Hotel am Washington Square und wartete im Zimmer auf ihn und begriff nicht, wo er hingegangen sein könnte, und er dachte an sein Leben, das immer komplizierter wurde, obwohl er sich doch um Ordnung und Regelmäßigkeit bemühte, er hatte sich so darauf gefreut, mit Eva zusammen zu sein, oder mit Tanja, hier in New York, aber die Tatsache, dass beide Frauen zur selben Zeit auf ihn warteten, zerstörte alles, egal, wie genau man plante, wie viel Aufmerksamkeit man auch den kleinsten Details schenkte, am Ende ging immer etwas schief.

Und wieder überlegte er, warum ihm das geschah und warum alles auf einmal geschah, warum diese Hast, konnte man die Ereignisse nicht ein bisschen regulieren? Er begann, sich als Opfer zu sehen, und das, was geschah, als ein kosmisches Komplott gegen ihn, eine Falle, die man ihm stellte, Tanja und Eva, die zur gleichen Zeit auf ihn warteten, in zwei verschiedenen Hotelzimmern, obwohl er nicht sicher war, dass Eva tatsächlich auf ihn wartete und ob sie überhaupt noch in New York war, vielleicht war sie eine notorische Ausreißerin, so wie sie vor Ilja davongelaufen und ohne ein Wort zu sagen nach Israel ausgewandert war, vielleicht war sie jetzt schon auf dem Weg zu einem neuen Kontinent, Tatsache war doch, dass sie den Kontakt mit ihm abgebrochen hatte, sie hatte ihm keine neuen Mails geschickt, alles, was er hatte, war die Telefonnummer irgendeiner mysteriösen Frau Dr. Berman und die schwache Hoffnung, dass sie zurückrief.

Dennoch beschloss er, auf dem Weg zum Herald Square Hotel am Washington Square vorbeizugehen und nachzuschauen, ob Eva zurückgekommen war, und schon im Flur, als er fast an der Zimmertür war, hörte er das Telefon klingeln, ein hartnäckiges Klingeln, das nicht aufhören wollte, und er drehte den Schlüssel im Schlüsselloch, drückte die Tür auf und sprang zum Telefon, er war ganz sicher, dass es Dr. Berman war, und als er hörte, wie Eva sagte, Adam, endlich antwortest du, war er fast enttäuscht und fragte, wo bist du? Und sie sagte, es tut mir leid, ich wusste nicht, dass es so lange dauern würde, und er fragte, was hat so lange gedauert? Und sie sagte, der Besuch in der Praxis, und er fragte, in welcher Praxis, und sie sagte, das erzähle ich dir gleich im Hotel, genau wie sie diesen Satz schon am JFK gesagt hatte, er schien eine Art Mantra geworden zu sein, und er fragte, wann bist du im Hotel, und sie sagte, in fünf Minuten, hältst du das aus? Und der neckische Ton ihrer Stimme besänftigte ihn für eine Weile.

Er streckte sich auf dem Bett aus, fünf Minuten vergingen, dann zehn, sogar zwanzig, und als sie eine halbe Stunde später an die Tür klopfte, mit einem Löffel Frozen Yogurt im Mund, fragte er, was ist passiert? Als wäre diese letzte Verspätung von einer halben Stunde ein unverzeihliches Verbrechen, welches das Verschwinden von einem halben Tag zu einer Bagatelle machte, und sie sagte, was hast du, Adam? Ich habe unterwegs angehalten, um uns etwas zu essen zu kaufen, und sie hielt ihm einen riesigen Becher Frozen Yogurt mit Erdbeeren hin, der schon halb leer war, und sagte, hab ich für dich aufgehoben, das musst du probieren, und er sagte, aber du hast fünf Minuten gesagt, und sie sagte, ich dachte, du freust dich, wenn wir etwas zu essen zu Hause haben, aber wenn du keine Lust auf Frozen Yogurt hast, werde ich ihn allein aufessen, und er sagte, ich habe mir Sorgen gemacht, ich wusste nicht mehr, was ich denken soll, ich bin sogar losgegangen, um die Mails abzurufen, ich dachte, du hättest mir vielleicht gemailt, und sie sagte, ich dachte, es würde nur eine Stunde dauern, der Besuch in der Praxis, ich dachte, ich bin gleich wieder im Hotel, noch bevor du aufwachst, du hast heute Morgen so fest geschlafen, dass ich dich nicht wecken wollte, und als ich danach anrief, warst du nicht mehr im Zimmer, ich wusste nicht, wo du bist, wohin du verschwunden bist, und er sagte, ich bin losgezogen, um dich zu suchen, du hast mir keinen Zettel hinterlassen, nichts, deshalb habe ich mich auf den Weg gemacht, um dich zu suchen, und Eva fragte, wo hast du mich gesucht? Und er sagte, ich habe dich in der 57. Straße gesucht, und sie schwieg einen Moment, bevor sie sagte, nein, Adam, du hast mich nicht in der 57. Straße gesucht, ich weiß nicht, wen du in der 57. Straße gesucht hast, aber mit Sicherheit nicht mich.

Sie schauten sich an, eher fassungslos als zornig, den ganzen Tag lang hatte er sie unbedingt finden wollen, und nun, wo es so weit war, ging alles in kurzer Zeit kaputt, und was übrig blieb, waren gegenseitige Beschuldigungen, und sie schaute ihn durch den Vorhang ihrer gelben Haare mit einer Kälte an, die ihn frieren ließ, mit dem Blick einer allmächtigen Hexe, die nach dem passenden Fluch sucht, doch im nächsten Moment war sie ganz sanft und versöhnlich und auch die Farbe ihrer glühenden Augen schien zu wechseln, und plötzlich sagte sie, Adam, ich weiß was, ich mache dir einen Vorschlag, ich weiß, was uns fehlt, ich weiß, was wir tun, und er fragte misstrauisch und demonstrativ gleichgültig, was fehlt uns? Was sollen wir tun? Und sie sagte, komm, machen wir Liebe.

Er schaute sie vollkommen frustriert an, wieder schaffte er es nicht zu erraten, was sie dachte, er versuchte, seinen festen Standpunkt zu verteidigen, trotz des besänftigenden Vorschlags, als würde dieser Vorschlag ihn kränken, seine Ehre verletzen, und er sagte, Eva, ich verstehe dich nicht, und sie warf mit einem Kissen nach ihm und rief, Schluss mit diesem Ernst, ich bin weggegangen, um mir ein Medikament zu besorgen, und danach habe ich Frozen Yogurt und ein bisschen Lachs und Cream Cheese gekauft, das heißt doch nicht, dass heute ein Trauertag ist, und er fragte misstrauisch, welches Medikament hast du dir besorgt, und sie sagte, das sage ich dir, wenn wir im Bett gewesen sind, als wollte sie nur mit ihm schlafen, um Zeit zu gewinnen.

Langsam und unkonzentriert fing sie an, sich auszuziehen, und ihre blendende, reife Nacktheit erschien Adam plötzlich wie eine Provokation, und als sie ins Bett ging, wusste er noch nicht, ob er mitmachen wollte oder nicht, vielleicht war es an der Zeit, dass er den Lauf des Geschehens bestimmte und nicht nur immer hinter ihr herlief, und er sagte, ich habe jetzt keine Lust, er stand vom Bett auf, und Eva sagte, was ist das? Was ist hier los? Hier sind Ameisen, ich bin voller Ameisen, und Adam beugte sich zu ihr und sah eine dichte Ameisenkolonne, die vom Champagnerfleck hinauf aufs Bett kletterte.

Wieder rief Eva, was ist hier los? Wo kommen all diese Ameisen her, ich habe Ameisen am ganzen Körper, und sie stand auf und rannte zur Dusche, und als sie gleich darauf zurückkam, hielt sie ein Glas Wasser in der Hand, holte aus ihrer Manteltasche ein weißes Papiertütchen und nahm eine rosafarbene Pille heraus, die sie, ohne ein Wort zu sagen, vor seinen Augen schluckte, und Adam fragte, was ist das? Und Eva sagte, das war eine Pille, und er fragte, eine Pille gegen was? Er empfand ein plötzliches Unbehagen, als wolle sie sich vor seinen Augen umbringen, und Eva sagte, mach dir keine Sorgen, ich bringe mich nicht um, als könnte sie seine Gedanken lesen, aber sie selbst war nicht durchsichtig für ihn, sie würde ihm immer zwei Schritte voraus sein, und er fragte, wogegen ist sie denn? Was tust du? Und sie sagte, ich töte nur unser Baby.

13

Donnerstag, 18. November, 08:48

Adam,
deine Mails werden von Tag zu Tag widersprüchlicher und lassen meine Tage zur Hölle werden. Was verlangst du von mir? Ich kann die Vergangenheit nicht ändern. Ich fühle mich so schwach. Von überall bekomme ich Schläge, besonders von dir. Ich fange an, vor allen möglichen Dingen Angst zu bekommen. Dich zu verlieren. Mich zu verlieren. Zu verlieren.

Gestern Abend saß ich mit den Tagungsteilnehmern zusammen, alle redeten, tranken, lachten, und ich wusste nicht, was ich sagen sollte. Ich war woanders, ich war mir der Verlegenheit bewusst, die ich verursachte, als dieser Satz wie ein Mantra zu mir zurückkam: Warum weitermachen? Und dann dieser bittere Gedanke, dass du nichts merkst, du bist so in deiner Welt versunken, in die Art, wie du die Dinge siehst, schwarzweiß, dass ich manchmal das Gefühl habe, dass dich meine Mails gar nicht erreichen.

Nach dem Abendessen raffte ich mich auf und ging, ohne ein Wort zu jemandem zu sagen, zum Aufzug des Hotels, ich war nicht in der Lage, auf den Knopf zu drücken oder zu sagen, in welches Stockwerk ich wollte, die anderen Leute im Aufzug scherzten miteinander, tauschten Blicke, schmiedeten Pläne, was sie machen und anschauen wollten, und nur ich habe keine Pläne, ich habe keine Zukunft, vielleicht gibt es das Treffen im November, aber danach kommt der Dezember. Und als ich irgendwie mein Zimmer erreicht hatte, begann ich mich auszuziehen und betrachtete meinen Körper in dem großen Spiegel, meine Haut war glatter und frischer als sonst, die Oberschenkel, der Bauch, die Wangen, die Brüste, alles war voller und weicher, und als ich da stand, völlig nackt, fühlte ich mich plötzlich besänftigt und versuchte mir vorzustellen, du würdest mich jetzt anschauen, und wie du in all diesen Körperteilen Möglichkeiten des Vergnügens sehen würdest und was du damit jetzt gemacht hättest, und da fing ich an, mich zärtlich zu berühren, ganz langsam, ich stellte mir vor, dass es deine Hände wären, die mich zwischen den Oberschenkeln zum Schmelzen brachten, dass diese scharfe Lust von deinen Fingern stammte, ich atmete schwer, ich bemühte mich, nicht zu schnell zu kommen, und merkte plötzlich, dass ich schwimmen wollte.

Im Schwimmbad traf ich Gabi, er sah auf einmal jünger aus, mit einem elastischen und glatten Körper, und wir schwammen parallel zueinander, so wie ich und Sascha im Schwimmbad in Givat Ram immer schwimmen, und Gabi machte mir Komplimente, wie ich schwimme und wie gut ich aussehe, dass ich einen erstaunlichen Körper habe, und plötzlich fiel mir ein, dass du, seit ich Gabi geküsst habe, aufgehört hast, mir Komplimente zu machen, Adam, ich bin plötzlich zu einem Ungeheuer geworden, als wären alle guten Dinge in mir mit einem Mal tot (Todeskuss?), und Gabis Komplimente waren mir sehr angenehm, obwohl ich nicht sicher bin, ob er sie ernst meinte, und obwohl sie nicht sehr tiefgründig waren. Wir schwammen weiter, und dann fragte er plötzlich, ob ich noch süchtig nach Suppen sei, und das erstaunte mich, denn ich hatte es ihm vor zwei Jahren erzählt, als ich ihn zum ersten Mal im Haus Belgien traf, ich habe dir davon geschrieben, ich war sicher, dass er sich an dieses Treffen nicht erinnerte, bestimmt nicht an kleine Details aus diesem Gespräch. Nach einigen Bahnen verließen wir das Schwimmbecken und trockneten uns ab, wir setzten uns auf Liegestühle, es war schon zehn Uhr abends, wir sprachen kaum, aber ich hatte ein angenehmes Gefühl, plötzlich hatte ich meine Selbstsicherheit wiedergefunden, die ich durch deine Mails der letzten Tage verloren hatte, und dann sagte er, er habe im Zimmer eine Flasche Wein, einen guten Beaujolais, den er in Latrun gekauft habe, ob ich Lust hätte, mit ihm aufs Zimmer zu gehen und ein Glas zu trinken, und ich dachte, warum eigentlich nicht? Das kann so einfach sein.

Ich hatte nie einen One-Night-Stand. Manchmal dachte ich, das liege daran, weil ich nicht anziehend oder nicht mutig genug bin. Und manchmal halfen auch keine zehn Versuche, mir das Gegenteil zu beweisen. Vielleicht hängt das damit zusammen, dass ich seit meiner Kindheit das unendliche Bedürfnis nach immer mehr Beweisen habe. Es verletzt mich, wenn du mein Benehmen von außen beurteilst, du verurteilst es, du ordnest es ein, statt es von innen zu betrachten und zu verstehen, woher es kommt. Dein Urteil tut mir manchmal sehr weh.

Donnerstag, 18. November, 08:58

Noch ein paar Zeilen, eine kurze Zeit später. Ich kann dich nach dieser Mail nicht so zurücklassen. Nein, ich ging nicht mit Gabi auf sein Zimmer. Es ist jetzt schon die zweite Nacht, dass ich deinem Wunsch entgegenkomme. Übe aber bitte keinen Druck aus. Gib mir ein bisschen Kredit. Und du musst dich auch nicht wiederholen. Ich lese jede deiner Mails hundertmal.

Also kehren wir zurück zu der Geschichte, Gabi und ich tauschten die Nummern unserer Hotelzimmer aus, er gab mir einen Gutenachtkuss (vielleicht wollte er mich auf den Mund küssen, aber ich hielt ihm die Wange hin) und erwähnte den Beaujolais aus Latrun nicht mehr.

Wer weiß, vielleicht hat er ihn schon allein ausgetrunken.

Wie lange werden diese Auseinandersetzungen noch dauern? Spürst du nicht, was ich dir gegenüber empfinde? Bei anderen Liebhabern habe ich immer Teile von mir versteckt. Vor dir verstecke ich nichts. Einmal möchte ich ganz offen sein und sehen, wohin es führt.
Eva

Donnerstag, 18. November, 18:08

O Gott, was für einen beschissenen Vortrag habe ich heute gehalten. Man kann nicht behaupten, ich hätte das Publikum mit der Theorie des inflationären Universums überzeugt. Nach dieser Theorie dehnte sich das Universum sofort nach dem Urknall viel schneller aus als die Lichtgeschwindigkeit. Sodass die Teilchen, die davor räumlich sehr eng beieinander und kausal miteinander verbunden waren, sich im Bruchteil einer Sekunde so weit voneinander entfernten, dass es keine Möglichkeit der Kommunikation oder eines Kausalzusammenhangs mehr gab. Selbst ein Lichtstrahl konnte einen anderen Lichtstrahl nicht erreichen. Sodass es sich um getrennte Universen handelt, die vollkommen voneinander abgekoppelt sind. Nach dieser Theorie gab es bei der Schöpfung ein Universum, aber einen Sekundenbruchteil später, wegen der inflationären Expansion, teilte sich das Universum in viele verschiedene Universen, die parallel existieren, ohne jede Verbindung miteinander. Eine Verbindung kann nicht entstehen.

Das erinnert mich an die Geschichte von dem Turm zu Babel.

Mitten in meinen Erläuterungen ging der Overheadprojektor plötzlich aus. Die Glühbirne war durchgebrannt. Ich freute mich, dass er ausgegangen war, so hatte ich eine Ausrede, meinen armseligen Vortrag schnell zu beenden. Irgendjemand bestand darauf, den Overheadprojektor zu reparieren. Ich wollte ihm sagen, er solle sich nicht die Mühe machen. Aber zu meinem Glück gab es keine Reserveglühbirne, sodass ich den Vortrag nicht fortsetzen musste.

Ich wusste nicht, was ich tun sollte. Ich verließ den Vortragssaal und fing an zu weinen. Gabi kam mir nach, schleppte mich zu einer Bar und lud mich zu einem Bier ein. Wir saßen an die Glaswand gelehnt, tranken Heineken und schauten hinaus auf das Tote Meer. Er sagte, ich solle wegen eines Overheadprojektors nicht weinen. Ich sagte, ich weine nicht wegen des Overheadprojektors.

Ich erzählte ihm, dass ich in einer Woche nach New York fliege und dass ich vielleicht deshalb weine. Er schwieg. Er fragte nichts. Danach sagte er, dass er mir eine Unterkunft an der Columbia University besorgen könnte. Danke, sagte ich, für dieses Mal bin ich schon untergebracht (aber nächstes Jahr, wenn er mich wirklich zu einer Fortbildung nach New York schickt, werden wir ihm beide danken müssen). Und ich fragte mich, warum ich in jener Nacht nicht mit ihm auf sein Zimmer gegangen war, ob es dein Wunsch war, der mich daran gehindert hatte.

Nein, Adam. Es hängt nicht mit dem zusammen, um was du mich gebeten hast. Vielleicht wäre es besser, es dir nicht zu sagen, aber wenn ich mir vorstelle, in einem fremden Bett zu liegen, wird mir so übel, dass ich mich übergeben könnte. Siehst du, auch ohne deinen Wunsch würde ich nicht mit Gabi ins Bett gehen. Vielleicht sollte ich mit dir nicht so offen sein, aber ich warte auf dich. Merkst du nicht, dass ich auf dich warte?

Samstag, 20. November, 16:38

Ich weiß, dass ich gestern nicht geschrieben habe. Aber ich habe oft versucht, dich anzurufen. Wo warst du die ganze Zeit? Ich weiß nichts von dir. Und du weißt alles über mich. Es gibt keine Minute meines Lebens, von der du nichts weißt. Manchmal glaube ich, dass du eine Art Spion bist. Du spionierst mir die ganze Zeit hinterher. Du sammelst Information. Aber von dir selbst gibst du nie etwas preis.

Es stimmt, dass gestern der erste Tag war, seit Oktober, an dem ich dir nicht geschrieben habe.
So wie es auch andere Dinge gab, die gestern zum ersten Mal passierten.

Wie kann ich dir die Angst erklären, die ich gestern hatte, dass du mich jetzt verlassen würdest, wenn du hörst, was pas-

siert ist. Und die Versuchung, es dir nicht zu erzählen. Ich weiß nicht, wo ich anfangen soll.
Ich werde noch einmal versuchen, dich anzurufen.

Samstag, 20. November, 17:55

Adam, Geliebter,
du sagst, dass du mich immer lieben wirst, dass du mich nie verlassen wirst, aber wie kann ich das glauben? Und was heißt das, dass du mich nicht verlassen wirst, wenn du jetzt nicht mit mir zusammen bist? Verstehst du nicht, dass es für mich die Hölle ist, zu denken, dass das, was ich gestern mit Gabi gemacht habe, das ist, was du jede Nacht mit Ruth machst?

Und es gibt so viele Schichten von Erklärungen, Gedanken, Gefühlen, dass ich gar nicht weiß, wo ich anfangen soll.
Es gibt eine gewisse Ähnlichkeit zwischen Gabi und mir, und schon bei unserem ersten Gespräch im Haus Belgien über Suppen und über die Schöpfung habe ich eine gewisse Nähe zu ihm gespürt. Und nun, bei unseren Gesprächen während der Tagung, im Schwimmbad, in der Hotelbar, habe ich besser verstanden, was uns verbindet. Die Tatsache, dass auch er in Israel ein bisschen fremd ist (er kam erst mit vierundzwanzig Jahren hierher). Die Tatsache, dass auch er eigentlich ohne Vater aufwuchs, vielleicht hängt seine Neigung zu einem ausschweifenden Leben damit zusammen, dass man ihm keine Grenzen setzte (ist dir schon mal aufgefallen, dass viele einflussreiche Menschen ohne Vater aufwuchsen? Hitler, Saddam Hussein, Evita Peron, ich glaube auch Nietzsche und Camus). Und auch seine Zweifel, was seine Arbeit betrifft. Obwohl er ein ausgezeichneter Physiker ist.

Ja, ich gebe zu, dass uns diese Dinge einander näher brachten. Ich war so einsam auf dieser Tagung, dazu kamen deine Kritik und meine Zweifel, und so blieb es nicht aus, dass ich in bestimmten Momenten das Gefühl hatte, er sei der einzige Mensch, der mich akzeptiert. Er ist auch der einzige auf dieser Tagung, in dessen Anwesenheit ich nicht das Gefühl bekam, ein unbekanntes Flugobjekt zu sein.

Und trotzdem war ich nicht wirklich bei ihm. Sogar in seinem Bett, Freitagnacht, nachdem wir zusammen den Beaujolais aus Latrun getrunken hatten, als er mich langsam auszog, als er mich auf den Hals küsste, genau an der Stelle, an der ich es mag, sogar als seine Hand sich zwischen meine Schenkel schob, sogar als er in mir war, fühlte ich mich ein bisschen so, als wäre ich nicht beteiligt. Mir war, als wäre ich von einer Art Spray überzogen, einer anderen Haut, die mir die Luft nahm. Eine zusätzliche Schicht auf meinem Körper, die mich daran hinderte, andere wirklich zu spüren.

Warum habe ich es gemacht? Ich wünschte, ich könnte es erklären. Du hast recht, vielleicht schmeichelt es meinem Ego, dass ein weltberühmter Wissenschaftler sich für mich interessiert und auch keine Angst hat, es immer wieder zu versuchen. Aber jetzt weiß ich, dass dieser Teil des Egos das Seine schon bekommen hat. Ich werde es nicht wieder tun.

Es ist sehr schwer, nein zu sagen, Adam. Besonders jemandem gegenüber, den man gern hat. Glaub mir, sogar bei dir habe ich mehr als einmal vorgehabt, nein zu sagen, wegen deiner Situation, weil du nicht frei bist. Ich bin so froh, dass ich es nicht getan habe.

Ich fange an zu verstehen, wie schwer es ist, nein zu sagen, aber wie viel Befriedigung es schenken kann.
Ich bin auch entsetzt, wie gut du mich kennst.

Ich bin jetzt nicht sehr konsequent, ich weiß es, und ich habe auch keine Zeit. Gleich beginnt ein Vortrag über die neuesten Entdeckungen in der Kosmologie, und ich darf ihn auf keinen Fall verpassen.

Ich muss los. Ich muss diesen Vortrag hören. Es ist der wichtigste Vortrag der Tagung und er hat etwas mit meiner Doktorarbeit zu tun.

Quäl dich nicht. Es stimmt, dass unser Gespräch hart war. Vielleicht war ich am Telefon etwas zu direkt. Aber Adam, versuche, dich in meine Lage zu versetzen. Ich muss jeden Tag so viele Gefühle unterdrücken, um nicht zu leiden. Vielleicht ist es diese tagtägliche Selbstbeherrschung, die dazu führt, dass ich mich manchmal seltsam benehme.

Sei nicht gekränkt, Adam. Du hast keinen Grund. Wie kann ich dich überzeugen, dass ich dich sogar noch mehr liebe, nachdem ich mit Gabi im Bett war, nachdem ich mit Gabi die ganze Nacht Liebe gemacht habe?

Sonntag, 21. November, 16:10

Der schlimmste Schmerz war die Verzweiflung, nachdem ich es heute Nacht wieder mit ihm gemacht habe, nachdem ich zu dir gesagt hatte, es sei vorbei (und glaube mir, das war nicht meine Absicht, als wir am Telefon sprachen. Es ist schrecklich, dass du so denken kannst, ich hatte wirklich beschlossen, nicht noch einmal mit ihm zu schlafen. Ihn zu berühren – vielleicht, aber nicht mit ihm zu schlafen), sodass der größte Schmerz die Verzweiflung darüber war, dass ich nicht in der Lage sein würde, dir davon zu erzählen, von diesem zweiten Mal, nach all den Mails und Telefonanrufen zwischen uns und nach deiner Bitte und meinem Versprechen, dass ich es dann doch noch einmal gemacht habe und es dir nicht mehr erzählen kann, und so werde ich meine Ehrlichkeit dir gegenüber verlieren, und so werde ich auch dich verlieren.

Hätte ich dich angelogen, hätte ich mich selbst nicht mehr achten können, wenn ich mit dir zusammen bin, und das wäre das Ende, so dachte ich. Aber ich konnte mich auch nicht entscheiden, nicht zu lügen, denn ich wollte nicht, dass du leidest. Und die unendlichen Diskussionen mit Gabi im Bett, ob man lügen soll oder nicht, und seine Entscheidung, zu lügen (er ist verheiratet, wie du weißt), und seine Argumente, warum es besser ist und wie human es ist, die Lüge zu wählen. Der Gipfel der Humanität.

Und ich begann zu denken, was, bin ich klüger als er? Nein, er ist bestimmt klüger als ich, weil er so ein brillanter Forscher ist. Vielleicht hat er doch recht, vielleicht muss ich auch lügen, um human zu sein. Vielleicht bin ich ein unmenschliches Ungeheuer und quäle alle mit meiner Sturheit, um jeden Preis die Wahrheit zu sagen. Ich bin sowieso allein auf der Welt, abgeschnitten, lebe in einem parallelen, virtuellen Universum. Da spielt es doch keine Rolle, was ich sage, was ich jetzt hier in den Computer tippe. Gibt es überhaupt jemanden auf der anderen Seite? Gibt es überhaupt jemanden, der meine Mails bekommt?

Ich spürte, wie diese schrecklichen und widersprüchlichen Gedanken auf mich tropften, langsam, wie bei einer chinesischen Folter, und beschloss einfach, mir keine Gedanken mehr über dich zu machen, dich auszuradieren. Deine Mails zu löschen. Deinen silbrigen Honda Civic auszumerzen, der mich beim Anstieg von Beth Zafafa nach Gilo verletzte. Und die seltsame Euphorie, die mich seither einhüllt. In die wirkliche Welt zurückzukommen.

Aber es klappte nicht. Ich konnte dich nicht auslöschen. Obwohl es für mich vielleicht das Richtige wäre, ich habe es ganz einfach nicht geschafft. Du musst schlafen. Es macht mir Sorgen, dass du heute Nacht nicht geschlafen hast. Ich habe Angst, dass dir wegen dieses Schlafmangels etwas passiert. Wie schnell passiert ein Autounfall, oder man wird überfahren, wenn man nur die Straße überquert. Weil man nicht aufmerksam genug ist. Versuche zu schlafen, Adam. Du wirst es schaffen, ich konzentriere mich auf dich und versuche, dich mit meinen Gedanken zum Schlafen zu bringen.

Sonntag, 21. November, 16:24

Adam,
zensiere dich nicht selbst. Schick mir die lange Mail, die du geschrieben und nicht abgeschickt hast, mit all den Gedanken, die dich in der Nacht quälten, als du nicht einschlafen konntest. Wenn du diese Mail nur im Ordner Entwürfe speicherst, wird sie dich und mich immer quälen und uns keine Ruhe geben.

Was deine Fragen betrifft, sie lassen sich nicht einfach mit Ja oder Nein beantworten.

>Warst du nur verzweifelt wegen deiner Angst, dass du es
>mir nicht erzählen kannst, oder lag es auch an der Enttäu-
>schung, weil du dich an deine Entscheidung, nicht mehr mit
>ihm zu schlafen, nicht gehalten hast?

Meine Entscheidung? Mir scheint, dass es gerade deine Initiative war. Aber die Enttäuschung kam aus dem Gefühl, dich zu verlieren, weil ich nicht den Mut haben würde, dir zu erzählen, was passiert ist.

>Hast du diesmal auch das Gefühl gehabt, nicht dabei zu sein,
>wie beim ersten Mal, als ihr miteinander geschlafen habt?
>(Bist du diesmal auch nicht gekommen?)

Es stimmt, dass es beim zweiten Mal mehr Gefühle gab. Auch physisch war es aufregender (wir sind gleichzeitig gekommen, wenn du es unbedingt wissen musst). Und es gab auch den Gedanken, ich habe es sowieso schon einmal gemacht, ich hab mein Versprechen, bis zu unserem Treffen in New York auf dich zu warten, schon einmal gebrochen. Warum sollte ich es dann nicht noch einmal tun?

>Wie viele Liebhaber hast du jetzt?

Nur einen, Adam. Ein Liebhaber ist jemand, der die ganze Welt ausfüllt.

>Hat es dich nicht gestört, mit einem verheirateten Mann zu
>schlafen, den du noch nicht einmal liebst? Und seine Konse-
>quenzen bezüglich seiner Ehe?

Die Konsequenzen bezüglich seiner Ehe sind sein Problem. Ich bin auch nicht sein erster Seitensprung (und bei dir ist es genauso, Adam). Außerdem ist er anders gebaut als du. Er macht keine große Geschichte daraus. Hast du plötzlich die Heiligkeit der Ehe entdeckt?

Sonntag, 21. November, 20:02

Wie kann ich es dir erklären, dass du es verstehst? Vielleicht soll ich dir von der Tagung erzählen. Vielleicht soll ich dir von Gabi erzählen. Vielleicht soll ich dir vom Empfang im Hotel erzählen. Am Donnerstagabend. Von den hohen glitzernden Champagnergläsern, und von Gabi, wie er sich mit der Grazie eines Schmetterlings von einer Gruppe zur nächsten bewegte, groß, schlank und dunkelhäutig, wie er alle amüsierte. Vielleicht soll ich dir von einer arithmetischen Berechnung berichten, die wir zusammen angestellt haben, und wie wir plötzlich entdeckten, dass wir beide Tricks benutzen, dass wir auf die gleiche Art denken. Und wie wir in der Anwesenheit anderer Menschen Gedanken austauschten, wie zwei große Basketballspieler, über die Köpfe der anderen hinweg.

Manchmal standen wir in dem großen Saal, in entfernten Ecken des Saales, mit völlig verschiedenen Gruppen, und plötzlich tauschten wir entlang einer imaginären diagonalen Linie Blicke und lächelten, bevor wir zu unseren Gesprächspartnern zurückkehrten, wir setzten dieses großartige Spiel fort, wir jagten weiter, wir eroberten die Welt. Bei den meisten Mahlzeiten saßen wir nebeneinander, er war immer der Mittelpunkt, hemmungslos, er sang, er machte Witze, er faszinierte Dutzende von Menschen.

Du hast recht, er ist ein bisschen ein Don Juan, so ähnlich wie Bill Clinton, charmant. Und manchmal störte mich das. Aber es machte mich auch stolz, die Tatsache, dass er mich anderen Frauen auf der Tagung vorzieht, Frauen, die mit Freude mit ihm ins Bett gegangen wären. Meine Neugierde war auch ein Katalysator. Ist er auch im Bett so lustig, so hemmungslos? Hat er ein Geheimnis, das die anderen nicht haben? So etwas kann man nicht wissen, wenn man es nicht ausprobiert.

Diese Mail klingt idiotisch. Vielleicht ist es besser, nichts zu erklären. Aber ich glaubte nach meiner ersten Nacht mit Gabi, am Freitag, wirklich, dass ich es nicht noch einmal tun würde. Dann kam unser Telefonat am Samstag und deine Forderung (sag ihm, dass es ein Fehler war und dass es nie wieder passieren darf), und damit plötzlich meine Zweifel: Wirst du jetzt mein Leben gestalten? Wirst du mir sagen, was ich darf oder nicht? Und was gibst du mir eigentlich als Belohnung?

Und dagegen Gabi, der nichts forderte, als wir uns am Samstagabend in seinem Zimmer trafen, um über Physik zu sprechen, nach seinem erstaunlichen Vortrag über die dunkle Materie, diesmal sogar ohne Wein, und als wir nach dem langen Tag auf dem Bett zur Ruhe kamen. Wir sprachen über astronomische Entdeckungen und über die Anziehungs- und Fliehkräfte, und er berührte mich überhaupt nicht, wir lagen nur so auf dem Doppelbett, wie Geschwister, Gabi lag neben mir auf dem Bett, er machte keine Anstalten, sich mir zu nähern, er versuchte nicht, wie du, mein Leben zu beherrschen, er verurteilte mich nicht jede Minute, er diktierte mir nicht, was ich tun sollte, er sah ganz einfach entspannt und glücklich aus, mit seinem süßen Schnurrbart, mit seinen braunen muskulösen Armen, ohne Zwangsvorstellungen, ohne Gedanken, die hin und her fliegen.

Und plötzlich war ich diejenige, die ihn wollte, und er war vielleicht überrascht, ich kann es nicht wissen, und ich streichelte mit der Hand über seinen Körper, von oben nach unten, vom Kopf bis zu den Füßen, ich übersprang nichts, vielleicht prüfte ich ihn, weil ich in der ersten Nacht, als wir miteinander schliefen, betrunken war, passiv, fast bewusstlos, ich wusste nicht, was passiert, und nun, als er keine Initiative ergriff, als er nicht, wie beim ersten Mal, versuchte, mich zu verführen, sah er viel attraktiver aus, und plötzlich war es eine Herausforderung, die Initiative zu ergreifen, ihn zu reizen, zu verführen, besonders nach dem Vortrag, der ihn zu einem Star gemacht hatte, aber als ich begann, ihn auszuziehen, spürte ich plötzlich, wie absurd es war, dass es etwas war, was ich dir nicht erzählen könnte, dass ich gezwungen sein würde, zu lügen, und wenn ich es nicht tat, würdest du mich verlassen, und diese Spannung steuerte vielleicht noch zu dem bei, was in dem Bett geschah, plötzlich war ich verzweifelt, und da das Schlimmste schon geschehen war, konnte ich mich entspannen, wild sein, schreien, einen Orgasmus bekommen, mich völlig gehen lassen, ihn immer wieder kosten, auf so vielen Wegen, Dinge tun, von denen ich nie geglaubt hätte, dass ich sie tun würde, denn ich hatte nichts mehr zu verlieren.

Sind es für dich nun genug Einzelheiten?

Und dann das Telefongespräch mit Sascha, um mich mit ihm zu beraten.
Soll ich es dir erzählen oder nicht?
Wirst du mich verlassen, wenn du die Wahrheit erfährst?

Und Saschas Frage: Wen liebst du mehr?
Und seine Überraschung, als ich sagte, natürlich Adam.
Und meine Entscheidung, ein Risiko einzugehen und es dir zu erzählen.
Diesen Brief zu schreiben.
Eva

Montag, 22. November, 07:47

Adam,
mein Geliebter,
schreibe mir nur, ob es dir gut geht. Mit deiner Entscheidung hat es nichts zu tun. Auch wenn du nicht mehr mit mir sprechen willst, sag mir nur, dass dir nichts passiert ist.

Ich habe gestern Abend mehrmals versucht, dich zu erreichen. Das Telefon klingelte sehr oft in deinem leeren Büro. (Oder warst du vielleicht doch dort? Hast du vielleicht das Telefon angestarrt, während es klingelte? Und klingelte? Und klingelte?)

Wo bist du, Adam? Schick mir eine Zeile, wenn du kannst.

Montag, 22. November, 17:22

Adam,
es ist die Hölle für mich.
Du kannst dir nicht vorstellen, wie besorgt ich bin.
Was kann ich tun? Ich kann dich nicht einmal zu Hause anrufen (du hast mir die Nummer nicht gegeben). Mir sind die Hände gebunden.

Wenn es irgend möglich ist, schreib mir nur eine Zeile, dass du in Ordnung bist, dass dir nichts passiert ist, es hat nichts mit deiner Entscheidung wegen uns beiden zu tun. Ich habe Angst, dass du vielleicht etwas Extremes getan hast.

Die Wahrheit ist die unkonventionellste Waffe, die ich besitze, und deshalb die gefährlichste.
Vielleicht verstehe ich es jetzt zum ersten Mal.
Vielleicht spiele ich mit dieser Massenvernichtungswaffe in einer unverantwortlichen Art.
Vielleicht habt ihr alle recht und ich hätte es dir nicht erzählen sollen. Vielleicht ist es richtig, Ruth zu belügen. Vielleicht sogar mich, Adam? Vielleicht hätte ich so handeln sollen wie du, so wie alle, und dir nichts erzählen sollen.
Sage mir, was ich machen soll. Ich sitze an meinem Fenster, ohne etwas zu sehen. Nicht das Tote Meer. Nicht den Himmel. Nicht die dunklen Berge auf der anderen Seite. Ich höre auch nicht, wie das Telefon klingelt (bestimmt ist es Gabi). Ich gehe nicht mehr zu den Vorträgen. Für mich ist diese Tagung beendet. Den wichtigsten Vortrag, den über die dunkle Materie, habe ich schon vorgestern gehört.

Ich habe nur eine Bitte. Wenn du vorhast, mich zu boykottieren, sag mir vor dem Beginn des Boykotts, dass dir nichts passiert ist. Danach kannst du mich das ganze Leben lang boykottieren. Ich werde dich nicht mehr mit Bitten belästigen.

Montag, 22. November 19:40

Adam,
ich bin froh, dass du geschrieben hast, aber Schmerz ist etwas Relatives. Heute rief mich Lena an, aus dem Krankenhaus Hadassa. Es gibt einen Verdacht auf Brustkrebs. Sie wartet auf die Ergebnisse der Biopsie. Du bist wenigstens gesund. Und bei den Untersuchungen im Krankenhaus Hadassa, nach dem Unfall, wurde auch bei mir nichts gefunden. Vielleicht ist das die Hauptsache. Vielleicht verlieren wir manchmal die Relationen (heißt Liebe, die Relationen zu verlieren?).

Danach dachte ich, vielleicht ist Lenas Krebs auch eine Warnung für mich.

Heute, auf der Tagung, beim Mittagessen, gab es eine Geschichte als Gesprächsthema: A betrügt seine Frau mit B. Er beginnt B besser kennenzulernen. Am Ende findet er heraus, dass B überhaupt nicht zu ihm passt, dass es ihm mit seiner Frau viel besser geht. Happyend. Alle sind froh. Entschuldige, dass ich es so knapp erzähle.

Ich beschloss, dass du dich entschieden hast, mich zu verlassen und zu Ruth zurückzukehren.
Ich kann sonst diese Zufälle nicht erklären.
Adam, habe ich recht?
Habe ich deshalb Gabi kennengelernt?
Damit alles wieder in die alten Bahnen gerät?

Montag, 22. November, 20:34
Betreff: die dunkle Materie

Ich habe dir noch nicht von dem wichtigsten Vortrag der Tagung erzählt. Gabis Vortrag, dem er den dramatischen Titel »Über das Schicksal des Universums« gab. Bis zum Beginn des 20. Jahrhunderts dachte man, das Universum sei statisch, aber 1929 entdeckte ein Astronom namens Hubble mit Hilfe eines Spezialteleskops mit einem Radius von 100 Inch und anhand der Rotverschiebung der Strahlung von entfernten Galaxien, dass das Universum expandiert. Die Frage, die bis heute noch offen ist, lautet: Wird das Universum bis in alle Ewigkeit expandieren? Oder wird die Anziehungskraft zwischen den Planeten und den Galaxien diese Expansion stufenweise bremsen?

Im letzten Jahr gab es zu dieser Frage eine verblüffende Antwort, und darüber sprach Gabi am Samstag, abends um sechs. Der Vortrag analysierte eine revolutionäre Entdeckung von zwei Astronomenteams, die es geschafft haben, anhand von Beobachtungen einer gewissen Art von Supernovae den Rhythmus der Expansion des Universums an verschiedenen Zeitpunkten seiner Geschichte zu messen. Sie waren sehr überrascht, als sie entdeckten, dass die Expansion des Universums nicht nachlässt, sondern sich im Gegenteil mit der Zeit beschleunigt. Nach dieser Entdeckung wird das Universum nicht nur für immer expandieren und seine Objekte werden sich in einem immer schnelleren Tempo voneinander entfernen, es werden auch keine neuen Sterne entstehen und die Entfernungen zwischen den Galaxien werden immer größer, das Universum wird immer kälter, dunkler und leerer werden.

Diese beschleunigte Expansion, die beschleunigte Flucht der Galaxien voneinander, ist ein Phänomen, das sich nur schwer erklären lässt. Man vermutet, dass die zunehmende Entfernung der Galaxien voneinander ein Ergebnis des großen Urknalls ist. Aber die Gravitationskraft sollte vermeintlich das Tempo der Expansion des Universums verlangsamen, und das prophezeite auch die generelle Relativitätstheorie, stattdessen wird das Tempo immer größer. Die einzige sinnvolle Erklärung ist, dass es im Universum eine Fliehkraft gibt, die die Objekte voneinander entfernt, und diese mysteriöse Fliehkraft ist so stark, dass sie die Kraft der Anziehung übersteigt.

Die Astrophysiker erfanden für diese Kraft einen Namen. Sie nennen sie dunkle Energie. Einstein selbst hat schon 1917 vermutet, dass es eine solche Fliehkraft gibt, und nannte sie die kosmologische Konstante, später widerrief er diese Annahme jedoch. Diese seltsame einsteinsche Hypothese hat sich als richtig erwiesen, und für Gabi ist es die größte wissenschaftliche Entdeckung vom Ende des Millenniums.

Während wir die Anziehungskraft aus dem täglichen Leben kennen, eine Kraft, die schon sehr lange erforscht wird, seit Newton, ist nichts über die ihr überlegene Kraft bekannt, obwohl sich jetzt herausstellt, dass die meiste Energie im Universum von dieser Art ist.

Ähnliche Probleme gab es auch mit der Materie im Universum (die sowieso als Energie gilt, der Relativitätstheorie nach). Schon in der ersten Hälfte des 20. Jahrhunderts entdeckten die Wissenschaftler, dass die Masse der Materie der Milchstraße nicht ausreicht, um ihre Dynamik und die Geschwindigkeit der Planeten zu erklären. Später stellte sich heraus, dass in anderen Galaxien ähnliche Zustände herrschen und die Mengen von »nicht vorhandener Materie«, die nötig sind, um die beobachtete Dynamik zu erklären, immer größer wurden. In unserer Galaxie, zum Beispiel, ist die Gesamtmenge der Materie über zehnmal größer als die Masse, die sich beobachten lässt.

Die Versuche, diese Diskrepanz mit schwarzen Löchern und normaler Materie (Baryonische Materie, aus Protonen und Neutronen zusammengesetzt), auch wenn sie nicht zu sehen ist, zu erklären, sind gescheitert. Daraus lässt sich Erstaunliches ableiten: Die meiste Materie im Universum ist dunkle Materie. Nicht nur, dass man sie nicht sehen kann, wir haben auch keine Ahnung über ihre Beschaffenheit, aus welchen Teilchen sie zusammengesetzt ist, welchen Regeln sie folgt.

Verstehst du, Adam, die ganze Materie, die wir kennen, die Luft, die Erde, das Meer, mein Körper und deiner, alles, worüber wir in der Schule gelernt haben, alles, was organisch und anorganisch ist, die chemischen Elemente, die die Sterne, die Atome, Elementarteilchen, Elektronen, Protonen, Neutronen bilden, alle diese Dinge, die wir gewohnt sind, mit der Materie im Universum zu identifizieren, erweisen sich jetzt als geringfügig, als vielleicht vier Prozent. Und den Rest, die dunkle Materie, sehen wir nicht, wir verstehen sie nicht, wir sind nicht in der Lage, sie zu entschlüsseln.

Der größte Teil der Welt ist ein Geheimnis. Das Geheimnis ist die Routine im Universum, und vielleicht auch die Routine der Existenz. Die meiste Energie um uns herum ist dunkel, unbekannt, und am Ende besiegt eine geheimnisvolle Fliehkraft die Anziehungskraft.
Ich glaube, darüber will ich meine Doktorarbeit schreiben.
Eva

Montag, 22. November, 23:50
Betreff: Anti-Munch

Nachdem ich deine Reaktion las, die gerade gekommen ist, mit all den Vorwürfen und den Moralpredigten, ohne Bezug zu den erstaunlichen Entdeckungen, von denen ich in meiner letzten Mail und auch davor schrieb, eigentlich alle Tage, seit du mich gebeten hast zu warten, während ich kraftlos bin und mir die ganze Zeit die richtigen Worte entfallen, gibt es eine Metapher, die mich nicht loslässt. Ich nenne sie Anti-Munch.

Du kennst bestimmt dieses Gemälde von Edvard Munch, der Schrei. Ich sehe einen Menschen vor mir, in der Mitte eines Kreises, nach vorne gebeugt, die Hände über den Ohren, mit verzerrten Gesichtszügen, er macht sich klein. Um ihn herum, aus allen Richtungen, schreien gesichtslose Menschen, wie auf dem Gemälde von Munch, es ist nicht nur ein Schrei, sondern viele Schreie, gleichzeitig, von überall her.

Das bin ich, in der Mitte des Kreises. Auf mich wird eingeschrien. Und meine einzige Reaktion ist, mich zurückzuziehen, mich so klein wie möglich zu machen. So wenig Platz wie möglich zu beanspruchen. Die Ohren zu verschließen. Die Finger in die Ohren zu stecken. Zu verschwinden. Auf jegliche Möglichkeit der Erklärung oder der Kommunikation zu verzichten.

Und plötzlich, während ich in der Flut der Schreie und Ansprüche versinke, ersticke ich im Meer deiner Erwartungen, die nur das Gegenteil bewirkten, die mich in Gabis Arme getrieben haben, und auf einmal ging mir dieser Gedanke durch den Kopf, den ich so lange verdrängt hatte, der in keiner Mail, die ich dir schickte, zu lesen war, der mich auch jetzt zögern lässt, ihn in Worte zu fassen.

Ich dachte, wie egoistisch du doch bist, dass du mich nur für dich willst, all meine Gedanken und Aktivitäten und Energien, vierundzwanzig Stunden am Tag, nur für dich, es ist so egoistisch von dir, während du dich auf mindestens zwei Frauen verteilst. (Und wer weiß, vielleicht mehr als zwei, Adam? Vielleicht wolltest du deshalb nicht, dass Sascha etwas von uns erfährt? Vielleicht warst du deshalb so wütend auf mich, als ich es ihm erzählt habe? Hattest du Angst, dass er es Tanja erzählen würde?) (Entschuldige, ich weiß, dass ich mich auf dich verlassen kann, wenigstens in dem, was mir am wichtigsten ist, dass es zwischen uns keine Lügen gibt.) Und trotzdem, die Tatsache, dass du mich ganz für dich willst, während du Ruth hast, führte dazu, dass ich mir irgendwie ausgenutzt vorkam, und ich hatte auch, ich muss es sagen, eine irrationale Vorstellung. Plötzlich sah ich Tanja vor mir, und alles, was du ihr angetan hast. Es stimmt, ich kenne die Umstände nicht, aber ich habe von Sascha gehört, dass sie sich von Me'ir scheiden lassen wollte, um dich zu heiraten, und dass ihr euch deshalb getrennt habt, doch wer weiß, vielleicht hast du ihr durch geschliffene, verantwortungslose Mails (wie deine Mails an mich?) Hoffnungen gemacht, aber als sie es realisieren und wirklich mit dir zusammen sein wollte, hast du sie verlassen, und ich spürte ihr Leid, dieses geteilte Leben, nie hier und nie dort, und ich dachte, ich möchte nicht wie sie sein, Tanja Nummer zwei, und vielleicht auch nicht deine Ehefrau, die du betrügst, und ich fragte mich, wie kann ich mich auf dich verlassen, wenn du deine Frauen so behandelst? Vielleicht wirst du mich eines Tages, wenn du nicht mehr verliebt in mich bist, auch so behandeln? Und deine Bemerkung im Oktober, dass du mich nicht als Freundin haben möchtest, nur als Geliebte, und deine Erwartung, dass ich für immer deine Geliebte sein soll und du für immer mein »Hauptliebhaber« (ich erinnere mich an diesen

Begriff, ich hatte ihn nie zuvor gehört), das heißt, auch wenn du mir irgendwann andere Männer erlauben würdest, wärest du sozusagen der Boss, du würdest sogar über meinem Ehemann stehen (sollte ich jemals heiraten).

Ich erinnerte mich an all deine Mails, sie sind so gestylt, so geschliffen, so brillant, Übungen in Creative Writing, Versuche einer neuen Kunstrichtung, und vielleicht sind sie für dich nur Morgengymnastik? Fingerübungen am PC? Versuche am Menschen?

Ist es das, was du hören wolltest? Ist es für dich ungeheuerlich genug?

Es gibt keine einzige Wahrheit, Adam. Genauso wenig, wie es nur eine Definition für Liebe gibt.

Vor einer Stunde bin ich im Toten Meer geschwommen. In der Nacht. Es ist ein ganz anderes Erlebnis, als im Schwimmbad zu schwimmen. Ich hatte das Gefühl, in Quecksilber zu schwimmen, das mich hebt, mich unterstützt, mich nicht untergehen lässt. Ich fühlte mich so stark. Und plötzlich verstand ich, dass ich seit Oktober nichts anderes tue, als dir zu schreiben, deine Mails zu lesen, dich zu atmen, süchtig nach dir zu werden. So kann ich nicht weitermachen. Auch heute habe ich dir fünf Mails geschrieben. Das ist nicht gesund. Das ist krankhaft. Es gibt in meinem Leben noch andere Dinge. Ich darf mich nicht so gehen lassen. Ich brauche einen Entzug. Ich muss lernen, es ohne meine tägliche Drogenration in meiner elektronischen Mailbox auszuhalten. Das wird hart sein, das weiß ich, aber es ist notwendig. Ich muss jetzt allein sein. Nicht mit dir und nicht mit Gabi und mit niemandem sonst. Ich muss meine Doktorarbeit schreiben, keine Mails.

Ich habe schon genug Mails geschrieben. Ich habe eine Allergie gegen Mails.

Es tut mir leid, Adam. Ich habe beschlossen, nicht nach New York zu fliegen.

Sogar jetzt, während ich diese Mail tippe, meine letzte Mail an dich (ich dachte nie, dass ich jemals eine letzte Mail schicken würde, aber ich habe keine andere Wahl), fühle ich mich niedergebeugt und kleiner, ich drücke mir die Fäuste vors Gesicht, weil aus jeder Richtung nur Schreie kommen.

14

Er fragte, woher weißt du das? Und sie fragte, was soll ich wissen? Er fragte, dass es von uns ist? Und sie sagte, Adam, wovon sprichst du? Und er sagte, du weißt genau, wovon ich spreche, woher weißt du, dass das Baby von mir ist? Und sie sagte, Adam, wo lebst du? Denkst du an Gabi? Ich glaube es nicht, und sie begann zu lachen, und er sagte, warum lachst du? Und sie sagte, Gabi? Es gibt keine Chance, dass es von ihm ist, ist es das, was dich stört?

Adam sagte, ihr habt doch zwei Nächte miteinander verbracht, und sie sagte ihm, Adam, lass uns realistisch bleiben, Dr. Berman sagt, dass ich schon seit Oktober schwanger bin, und Gabi – das war nach Mitte November, und meine Periode ist schon lange vor der Tagung am Toten Meer ausgeblieben, es kann auf keinen Fall von ihm sein, außerdem waren wir vorsichtig, er hatte Kondome, er hat sie immer dabei, ist es das, was dich die ganze Zeit gestört hat? Warum hast du das nicht gesagt? Warum hast du mir nicht gesagt, dass es dich stört?

Und Adam sagte, ja, es hat mich gestört, warum sollte es mich nicht stören? Ist es nicht normal, dass ich wissen will, von wem du schwanger bist? Und Eva sagte, warum hast du mich dann nicht gefragt? Du hättest mich ganz einfach fragen können, und Adam sagte, aber ich habe dir gesagt, dass ich nicht möchte, dass du abtreibst, und sie sagte, aber das ist nicht das, was ich dich gefragt habe, ich habe dich gefragt, was würdest du tun, wenn ich schwanger würde, und er sagte, du bist verrückt, und sie sagte, vielleicht hast du recht, vielleicht kannst du keine verrückten Frauen brauchen.

Er sagte, zeig mir diese Pille, als könne sie sie aus ihrem Magen herausholen, und sie sagte, was gibt es da zu sehen? Es ist schlicht eine Abtreibungspille, und er sagte, was heißt das, Abtreibungspille, gibt es so etwas wie eine Abtreibungspille? Und sie sagte, ich glaube, in Israel gibt es sie noch nicht, deshalb bin ich nach New York geflogen.

Bist du wegen einer Abtreibungspille hierhergekommen, rief er, fast schreiend, um unser Baby abzutreiben? Deshalb bist du nach New York gekommen? Und sie sagte, ich bin nach New York gekommen, um mich zu entscheiden, und er sagte, und jetzt hast du dich entschieden? Und sie sagte, du hast doch gesehen, dass ich die Pille genommen habe, oder? Und Adam sagte, ja, ich habe es gesehen, und seine Stimme war schwer und langsam.

Sie sagte, mach dir keine Sorgen, Adam, ich werde jetzt leiden, nicht du, und er sagte, wovon sprichst du, und sie sagte, es ist nicht so angenehm, eine Abtreibung durchzustehen, weißt du, auch wenn es mit einer Tablette ist, und er sagte, ich will nicht, dass du leidest, und sie sagte, du bist herzlich eingeladen, mich zu pflegen, du wolltest mich doch immer pflegen, schon am ersten Tag, als du mich mit dem Auto verletzt hast, wolltest du dich um mich kümmern, nicht wahr? Jetzt ist deine Stunde gekommen, im Moment geht es mir noch gut, aber irgendwann in den nächsten vierundzwanzig Stunden wird es mir richtig dreckig gehen, ich werde bluten, und dann werde ich Krämpfe bekommen, es ist deine Chance, mich zu pflegen.

Er sah sie erschrocken an, wie eine, die gerade einen tödlichen Trank zu sich genommen hat, wie eine, die sich hätte retten können, der genügend Fluchtwege zur Verfügung standen und die trotzdem den Todestrank vorzog und nun in seinen Armen sterben würde, und er verstand, dass er die Kontrolle über die Ereignisse verloren hatte, dass er in einer Minute, die er exakt bestimmen konnte, in jener gewissen Minute, in der er unkonzentriert gewesen war, im Bruchteil einer Sekunde, fast unmerklich die Kontrolle über das Vehikel, das er sein Leben nannte, verloren hatte, und ab sofort würde ihm nichts helfen, er saß nicht mehr am Steuer, und was blieb, war Beten, dass der Fahrer vorsichtig und vernünftig fuhr, und tief im Herzen wusste er, dass solche Gebete nicht immer nützten, und er erinnerte sich, wie er damals, als Kind, in einem Vergnügungspark mit einer Achterbahn gefahren war, allein in einem Wagen, der mit rasender Geschwindigkeit steil bergauf und steil bergab fuhr, es gab keine Möglichkeit, auszusteigen, und jetzt, vierzig Jahre später, trotz aller Erfolge, trotz aller Sicherheiten, befand er sich wieder in der gleichen Situation, und er merkte, dass Eva ihn zweifelnd anschaute, als versuche sie, ihn zu trösten, als hätte er durch seine Überreaktion die Tragödie zu seiner eigenen gemacht und wäre jetzt der geworden, den man pflegen musste.

Mach dir keine Sorgen, Adam, du bist in geordneten Verhältnissen, du wirst von Ruth Kinder haben, und ich, ich bin noch jung, ich werde auch Kinder haben, jetzt passt es ganz einfach nicht, ich habe keine Lust, eine alleinerziehende Mutter zu werden, und er sagte, wer redet von einer alleinerziehenden Mutter? Und sie sagte, du, Adam, du hast über eine alleinerziehende Mutter gesprochen, und er sagte, das stimmt nicht, ich habe nie von einer alleinerziehenden Mutter gesprochen, und sie sagte, es gibt keine andere Interpretation für das, was du gesagt hast, und er sagte, dreh mir nicht die Worte im Mund um, alles, was ich gesagt habe, war, dass man die Zukunft nicht vorhersehen kann, und sie sagte, wann wirst du denn Verantwortung übernehmen, Adam, manchmal sieht man die Zukunft voraus und manchmal formt man die Zukunft, was ist, bist du ein kleines Kind auf einer Achterbahn?

Die Tatsache, dass sie wieder in seine Gedanken eingedrungen war, machte ihm deutlich, dass sie alles über ihn wusste, aber er wusste nichts über sie, trotz all ihrer Mails, trotz allem, was sie ihm von jeder Minute ihres Lebens erzählte, wusste er nichts über sie, er kannte sie nicht, nichts würde helfen, es würde ihr immer gelingen, ihn zu überraschen, sie würde ihm immer zwei Schritte voraus sein, und wenn diese Woche ein Theaterstück war, dann war sie es, die das Stück schrieb, und er hatte in ihrem Stück nur eine Nebenrolle.

Sie versuchte, ihn zu trösten, als wolle sie das, was sie über die alleinerziehende Mutter gesagt hatte, relativieren, und sagte, Adam, ich bin noch Studentin, es passt nicht in mein Konzept, jetzt Mutter zu werden, ich glaube, ich sollte vorher meine Dissertation über die dunkle Materie schreiben, und er sagte, was hat das mit deiner Dissertation zu tun? Was hat das mit der dunklen Materie zu tun? Als hätte ihm die Erwähnung ihrer Doktorarbeit und der dunklen Materie einen zusätzlichen Grund gegeben, beleidigt zu sein. Und sie sagte, Adam, beruhige dich, es ist nur eine Abtreibung, Millionen Frauen tun das jeden Tag, und in meinem Fall geschieht es durch eine Pille, das wird leichter sein, und wenn wir es wollen, können wir irgendwann einmal auch gemeinsam Kinder haben, wir sollten das nicht zu schwer nehmen.

Er legte sich aufs Bett, als wäre er der Kranke, und schaute sie an, während sie versuchte, ihn zu beruhigen, und schließlich gab er nach und sagte, in Ordnung, vielleicht hast du recht, obwohl er gar nicht sicher war, dass sie nicht doch eine giftige Pille genommen hatte und die Lage nur schönte, und er betrachtete sie aufmerksam, wie man ein Naturphänomen betrachtet, eine seltene vulkanische Eruption oder einen nicht zu bändigenden Hurrikan, er betastete ihre Füße, um zu sehen, ob sie noch warm waren, er sammelte Daten, versuchte wie ein Meteorologe, den Zeitpunkt vorherzusagen, wann die Schmerzen, die Krämpfe und die Blutungen beginnen würden, Ereignisse, die definitiv näher rückten,

Ereignisse, die ihre gemeinsame Zeit vielleicht in zwei Phasen teilen würden, in die Zeit vor der Abtreibung und die Zeit danach, und er versuchte, sich die Zeit danach vorzustellen, tief im Herzen hoffte er, dass ihre Schwangerschaft sie verbinden würde, auch wenn sie mit einer Abtreibung endete.

Komm, sagte er, leg dich ins Bett, und sie sagte, sei nicht lächerlich, warum soll ich mich ins Bett legen, wenn mir noch nichts wehtut? Und er fragte, wann wird es beginnen wehzutun? Und sie sagte, das kann man nicht sagen, vielleicht in wenigen Stunden, jede Frau reagiert anders, aber ich glaube, dass es noch eine Weile dauert, bis es so weit ist, auf jeden Fall muss ich nach vierundzwanzig Stunden noch eine Pille nehmen.

Was? Noch eine Pille?, schrie Adam, als hätte ihn jemand betrogen, und sie sagte, beruhige dich, so wird's verschrieben, und schließlich muss ich es tun, nicht du, aber er schaute sie weiter erschrocken an, es gelang ihm nicht, den Unterschied zu verkraften, wie sie plötzlich, von einem bestimmten Punkt an, nicht aufhörte, ihn in Staunen zu versetzen, mit einer Pille hatte er sich bereits abgefunden, aber nun war plötzlich die Rede von zwei Pillen, und wer weiß, wie viele Hasen sie noch aus dem Hut zaubern würde.

Auf einmal störte es ihn, dass er ihr New York noch nicht gezeigt hatte, abgesehen von dem kurzen Ausflug gestern in den Süden, denn außer den Twin Towers gab es noch so viel zu zeigen, Soho, China Town, das Village, in dem sie sich jetzt befanden, den Central Park und das Rockefeller Center, den Broadway und die etwas heruntergekommenen Stadtteile, die aber voller Charme waren, wie zum Beispiel Chelsea mit den vielen Galerien, den Meat Market mit den vielen Restaurants, die Straßen, die an die Columbia University grenzten, mit der berühmten ungarischen Konditorei und Tom's Restaurant aus der Serie Seinfeld, ganz zu schweigen vom East Village und der 6. Straße mit den vielen indischen Restaurants, und als er an die 6. Straße dachte, fiel ihm ein, dass sie ja beide gern indisch aßen, vielleicht sollten sie den Ausflug dort beginnen.

Aber während er an die verschiedenen Orte dachte, die er ihr zeigen würde, fragte er zugleich, wie viel Zeit sie noch hatten, er konnte die Tatsache nicht ignorieren, dass verständlicherweise nur wenige Stunden übrig blieben, wenige Stunden, bis die Schmerzen beginnen würden, und die Fülle der Orte und der Treffpunkte im Vergleich zu der kurzen Zeit gaben ihm das Gefühl, etwas zu versäumen, was konnte man schon in wenigen Stunden in New York sehen? Oder sogar an einem ganzen Tag? Selbst wenn sie eine große Limousine zur Verfügung hätten, wie bei einer Hochzeit, und einen privaten Fremdenführer, wäre das, was sie schaffen könnten, nichts im Vergleich zu dem, was sie in einer Woche hätten sehen können.

Und plötzlich betrachtete er diese Pille und die Schmerzen, die bald kommen würden, als eine Manipulation, als einen Trick, um New York nicht besichtigen zu müssen, als das Verhalten eines Mädchens, das sich mit einer Ausrede vor dem jährlichen Schulausflug drückt, und er dachte, es sei seine Pflicht, die Pflicht eines verantwortungsbewussten Erwachsenen, darauf zu bestehen und ihr nicht zu erlauben, sich zu drücken, darauf zu bestehen, dass alles geschafft werden musste, was noch zu schaffen war, damit sie zu ihrer Mutter, die ihm erst gestern einen Gruß ausrichten ließ und die nach dieser Woche fragen würde, was hast du in New York gesehen, nicht sagen musste, ich habe nur die Twin Towers gesehen.

Er sagte, Eva, lass uns ausgehen, lass uns etwas unternehmen, ich habe genug davon, die ganze Zeit hier in diesem stickigen Zimmer zu hocken, und zu seiner Überraschung musste er nicht lange darauf beharren, sie leistete keinen Widerstand und gab ihm sogar einen Kuss auf die Wange, sie schloss sich im Badezimmer ein und kam erst eine halbe Stunde später wieder heraus, geduscht, angezogen, sogar geschminkt, und nach wenigen Minuten waren sie schon auf der belebten Straße, Arm in Arm, sie liebte es, sich bei ihm einzuhängen, eine Gewohnheit die ihm etwas altmodisch vorkam, ein weiterer Beweis dafür, dass sie nicht hier und jetzt lebte, denn mit Ruth war er nie so gegangen, eigentlich auch mit keiner anderen Frau, noch nicht einmal mit Tanja.

Und er dachte, dass es klug von ihm gewesen sei, Eva nicht von dem erneuten Kontakt zu Tanja zu erzählen, eine Verbindung, die nie ganz abgebrochen war, sie war nur geheimer geworden, seit er Tanja gebeten hatte, niemandem davon zu erzählen, besonders nicht Sascha, der es seinerseits Eva hätte erzählen können, das hätte ihm gerade noch gefehlt, wenn Eva davon erfahren hätte, dass Tanja jetzt im Herald Square Hotel auf ihn wartete, Eva hatte auch ohne Tanja schon genug Probleme, und man musste kein Öl ins Feuer gießen.

Ihm fiel ein, wie Eva ihn an Tanja erinnert hatte, damals, als er sie kennenlernte und sie in seinem Auto miteinander zu reden begannen, und sogar vorher, als sie am Straßenrand gejoggt war, und er dachte, vielleicht ist es immer so, wir interessieren uns für eine Frau nur dann, wenn sie uns an eine andere Frau erinnert, eine frühere Geliebte oder eine Schwester oder die Mutter, wir suchen immer nur Ersatz, und plötzlich sehnte er sich nach Tanja, nach der Ruhe in ihren Armen, nach dem Gefühl von Stabilität und grenzenloser Akzeptanz, die er mit Eva nie hatte und nie haben würde, Eva, die ihn immer auf die Probe stellte, ihn die ganze Zeit kontrollierte, beobachtete und beurteilte, er war nach zwei Tagen mit ihr schon vollkommen erschöpft, und er dachte an die Mail, die er vor ein paar Stunden von Tanja bekommen hatte, als wäre sie ein Rettungsring, den man ihm plötzlich zugeworfen hatte, er dachte an die Nacht mit ihr im Herald Square Hotel, die noch stattfinden würde oder auch nicht, das war noch nicht klar, und wie sie es immer pausenlos trieben, nie waren sie satt geworden und nie verließen sie das Hotel, sodass es nicht die

Möglichkeit gegeben hatte, Arm in Arm über den Broadway zu gehen, denn sie waren immer ineinander verschlungen, vom Anfang ihres Treffens bis zum Ende, und er fragte sich, ob er das auch von Eva erwartet hatte, schließlich schien sie ihm anfangs Tanja so ähnlich zu sein, und irgendwie hatte er wohl gehofft, dass das Zusammensein mit ihr ähnlich ablaufen würde, dass sie das Bett nicht verlassen würden, dass er die ganze Zeit in ihr sein würde.

Vielleicht hatte er aus diesem Grund dasselbe Hotel gewählt, in dem er auch Tanja immer traf, vielleicht war es aber auch nur aus Bequemlichkeit oder Faulheit so, denn er wusste bereits, dass man in diesem Hotel die Privatsphäre respektierte und dass man keine überflüssigen Fragen stellte, und die Tatsache, dass das Zimmer 512 frei gewesen war, war nur Zufall gewesen, er hätte nicht darauf bestanden, das Zimmer zu bekommen, in dem er sonst mit Tanja schlief, wenn man gesagt hätte, dieses Zimmer sei belegt, aber als er hörte, dass es frei war, konnte er der Versuchung nicht widerstehen und nahm es, und so hatte er mit Eva im selben Bett gelegen, in dem er schon mit Tanja so oft gelegen hatte, mit der Erwartung, dass der Sex mit ihr ähnlich sein würde, aber er war so anders, manchmal hatte er gegen den Wunsch ankämpfen müssen, Eva der Irreführung zu beschuldigen, weil sie sich am Anfang wie Tanja benommen, sich wie sie bewegt, wie sie gesprochen, wie sie gerochen hatte, so hatte sie ihn zu sich gezogen, doch als sie ihn gefangen hatte, zeigte sie ein anderes Gesicht, war unberechenbar und launisch, so ganz anders als das Bild, das er sich durch die Mails aus Jerusalem von ihr gemacht hatte, und auch die Mails schienen ihm plötzlich Teil des ausgeklügelten Täuschungsmanövers zu sein, und wer weiß, vielleicht waren die Stürme der letzten beiden Tage nur eine Art Exkurs und sie hatte das letzte Wort noch nicht gesprochen.

Er fragte, hast du Hunger? Und sie sagte, ich sterbe vor Hunger, und er sagte, was hältst du davon, indisch zu essen? Und sie sagte, ich bin ganz wild auf indisches Essen, und er sagte, okay, ich weiß, was wir machen, wir gehen zuerst zum East Village und suchen uns ein indisches Restaurant, danach gehen wir nach Soho, ins Café Dante, dort essen wir Cannoli zum Nachtisch, und sie fragte, warum gerade im Café Dante, als schöpfe sie plötzlich Verdacht, und er sagte, nur so, es ist ein italienisches Café und es gibt dort gute Kuchen, und sie fragte, warst du schon mit einer anderen Frau dort? Und er sagte, Eva, ich war schon oft dort, mit den verschiedensten Menschen, es ist ganz einfach ein Café, das ich mag, und ich dachte, du würdest dich freuen, es zu sehen, und sie sagte, entschuldige, Adam, es tut mir leid, vergiss aber meine Bitte nicht, dass du mich nie anlügen sollst, so wie du Ruth anlügst.

Ich glaube, dass Ruth einfach nicht alles wissen will, sagte er, und das ist ihr gutes Recht, wenn jemand nicht alles wissen will, muss man das respektieren, man muss ihm nicht um jeden Preis wehtun, und Eva sagte, ich weiß nicht, ich glaube, es ist besser, immer die Wahrheit zu sagen, und er fragte, um jeden Preis? Hast du eine Ahnung, wie viel Leid man damit anderen zufügen kann? Hast du das noch nicht gelernt?

Und sie sagte, Adam, man kann das Leben nicht auf Lügen aufbauen, und er sagte, ich versuche, nicht zu lügen, aber ich glaube nicht, dass man alles erzählen soll, etwas zu beichten ist leicht und bequem, du entledigst dich der Verantwortung, du fühlst dich gereinigt, du hast gesagt, was du zu sagen hattest, und jetzt ist der Ball in der anderen Hälfte des Spielfelds, aber eigentlich ist dieser Ball eine brennende Feuerkugel, die jeden verbrennt, der sie berührt, ich ziehe es vor, selbst darunter zu leiden, statt andere Menschen damit zu quälen.

Eva sagte, ich habe darüber nie so nachgedacht, und Adam sagte ihr, du bist noch so jung, in deinem Alter hatte ich auch die Vorstellung, man müsse alles sagen, um jeden Preis, aber das Ergebnis ist die Hölle, kennst du diesen Spruch, dass der Weg zur Hölle mit guten Absichten gepflastert ist? Und Eva schaute ihn prüfend an und sagte in einem seltsamen Ton, vielleicht ist etwas dran an dem, was du sagst, vielleicht hat die ganze Welt recht und nur ich irre mich, aber es gibt trotzdem etwas, was ich dir sagen muss, und Adam sagte, was? Und Eva sagte, Adam, schau mich an, wenn du jemals ernsthaft über mich nachgedacht hättest, wenn du jemals über ein Leben mit mir nachgedacht hättest, wenn ich jemals wirklich etwas anderes als ein Seitensprung für dich gewesen wäre, hättest du Ruth von mir erzählt.

Ein Seitensprung, sagte er, wie redest du denn, und außerdem vögeln wir kaum, und sie sagte, aber das ist es, was du die ganze Zeit willst, und er sagte, wieso, wenn ich mit dir nur schlafen will, warum habe ich dann vorgeschlagen, dass wir jetzt essen gehen? Wir hätten im Bett bleiben können, und sie sagte, Adam, im Ernst, ich habe bald eine Fehlgeburt, hast du das vergessen? Ich glaube nicht, dass wir noch einmal miteinander schlafen können, ich meine in dieser Woche, und er schaute sie an, als erkenne er erst jetzt das wahre Motiv ihrer Abtreibung, eine Art Ausrede, nicht mit ihm ins Bett zu müssen, wie ein medizinisches Attest, mit dem man sich vom Turnunterricht befreit.

Fast ungeduldig fragte er, tut es dir schon weh? Und sie sagte, noch nicht, und er fragte, wie viel Zeit haben wir noch? Und sie sagte, ich bin nicht sicher, man sagt, dass es bei jeder Frau anders ist, es beginnt mit Bauchschmerzen wie vor der Periode, danach fangen die Blutungen und die Krämpfe an, aber man kann es nicht verallgemeinern, jede Frau reagiert anders, bei manchen geht es sehr leicht, bei anderen ist es schwieriger, und manchmal kommt es auch zu Komplikationen, und Adam fragte misstrauisch, was für Komplikationen? Als wäre es ein Komplott, das sie gegen ihn schmiedete, und als wäre die zweite Pille, die man nach vierundzwanzig Stunden nahm, dazu da, die Komplikationen zu verursachen.

Er musste sich jetzt durchsetzen, dachte er, er musste ihr sagen, dass es Grenzen gab, ihr klarmachen, dass er das nicht dulden würde, er würde keine Komplikationen dulden, und sie sagte, Adam, hör auf mit der Schwarzmalerei, lass uns jetzt nicht an die Zukunft denken, du hast doch selbst gesagt, man könne die Zukunft nicht vorhersehen, und er sagte, aber wie kannst du zum Abendessen ausgehen, wenn du weißt, dass es in wenigen Stunden losgeht? Und sie sagte, auch ich muss irgendwann einmal sterben, das weiß ich, aber das heißt doch nicht, dass ich die ganze Zeit darüber nachdenken muss, und außerdem war das nicht meine Idee, das Abendessen, es war deine Idee, und ich habe es für eine schöne Idee gehalten.

Sie erreichten die 6. Straße abends um sechs, als es anfing zu dämmern, und betraten ein Restaurant, das so aussah wie viele andere, ein vollkommen leeres Restaurant, dekoriert mit billigen Matten und Wandteppichen, und sofort fiel eine Schar Kellner über sie her. Sie bestellten eine Flasche Rotwein und als Vorspeise Papadam und Onion Badji, zum Hauptgericht Lamm in Vindaloo-Soße mit Reis, aber dann kamen alle Gerichte gleichzeitig, als hätte jemand geahnt, was sie bestellen würden, und im Voraus alles angerichtet, und er sah zu, wie Eva für ihn das Essen auf seinen Teller legte, mit einer außerordentlichen Höflichkeit und Zärtlichkeit, bevor sie sich selbst etwas nahm.

Er beobachtete die königlichen Handbewegungen, mit denen sie das Papadam auf seinen Teller legte, als handle es sich um einen noblen Tanz, und er dachte, dass vielleicht zwei Personen in ihr wohnten, eine edle, feinfühlige und großzügige, und eine zweite, die fordernd und impulsiv war, und er bedankte sich bei ihr, und sie sagte, fang ruhig an, Adam, Adam, warte nicht auf mich, und er sagte, ich warte auf dich, ich esse erst, wenn du auch isst, und sie nahm sich auch etwas und fing an zu essen, noch immer so edel wie ein Schwan, und er biss in das runde und mürbe Papadam, das ihn an eine runde Matze vom Pessachfest erinnerte, er trank vom Rotwein und fragte, sag mal, Eva, warst du mal bei einem Sederabend? Und Eva sagte, probiere mal das Lamm, es schmeckt ganz besonders gut, und er aß ein Stück Lamm in Vindaloo-Soße und sagte, das Vindaloo ist furchtbar scharf, noch schärfer als Meerrettich, und sie sagte, ja, so soll es sein, und er sagte, ja, aber ich wusste nicht, dass es so scharf ist, ich habe es heute zum ersten Mal bestellt.

Adam, du schwitzt, sagte sie, und er wischte sich die Stirn ab und sagte, das liegt an der scharfen Vindaloo-Soße, ich glaube nicht, dass ich mir das noch einmal bestellen werde, es verbrennt mir den Mund, es ist das letzte Mal, dass ich das bestelle, und sie sagte, trink Wein, vielleicht hilft es, aber die Mischung aus Lamm und Vindaloo-Soße und Rotwein verstärkte die Wirkung und er sagte, ich muss Wasser trinken, er winkte nach einem Kellner, aber plötzlich schien es keine Kellner mehr zu geben, als hätten sie mit dem Servieren des Essens ihre Aufgabe erfüllt, als wären sie nach Hause gegangen, und er schrie, diese Kellner, wenn man sie nicht braucht, tänzeln sie in Scharen um einen herum, und wenn man sie braucht, sind sie verschwunden.

Und sie sagte, iss ein bisschen Papadam, das hilft, und er aß Papadam, das plötzlich genauso scharf war, nicht zu vergleichen mit einer Matze, dann nahm er wieder einen Bissen vom Lamm in Vindaloo-Soße und merkte, wie sein Gaumen und seine Zunge verbrannten, alles brannte, und es gab keinen Kellner in der Nähe, nur eine Reihe von verwaisten Tischen, als wäre das Restaurant allein für sie bestimmt, und vielleicht war das gar kein Restaurant, sondern ein Folterkeller, in den sie geraten waren, als Strafe für etwas, was sie getan hatten.

Er rief laut, Kellner! Und endlich kam jemand und er schrie, Wasser! Und der Kellner sagte, sofort, Sir, und Eva sagte, Adam, hör auf zu schreien, versuch höflich zu sein, das ist nicht das Ende der Welt, und er sagte, wie kann man leise sein, wenn der Mund so brennt? Sie hätten uns von vornherein Wasser bringen müssen, wir sind hier in Amerika, oder etwa nicht? Wir sind nicht in der Wüste, in Amerika ist Wasser nicht etwas, das man extra bestellen muss, in jedem normalen Restaurant serviert man es unaufgefordert, und warum gibt es hier kein Brot, dieses Papadam gibt mir den Rest, in jedem normalen Restaurant gibt es Brot, warum haben wir heute unbedingt indisch essen müssen? Eva sagte, das war deine Wahl, dieses Restaurant, auch das Papadam und das Lamm, niemand hat dich dazu gezwungen, und er sagte, dann habe ich einen Fehler gemacht, und sie sagte, ich wäre froh, wenn du nicht so schreien würdest, und wenn du mit dem Kellner etwas höflicher reden würdest, nicht so, als wäre er bei einer Prüfung durchgefallen, als müsste man ihn im Alter von vierundvierzig Jahren noch erziehen, und er sagte, siehst du, er bringt das Wasser immer noch nicht, ist er etwa zum Brunnen gegangen? Wie lange dauert das? Sie schwieg und betrachtete die roten Wandteppiche, und der Kellner brachte einen versilberten Wasserkrug und zwei Gläser, und Adam sagte, vielen Dank, und füllte erst Evas Glas, als wolle er etwas wieder gut machen, aber Eva rührte ihr Glas nicht an, sie schaute nur grimmig zu, wie er sein Glas schnell leer trank und sich noch einmal einschenkte, und sie sagte, du hast recht, Adam, es war ein Fehler, und er fragte, was, was war ein Fehler, und sie sagte, es war schon von Anfang an ein Fehler.

Er sagte, was redest du da, und sie sagte, Adam, das war ein Unfall, du hast mich fast getötet, aus einem Unfall kann nichts Gutes kommen, und er sagte, lass uns hier weggehen, dieses Restaurant gefällt mir nicht, als würde das, was sie sagte, sich verflüchtigen, wenn sie das Restaurant erst hinter sich gelassen hätten.

Er bezahlte und stand auf, half ihr in den Mantel, er umarmte sie und sagte, das ist das letzte Mal, dass wir in diesem Restaurant essen, wir haben etwas Besseres verdient, komm, gehen wir zum Café Dante und essen einen Nachtisch, ich habe Lust auf etwas Süßes. Und sie gingen zur Second Avenue, Arm in Arm, plötzlich ganz entspannt, als nütze der Ortswechsel wirklich, es war kurz nach sieben, der Himmel verdunkelte sich, und sie überquerten die Houston Street, als Eva plötzlich sagte, Adam, entschuldige, vielleicht verzichten wir auf den Nachtisch? Ich glaube, ich schaffe es nicht bis zum Café Dante, und er fragte, was ist los? Und sie sagte, es fängt an, ich glaube, es geht los.

Überrascht schaute er sie an, als wäre die beginnende Abtreibung nur ein Aprilscherz, als hätte er, auch wenn er sie erwartet und sogar versucht hatte, den Verlauf auszurechnen, nicht daran geglaubt, dass sie wirklich geschehen würde, als habe er irgendwie gehofft, dass die Pille, die sie so dramatisch vor seinen Augen geschluckt hatte, nichts anderes gewesen sei als eine Kopfschmerztablette, aber nun, da die Schmerzen begannen, war ihm klar, wie die nächsten Stufen ablaufen würden, die Blutungen und die Krämpfe, die gewaltsame Geburt eines Kindes, das es nicht geben würde, sie würden nicht einmal wissen, welches Geschlecht es hatte. Und er dachte, auch wenn er immer darauf bestand, dass man die Zukunft nicht voraussehen könne, und das auch sagte, jetzt könne man es doch wissen, jetzt war die Zukunft ganz klar, jetzt konnte man nichts mehr daran ändern, sie würden das gemeinsame Baby verlieren, wie genau das geschah und wie lange es dauerte, war nicht mehr wichtig, aber es war klar, dass sie New York nicht mehr sehen würden, sie würden im Café Dante keine Cannoli essen, und wer weiß, ob sie diese Woche noch einmal einen Kaffee trinken oder zum Abendessen gehen könnten, und er stöhnte und sagte, okay, wir verzichten auf das Café Dante, obwohl sie schon auf halbem Weg zur Macdougal Street waren, und sie sagte, danke, und er fragte, soll ich ein Taxi anhalten? Und sie sagte, danke, und er ging zum Straßenrand und versuchte ein Taxi anzuhalten, aber es gelang ihm nicht, und sie sagte, lass mich das machen, bei mir werden sie halten.

Fünf Minuten später waren sie im Hotel, sie ging zur Toilette und legte sich in einem Nachthemd ins Bett, und er legte sich neben sie, verunsichert, und überlegte, ob er das Recht dazu hatte, denn normalerweise überließ man den Kranken ihr Lager.

Und als er neben ihr lag, auf dem Rücken, zögerte er, sie zu berühren, es war unbekanntes Terrain für ihn, und er fragte, Eva, was ist los? Und sie sagte, es ist wie die Periode, das soll angeblich wie die Periode sein, aber mit mehr Blut, und er dachte, eigentlich ist es wie eine Geburt, und als moderner Mann wird er bei der Geburt dabei sein, er wird jetzt der Geburt seiner Tochter beiwohnen, einer Tochter, die es nicht geben würde, und trotzdem war sie schon da, und er beschloss, dass es eine Tochter war, vielleicht weil er immer von einer Tochter träumte, und auch Eva wollte eigentlich eine Tochter, wenigstens in diesem Punkt waren sie sich einig gewesen, einmal hatte sie ihn gefragt, ob er ihre Tochter lieben würde, und er hatte geantwortet, ja, ich bin sicher, dass ich sie lieben würde, obwohl er damals noch nichts geahnt hatte, wie hätte er auch ahnen können, dass er bei der Geburt dabei sein würde?

Sie sagte, Adam, du musst nicht dabei sein, und er fragte, was heißt das? Und sie sagte, wenn es dir unangenehm ist, kannst du etwas anderes machen, ich schaffe das schon, und er sagte, ich werde dich doch in diesem Zustand nicht allein lassen, und als er das sagte, fragte er sich, was er sonst hätte tun können, was blieb ihm anderes übrig, welche Optionen standen ihm noch offen, und sie sagte, gut, bleib, aber wenn du bleibst, sei nicht so deprimiert, dann fühle ich mich noch schlechter, und er sagte, aber ich bin deprimiert, möchtest du, dass ich es verberge? Und sie sagte, du wirst noch Kinder haben, und er sagte, hör auf, über meine Kinder zu sprechen, und sie sagte, aber du wirst welche haben, du wirst mit Ruth Kinder haben, du wirst schon sehen, und er sagte, nein, und sie sagte, was heißt das, warum nicht? Und er sagte, Ruth kann keine Kinder bekommen, und Eva fragte, was hast du gesagt? Und er sagte, was du gehört hast, Ruth kann keine Kinder bekommen.

Ich dachte, dass ihr bis jetzt noch keine Kinder wolltet, hast du das nicht mal gesagt? Dass ihr keine Kinder haben wolltet?

Und er sagte, ja, am Anfang wollten wir nicht, das war vor zehn Jahren, sie ist schwanger geworden, sie war noch jung, Studentin, im letzten Jahr des Medizinstudiums, am Anfang ihrer Karriere, kurz vor dem praktischen Jahr, und sie dachte, dass es besser wäre, auf einen passenderen Zeitpunkt zu warten, am Anfang waren wir unsicher, aber dann entschieden wir uns, eine Abtreibung zu machen, ich erinnere mich, dass wir uns erleichtert fühlten, als hätten wir die richtige Entscheidung getroffen, aber während der Abtreibung kam es zu Komplikationen, ich erinnere mich nicht mehr an die Einzelheiten, das spielt auch keine Rolle mehr, was eine Rolle spielt, ist, dass sie Ruth die Gebärmutter entfernt haben, das war der einzige Weg, sie zu retten, Ruth hat keine Gebärmutter mehr, verstehst du?

Eva schaute ihn an, sie war blass, und sie sagte, Adam, warum hast du mir das nicht erzählt? Warum hast du mir das nicht erzählt? Das hättest du mir erzählen müssen, und er sagte, ich weiß nicht, Ruth möchte nicht, dass andere Leute erfahren, dass sie keine Kinder bekommen kann, sie zieht es vor, sie glauben zu lassen, wir wollten keine, vielleicht habe ich es dir deshalb nicht erzählt.

Es gab nicht genug Luft im Zimmer, er verließ das Bett, machte das Fenster auf und lehnte sich mit dem Oberkörper hinaus, es war immer noch der Washington Square, aber nicht wie früher, als er den Platz betrachtete, jetzt war der Platz dunkel, die Laternen waren ausgeschaltet, als wäre der Strom ausgefallen, als stünde der Platz unter Sanktionen, und er beugte sich vor, versuchte, die Entfernung vom fünften Stock bis hinunter zum Bürgersteig zu schätzen, atmete die kalte Luft tief ein, erlaubte der Kälte, ihn von außen und innen zu reizen, und hinter sich hörte er Evas Weinen, das immer lauter wurde, aber er drehte sich nicht um, er schaute hinunter auf den Platz, als wäre er gegen dieses Zimmer allergisch, gegen das Bett, in dem Eva lag und in dem vorher auch Tanja gelegen hatte und manchmal auch Anat, seine Sekretärin im Konsulat, in dem auch Jane gelegen hatte und Neta, es war wie das Bett in einem Feldlazarett, in das man immer wieder neue Verletzte zur Behandlung bringt.

Und er fragte sich, ob das Doppelleben, das er schon seit zehn Jahren führte, etwas damit zu tun hatte, dass er kein Kind hatte, ob es etwas damit zu tun hatte, dass Ruth ihm kein Kind schenken konnte, denn diese Affären hatten sofort nach ihrer Abtreibung begonnen, war es etwas Biologisches? Ein blinder Wunsch des Körpers, sich zu vermehren? Und während der ganzen Zeit hörte er Eva weinen, doch nun war es ein leises Weinen, das vielleicht gefährlicher war, er verstand nicht, warum sie weinte, er war doch derjenige, der keine Kinder haben würde, nicht sie.

Und dann kam ihm in den Sinn, dass es sich hier vielleicht um ein wiederkehrendes Muster handelte, Ruths Abtreibung, Eva hatte doch gesagt, dass eine Geliebte der Ehefrau ähnlich würde und sie nachahme, und es war so, sie ahmte Ruth nach, und wenn die Nachahmung perfekt wäre, würde es auch bei Evas Abtreibung zu Komplikationen kommen, und das Ergebnis würde sein, dass auch Eva keine Kinder mehr bekommen konnte, und so, wie er von Ruth keine Kinder haben würde, würde er auch keine von Eva haben, trotz seiner Hoffnung, dass es dieses Mal anders sein würde, alles war doppelt, jeder Mensch war der Doppelgänger eines anderen, alles verdoppelte sich in diesem doppelten Leben, nie mehr würde es etwas wirklich Neues geben, und er wandte den Blick von dem dunklen Platz, richtete sich auf, schloss das Fenster, drehte sich um und sagte, Eva, hast du das tun müssen? Ich habe dir gesagt, dass du keine Abtreibung machen sollst, hast du das wirklich tun müssen? Aber sie antwortete nicht, sie weinte nur leise weiter, und je leiser ihr Weinen wurde, je zaghafter, umso verzweifelter hörte es sich an, hoffnungslos, als würde sie aufgeben.

Weine nicht, sagte er, aber sie hörte nicht auf, ihr Gesicht wurde rot und ihre Nase lief, wie die Nase eines vernachlässigten Straßenkindes, und er ging in das Badezimmer und kam mit Papiertüchern zurück und sagte, Eva, weine nicht, hier, nimm ein Tuch, aber sie zog die Schultern hoch und nahm es nicht, und er sagte noch einmal, Eva, weine nicht, soll ich dir die Tränen abwischen? Und sie zog wieder die Schultern hoch und sagte nichts, und als er sich daranmachte, ihr Gesicht abzuwischen, begann sie herzzerreißend zu weinen, heftiger als zuvor, und dann sagte sie, Adam, es tut mir weh, und er fragte, was tut dir weh? Und plötzlich wusste er nicht mehr, mit wem er sprach, als wären die Abtreibung von Ruth und die Abtreibung von Eva eins, als könne man nicht mehr zwischen beider Schmerz unterscheiden.

Eva sagte, es tut so furchtbar weh, und ich kann nicht aufstehen, ich fürchte, dass ich viel Blut verliere, und er hob die Decke hoch, sie trug ihr grünes, halb durchsichtiges Nachthemd, er zog das Nachthemd hoch, zog die Unterhose herunter und sah eine Monatsbinde voller Blut, und er fragte, soll ich dir helfen, sie zu wechseln? Und sie sagte, das ist nicht nötig, ich mache es allein, und sie versuchte aufzustehen, ließ sich aber sofort zurücksinken und sagte, Adam, ich bin so schwach, und er sagte, mach dir keine Sorgen, ich werde die Binde wechseln, sag mir nur, wo du sie hast, und sie deutete auf eine blaue Plastiktüte, in der auch die beiden Packungen mit Lachs und Cream Cheese lagen, die sie mittags, auf dem Weg zum Hotel, gekauft hatte, er zog eine Binde aus der Tüte und fragte sie, wo machen wir das?

Sie sagte, vielleicht im Badezimmer, sonst verschmieren wir das Laken, und er sagte, ich helfe dir aufzustehen, und sie sagte, lieber nicht, hol ein Handtuch und leg es mir unter, dann muss ich nicht aufstehen, und er erinnerte sich, wie er ihr in Jerusalem, in ihrem eigenen Bett, ein Handtuch untergelegt hatte, als sie ihre Periode hatte, sodass er schon erfahren war, und er ging in das Badezimmer und kam mit einem weißen Hotelhandtuch zurück, sie hob das Becken ein wenig und er schob das Handtuch darunter, und als er ihr die Binde wechselte, dachte er, es sieht aus wie eine Windel, und ihm kam in den Sinn, dass er nie ein Baby wickeln würde, er wickelte eine fünfundzwanzigjährige Frau, als wäre sie sein Baby, als wäre er ihr Vater.

Danke, Adam, sagte sie, und er fragte, soll ich dir etwas ans Bett bringen? Vielleicht ein Glas Tee? Wir haben noch drei Beutel Kräutertee, und sie sagte, nein danke, vielleicht nur ein Glas Wasser, und er holte ihr ein Glas Wasser, und sie trank und wollte noch ein Glas, und dann sagte sie, in der blauen Tüte sind Aspirin, und er ging wieder zu der blauen Tüte, die plötzlich wie durch ein Wunder Lösungen bereithielt, alles war darin, Lachs, Binden, Aspirin, wer weiß, was noch alles, und er begriff, dass sie alles vorausschauend besorgt hatte, alles, was sie nach dieser Pille brauchen würde, deshalb war sie nach ihrem Besuch in der Praxis eine halbe Stunde zu spät zum Hotel zurückgekommen, worüber er sich geärgert hatte, und er gab ihr ein Aspirin, sie schluckte die Tablette und sagte wieder, danke, Adam, und er sagte, ich habe eine Idee, vielleicht gehst du ganz einfach schlafen? Und sie lächelte und sagte, das wäre nett, einfach einzuschlafen.

Er fragte, wo hast du die Pille bekommen? Und sie sagte, in der Praxis, bei einer Freundin meiner Mutter, neben dem Rockefeller Center, und er fragte, Dr. Berman? Und sie sagte, woher weißt du das? Habe ich mit dir über sie gesprochen? Ja, sie hat mir die Abtreibungspille gegeben, und er sagte, jetzt ruh dich etwas aus, das Aspirin wirkt gleich, als hätte sie sich physisch angestrengt, und sie sagte, Adam, leg dich neben mich, mir ist kalt, meine Füße und meine Waden sind kalt, leg dich neben mich, ich möchte deine Wärme fühlen, ich spüre, wie sich die Kälte in meinem Körper ausbreitet, und er legte sich zu ihr und umarmte sie zögernd, als wäre sie, seit sie diese Pille geschluckt hatte, zerbrechlich geworden, und sie sagte ihm, habe keine Angst, dein Arm wird mich nicht töten, und er fragte, was heißt das, dass dir so kalt ist? Und er sah, dass sie zitterte, und sie sagte, ich denke, dass ich viel Blut verliere, glaubst du, wir sollten einen Notarzt bestellen? Und er prüfte und sah, dass die neue Binde schon wieder ganz rot war, und dachte, wenn er ihr jede Viertelstunde eine neue Binde geben müsste, würden die Binden in der blauen Tüte bestimmt nicht ausreichen.

Vielleicht sollten wir zur Toilette gehen, schlug er vor, vielleicht setzt du dich auf das Klo? Und sie nickte, als habe sie zu wenig Energie, um sie fürs Sprechen zu verschwenden, er gab ihr die Hand und half ihr beim Aufstehen und sie stützte sich auf seinen Arm, und auf einmal war das Durchqueren des winzigen Zimmers zu einer schwierigen Aufgabe geworden, er half ihr, das Nachthemd hochzuziehen und sich hinzusetzen, und dann verließ er das Badezimmer und dachte, wie sich doch der Spielraum verringert, vor dreißig Stunden, auf dem Dach der Twin Towers, war alles noch offen, war noch alles möglich, doch bevor er die Badezimmertür zumachte, sagte sie, Adam, du bist so lieb zu mir, darf ich dich noch um etwas bitten? Und er sagte, ja, Eva, und sie sagte, ich schulde Dr. Berman achtzig Dollar, kannst du dafür sorgen, dass sie das Geld bekommt? Und Adam dachte, also reden kann sie doch noch.

Er schloss die Badezimmertür, sie saß auf der Toilette, und er legte sich aufs Bett, das ihm jetzt ganz allein gehörte, und beschloss, positiv zu denken, es gab keinen Grund zu der Annahme, dass das, was vor zehn Jahren mit Ruth passiert war, sich jetzt wiederholen würde, Abtreibungen waren Routine, eine sichere Angelegenheit, und eine Abtreibung durch eine Pille war bestimmt noch sicherer, es war kein Eingriff, keine Gefährdung durch eine Narkose oder eine Infektion, und selbst wenn sie mit Schmerzen verbunden war, so waren die Schmerzen bei einer Geburt bestimmt schlimmer, und was bis jetzt passiert war, seit Eva die Pille genommen hatte, überstieg bestimmt nicht das, was passieren musste, niemand hatte behauptet, dass es eine angenehme, gemütliche Sache sein würde, aber es war wichtig, den Sinn für Relationen nicht zu verlieren und die automatischen Befürchtungen wegzuschieben, und ganz besonders diesen zwanghaften Kult mit Mustern und Symbolen, Ruth war Ruth und Eva war Eva, was mit der einen passiert war, sagte nichts über die andere aus, es war so gut wie sicher, dass Eva später in der Lage sein würde, Kinder zu bekommen, und wenn er nicht mit seiner Angst und seinen Zweifeln aufhörte, würde er es für sie noch schwerer machen.

Er spürte plötzlich eine schreckliche Müdigkeit, dieser ruhelose Samstag hatte ihn vollkommen erschöpft, er fragte sich, warum alles an einem einzigen Tag hatte passieren müssen, Evas Verschwinden, sein Umherirren in der 57. Straße, die Mail von Tanja, die jetzt in einem anderen Hotel auf ihn wartete, das Drama mit der Pille, das albtraumartige Essen im indischen Restaurant und jetzt diese Blutungen, hätte sich das nicht auf ein paar Tage verteilen können?

Seine Augenlider waren unendlich schwer, und er schlief ein, bevor er Zeit hatte, zu begreifen, was los war, und im Traum sah er Ruth, sie trug ihren weißen Arztkittel, er erinnerte sich, wie gern er es hatte, mit ihr zu schlafen, wenn sie den Kittel anhatte und nichts darunter, zu Hause lief sie manchmal so herum, völlig nackt unter dem halb offenen Kittel, und dann ging er zu ihr, drückte sie gegen die Wand oder den Tisch und drang von hinten in sie ein, und so, wenn er in ihr war und mit den Händen in ihren schwarzen Locken wühlte, sah sie aus wie eine edle Stute und er war der Reiter, der sie anspornte, schneller zu laufen, so schnell wie möglich.

Aber nun, in seinem Traum, waren sie nicht in der Wohnung in der 57. Straße, sondern in einem kleinen, dunklen und feuchten Zimmer, diesem Hotelzimmer verblüffend ähnlich, und Ruths weißer Arztkittel war zugeknöpft und er begann, an den Knöpfen zu spielen, er versuchte den Kittel hochzuheben, aber Ruth sagte, nicht jetzt, siehst du nicht, dass wir nicht allein sind? Und er schaute sich um und sah plötzlich Eva im Bett, sie war mit einer riesigen Bandage umwickelt, wie eine Mumie, zwischen der Farbe der Bandage und der ihres Gesichts gab es keinen Unterschied, und er sah, wie sich Ruth über Eva beugte, sie zur Seite drehte und das Gesäß freilegte, sie holte eine Spritze heraus, und er verstand, dass Ruth ins Hotel gekommen war, um Eva zu behandeln, also war Eva in guten Händen und er konnte beruhigt sein.

Als er aufwachte, verstand er nicht, was los war, Ruth war nicht hier und Eva auch nicht, und er begann, dieses kleine Zimmer mit der reichen Geschichte zu erkunden, jede Ecke, jeder Gegenstand erinnerten ihn an etwas, hierher war er mit Jane gekommen, nachdem sie ihm an einem Tag im Café Dante ihr ganzes Leben erzählt hatte, und danach war das Café Dante zu ihrem Stammplatz geworden, und hierher war er ein Jahr später mit Neta gekommen, die er bei einem literarischen Abend kennengelernt hatte, und sie unterhielten sich über ihre Gedichte, die so erotisch waren, dass er irgendwann aufgehört hatte, zwischen der Erotik, die ihrem Körper, und der Erotik, die ihren Texten entströmte, zu unterscheiden, als wäre das Vögeln mit ihr ein weiteres Mittel, ihre Gedichte zu analysieren, und einmal hatte er ihr auch geholfen, ein Gedicht ins Englische zu übersetzen, und sie hatten sich wegen der Übersetzung eines einzelnen Wortes zerstritten, danach war die Beziehung abgekühlt, sie schliefen zwar manchmal miteinander, aber sie hatte aufgehört, ihm Gedichte zu zeigen, und hier hatte er auch Anat getroffen, seine Sekretärin, die diese Begegnung gebraucht hatte, als sie sich scheiden ließ, heimlich, in der Mittagspause, und einmal hatte Tanja das Zimmer des Konsuls verlassen und ihn ertappt, als er nach der Pause mit Anat zurückkam, sie hatte ihm einen bösen Blick zugeworfen, aber er hatte ihr hinterher geschworen, dass zwischen ihm und Anat nichts lief, dass es nur Freundschaft war und dass er außer ihr keine andere hatte. Und er fragte sich, was sie alle an ihm fanden und warum sie ihm immer alles erzählten, vielleicht war der Sex die direkte Verlängerung einer Beichte, und er wunderte sich, warum es nie aufhörte, warum er sich von keiner dieser Frauen trennen konnte, warum mussten alle seine Affären parallel laufen, und er dachte, vielleicht deshalb, weil Liebe, wenn sie wahr ist, zwangsläufig ewig ist, und deshalb schafft eine neue Liebe die vorhergehende Liebe nicht ab, sonst hätte die vorhergehende Liebe keine Bedeutung, also müssen die Liebschaften nebeneinander existieren, nicht die eine auf den Scherben der anderen, und diese Vielzahl von Liebschaften ist eigentlich eine Art von Toleranz, und er dachte über das Verlieben nach, als etwas, für das es keine Begründung gab, keine Begründung und keine Erklärung. Je mehr man versuchte zurückzublicken, den Moment zu rekonstruieren, an dem alles begonnen hatte, umso weniger verstand man es, es war wie in der Astrophysik, wenn man den großen Urknall zu rekonstruieren versuchte, und vielleicht war die Schöpfungsgeschichte der Liebe, jeder Liebe, wie die Schöpfungsgeschichte der Welt, denn das Verlieben war der Moment, in dem alle Gesetze aufhörten, und er dachte über diesen ersten Moment der körperlichen Berührung nach, wenn die Scham verschwand, wenn die Wörter zu Ende waren und eine andere Sprache begann, an diesen chaotischen Übergang, voller Zauber und voller Überraschungen, von Zurückhaltung bis Haltlosigkeit, von Kontrolle bis Unbeherrschtheit, von Lüge bis Wahrheit, eigentlich sah er sich selbst nicht als Schürzenjäger, eher als Therapeut, als eine Art Beichtvater. Er stand vom Bett auf, um zur Toilette zu gehen, und die verschlossene Tür des Badezimmers erinnerte ihn plötzlich an etwas, und er öffnete die Tür und stürzte auf Eva zu, die auf dem Fußboden neben dem Klo lag, sie lag auf der Seite, mit halb angewinkelten Beinen, in einer embryonalen Haltung, in einer Lache aus Blut, keine große Lache zwar, aber Blut, und er rüttelte sie und rief, Eva, Eva, aber sie reagierte nicht, und als er ihre Hände anfasste, spürte er, dass sie kalt waren, obwohl ihre Hände immer ziemlich kalt waren, aber diesmal waren auch ihre Füße kalt, sogar ihre Stirn kam ihm kalt vor, und wieder rief er, Eva, Eva, und schüttelte sie noch kräftiger, fast brutal, als würde er ihr nicht verzeihen, wenn sie nicht zu sich kam, wenn sie nicht sofort antwortete, und als sie wieder nicht reagierte, wollte er ihren Puls fühlen, er beugte sich über sie, legte die weiße Brust und eine blasse Brustwarze frei, er presste sein Ohr an ihre linke Brust, etwas darüber, etwas darunter, er war nicht sicher, wo sich das Herz befand.

Ihr weißer und stiller Körper besaß eine seltsame Schönheit, rein und schutzlos, ohne Tarnung, ohne Tricks, ohne Aufsässigkeit, ohne Täuschung, ohne Heimlichkeit und Missbilligung, auf dem Fußboden des Badezimmers, zwischen Badewanne und Klo, zusammengerollt wie ein Embryo und so weiß wie Schnee, war sie so schön wie noch nie, sie weinte nicht und lachte nicht und änderte ihre Meinung nicht jede halbe Stunde, aber ihr Herz schlug noch, daran hatte er keinen Zweifel, und er beschloss, keine Zeit zu verlieren, und rief den Notarzt, er ging ins Badezimmer und befeuchtete ihre Stirn mit kaltem Wasser, und wieder versuchte er sie zu wecken, diesmal zärtlicher, und als es ihm nicht gelang, fing er an, ihr das Blut abzuwaschen, er trug sie zum Bett und legte ihr dort eine neue Binde zwischen die Schenkel, er zog ihr eine saubere, schneeweiße Unterhose an und dachte wieder über sie nach, als wäre sie seine Tochter, eine Art großes Baby, und nun, nachdem er sie gesäubert und gewickelt hatte, würde er ihr schöne Sachen anziehen und sie in den Wagen legen, und dann würde er mit ihr in den Straßen von Manhattan spazieren gehen.

Er öffnete den Schrank und fand darin so viele Kleider, als wäre sie für viel länger als eine Woche nach New York gekommen, vielleicht für ein Jahr, vielleicht für das ganze Leben, und er fragte sich, was besser passen würde, ein Rock, ein Kleid oder Hosen, aber er verstand, dass Hosen nicht in Frage kamen, solange sie bewusstlos war, würde er ihr keine Hose anziehen können, und ein Kleid war besser als ein Rock und eine Bluse, in einem Kleid würde sie besser aussehen. Jetzt musste er nur noch die Farbe wählen, mit dem schwarzen Kleid hatte er sie schon gesehen, aber mit dem weißen noch nicht, er hatte gar nicht gewusst, dass sie ein weißes Kleid besaß, bis er es auf dem Bügel im Kleiderschrank hängen sah, und er breitete es neben Eva auf dem Bett aus, und es sah aus, als hätte er gleichzeitig zwei Frauen im Bett, dann beugte er sich zu ihr und zog ihr das Nachthemd aus, das von Blut befleckt war, und betrachtete ihren Körper. Sie hatte jetzt nur die Unterhose an, er versuchte, sich jede Einzelheit einzuprägen, als müsste er darüber noch Bericht erstatten, er schob zärtlich die Binde zurecht, die aus der Unterhose gerutscht war, ging zum Schrank zurück und fand einen passenden Büstenhalter, hielt ihre Brüste kurz in der Hand, als er sie in die Körbchen schob, und drehte sie zur Seite, um den Büstenhalter zuzumachen, zog ihr das weiße Kleid an, steckte ihre Füße in die schwarzen Stöckelschuhe, und gerade als er fertig war, klopfte es laut an die Tür, er schaffte es gerade noch, ihr Haar etwas zurechtzustreichen, bevor er die Tür öffnete, als wäre er ein Krankenpfleger, und zwei kräftige Männer kamen herein und schauten erst ihn an, dann sie, als wären sie nicht sicher, wer auf die Trage gelegt werden sollte.

Nach kurzem Wortwechsel beugten sie sich über Eva und prüften ihren Puls, und dann steckten sie eine Infusionsnadel in ihr Handgelenk, hoben sie geschickt auf die Trage und beeilten sich, zum Aufzug zu kommen, ohne auf ihn zu warten, und Adam schaute sich überrascht um, das Zimmer war plötzlich leer, zu schnell. Nach seinem Hinweis auf die Abtreibungspille fragte ihn keiner mehr etwas, er war sicher gewesen, dass sie ihn mit Fragen überschütten würden, er hatte schon im Voraus überlegt, welche Fragen sie stellen würden, und hatte sich Antworten zurechtgelegt, aber sie waren so schnell verschwunden, er zog seinen Mantel an und nahm die blaue Tüte mit, die ihm zu wichtig erschien, als dass er sie zurücklassen könnte, schloss die Tür und lief langsam und bedächtig die Treppe hinunter, und als er die Lobby erreichte, sagte der Portier, ich habe gehofft, Ihre Frau würde gesund, ich habe gehofft, der Kräutertee würde ihr helfen, und Adam sagte, danke, das habe ich auch gehofft, und er folgte dem Wagen, auf dem die Trage befestigt war, und er versuchte, beim Schieben zu helfen oder wenigstens Augenkontakt mit den Männern zu bekommen, die Eva schoben, aber sie ignorierten ihn, als hätte er ihnen schon genug Probleme gemacht.

Er folgte ihnen hinaus auf die Straße, es war kurz nach Mitternacht, er überlegte, dass er ungefähr drei Stunden geschlafen hatte, er konnte nicht wissen, wann sie das Bewusstsein verloren hatte, es hätte auch um neun Uhr abends gewesen sein können, als er gerade eingeschlafen war, es konnte also sein, dass sie drei Stunden bewusstlos da gelegen hatte, und als sie den Notarztwagen erreichten, der gegenüber dem Café parkte, in dem sie zum ersten Mal in New York gefrühstückt hatten, war die Straße belebter als sonst, als würde das wahre Leben hier erst um Mitternacht beginnen, das Café war voller Menschen, und am Tisch, an dem sie gefrühstückt hatten, dem viereckigen Marmortisch an der Glaswand, saßen ein Mann und eine Frau in roten Pullovern, sehr ähnlich den Pullovern, die er und Eva getragen hatten, als würden sie noch immer dort sitzen, in einem parallelen Universum, und als wäre alles, was danach geschah, nicht wirklich geschehen, denn was hatte ihnen hier in diesem Café gefehlt? Und warum hatten sie es verlassen? Die Anwesenheit der Doppelgänger mit den roten Pullovern in dem Café, mit einer Flasche Rotwein zwischen ihnen, gab ihm die Hoffnung, dass er sie nicht ganz verloren hatte, dass ihre Vergangenheit noch eine parallele Existenz hatte, man musste die Vergangenheit nur schütteln und aufwecken, und er stieg in den Notarztwagen und kauerte sich, ohne ein Wort zu sagen, neben der Trage nieder, und während der schnellen Fahrt Richtung Norden, zum Krankenhaus Mount Sinai, versuchte er sich zu überzeugen, dass alles in Ordnung war, dass kein Unglück passiert war, dass er eines Tages mit Eva, in roten Pullovern und mit schwarzen Schals, wie aus einem Magazin, in dieses Café am Washington Square zurückkehren und ein Frühstück bestellen würde.

15

Dienstag, 23. November, 15:55

Und wieder bin ich hier, am Fenster meines Zimmers in der Anafastraße, vor meinem Bildschirm, und schreibe dir, nachdem ich so viel hinter mir habe. Das Tote Meer, meinen Vortrag, Dutzende anderer Vorträge, zwei wilde Nächte, eine medizinische Untersuchung, Gabi (er flog nach Amsterdam), vielleicht auch dich?

Adam, habe ich dich hinter mir oder vor mir?

Ich entdecke, dass ich nicht nur von Menschen, sondern auch von Orten beeinflusst werde. Von der Höhe der Berge in Jerusalem sehen die Dinge anders aus als vom Jordantal. Vielleicht kann ich, nachdem ich an der tiefsten Stelle der Welt war, nachdem ich im Toten Meer geschwommen bin, nicht mehr tiefer sinken, nur noch steigen?

Ich sitze jetzt am Fenster meines Zimmers, vor mir auf dem Tisch die Ergebnisse der medizinischen Untersuchung, und betrachte alles aus einer neuen Perspektive. Ich schaue auf Beth Djala. Die runden Hügel, die Kirche, die Olivenhaine, das Gebäude auf Säulen. Wie ein pastorales Gemälde, das dem Körper Stille schenkt. Die Stille nach dem Sturm?

Ich beginne zu verstehen, wie tief ich dich verletzt habe. Ich war zu sehr mit mir beschäftigt, mit meinem Schmerz und mit meinem Zweifel, um es vorher zu verstehen. Das ist keine Ausrede, Adam. Ich entschuldige mich. Es ist vielleicht das erste Mal in meinem Leben, dass ich mich entschuldige.

Früher, wenn ich jemanden verletzt habe, dachte ich, dass die Tatsache, dass ich sie nicht verletzen wollte, und die Erkenntnis, dass ich an ihrer Stelle nicht verletzt wäre und es für sie eigentlich keinen Grund gibt, verletzt zu sein, mich als der bessere Mensch dastehen ließ. Aber Tatsache war, dass ich sie verletzte.

Ich weiß nicht, ob ich mit Gabi geschlafen hätte, wenn du mich nicht gebeten hättest, nicht mit ihm zu schlafen. Deine Bitte war schuld. Du hast mich förmlich in seine Arme getrieben. Aber es gibt noch einen anderen Aspekt: Deinetwegen war ich sicher, dass ich darunter nicht leiden würde, dass ich mich nicht in ihn verlieben würde. Denn ich bin in dich verliebt.
Diese Entfernung wird uns noch umbringen.

Ich habe das Gefühl, dass ich in einer Galaxie bin und du in einer anderen.

Und so viel Missgeschick. Zum Beispiel hatte ich während der Tagung am Toten Meer, zwischen den Vorträgen, kaum eine Minute Zeit, meine Mails zu lesen, dich zu lesen. Und manchmal verzerrten sich die Dinge in meiner Erinnerung, und diese Verzerrung führte zu extremen Reaktionen, was wiederum bei dir zu extremen Reaktionen führte und so weiter.

Nein, Adam. Ich war mir nicht bewusst, dass ich dich verletzte. Und dann, als du mich deinerseits mit deinen Mails verletzt hast, als du geschrieben hast, man könne sich nicht auf mich verlassen, als du mich als Nymphomanin beschimpft hast, kam mir das unangemessen und ungerecht vor. Ich wurde so wütend auf dich, auf deinen moralisierenden Ton, auf deine übertriebenen Reaktionen und deine seltsamen Forderungen, dass ich beschloss, dich und New York auszuradieren.

Diese ganze Geschichte mit Gabi hätte einfach ein Spiel sein können, ohne diese Hölle, die dieser Geschichte viel mehr Bedeutung verleiht, als sie es verdient. Und auf einmal ist alles so schicksalhaft.

Ich werde nach New York fliegen.
Es tut mir leid, dass ich geschrieben habe, dass ich nicht kommen werde.
Ich grüße dich.
Eva

Mittwoch, 24. November, 11:02
Betreff: die blaue Schlange

Je mehr ich mich an die Idee gewöhne, dich morgen zu sehen, desto weniger bin ich in der Lage, darauf zu verzichten.

Ich habe heute Morgen beim Joggen einen langen Dialog mit dir geführt, und als ich nach Hause kam, fühlte ich mich ganz einfach leer. Schade, dass du mich während des Joggens nicht hören konntest. Danach nahm ich ein Bad (glaubst du, dass wir jemals zusammen baden werden?). Ich lag im Wasser, bewegungslos, bis ich wieder zu Kräften gekommen war.

Habe ich dir den Traum von der blauen Schlange erzählt? Das war, als du noch in Jerusalem warst.

Während ich lief, fühlte ich mich so ruhig. Zum ersten Mal spürte ich, dass es sich lohnt zu leiden. Dass Leiden vielleicht sogar notwendig ist. Dass es eine Art Transportmittel ist, das uns zu einem neuen Ort bringt. Nur seinetwegen ändern wir uns. Und drehen uns nicht sinnlos im Kreis.

Es stimmt, was du geschrieben hast, ein Teil meiner Depression ist diese ständige Aktivität. Und Heimatlosigkeit. Und die fehlende Verwurzelung in deinem seltsamen Land.
In Klammern: Ich sage dein Land, obwohl du nicht hier lebst.
Warum bist du weggegangen?
Glaubst du, dass du jemals zurückkommst?

Früher sehnte ich mich danach, ein riesiges Haus zu besitzen, in dem all meine Freunde, die verschwunden waren und über die ganze Welt verstreut lebten, mit mir zusammen wohnen würden. Aber im Moment, Adam, leben du und ich bereits in jenem Haus. Einem riesigen, transatlantischen Haus, das sich über tausende von Kilometern erstreckt.

Die blaue Schlange.
Es war ein so deutlicher Traum. Und jetzt weiß ich sogar, wann er war. Zwei Tage, nachdem ich dich kennengelernt hatte. Rückblickend ist es seltsam, wie lebendig ich mich nach dem Unfall fühlte. Von Unfällen erwartet man ja nicht, dass sie uns Leben schenken.

Die blaue Schlange.
Ich träumte, dass sie zu mir kam. Blau wie ein Wasserschlauch. Sehr giftig. Mein Leben lang habe ich mich vor

diesem Moment gefürchtet. Und nun ist sie gekommen. Sie kriecht auf mich zu, sie kriecht über meinen nackten weißen Körper. Über den Hals, die Brust, den Bauch. Plötzlich begreife ich, dass sie zwar giftig ist, aber wenn ich mich nicht bewege und keine Angst zeige, wird sie mir nichts tun. Ich verstehe, dass der Trick in vollkommener Entspannung besteht. Sich entspannen. Die Schlange einfach kriechen lassen. Ihre Kraft mit meiner bündeln, statt sie aufgeben. Allen Stress, alle Ängste und Zweifel ziehen lassen, nur einfach daliegen, und nichts wird geschehen. Dieses Bewusstsein ist so tief, dass ich keine Angst mehr habe. Ich beruhige mich. Und die Schlange kriecht über mich. Langsam. Von oben nach unten. Über meinen ganzen Körper. Eigentlich ist es ziemlich angenehm. Und dann wachte ich auf. Mit einem guten Gefühl.

Ich habe meiner Mutter von der blauen Schlange erzählt.
Sie war sehr glücklich.

Donnerstag, 25. November, 10:31
Betreff: letzte Mail vor New York

Wie kann ich nach alldem nur so fröhlich sein?
Vielleicht weil ich angefangen habe zu packen, weil es greifbar wird.
Vielleicht weil ich heute fliege.
Vielleicht weil Thanksgiving ist.

Ich habe so viele Kleider, die ich in Jerusalem nicht anziehen kann.
Kleider, die du noch nicht gesehen hast.
Soll ich sie mitbringen?
Soll ich dir eine Modenschau machen?

Heute Morgen saß ich nach meinem Yogaunterricht in einem Café, betrachtete den blauen Umschlag mit dem Flugticket und dachte, dies ist einer der schönsten Tage meines Lebens. Ohne jegliches Drama wegen eines nahen Weltuntergangs. Es war ein reines, ruhiges Glück.

Und dies obwohl ich mich körperlich seltsam fühlte. Seit ein paar Tagen bin ich schwach und mir wird übel. Ich war beim Gynäkologen und habe mich untersuchen lassen. Das Ergebnis werde ich dir heute am JFK erzählen.

Ich denke noch nicht an New York. Ich wage noch nicht, so weit zu denken. Ich denke an den zweiten Stock im Flughafen, in ein paar Stunden. An den Duty-free-Shop. Soll ich uns Champagner mitbringen? Ich denke an den Geschmack des Cappuccinos, den ich dort in der grünen Bar vor den Glaswänden trinken werde, an die Startbahnen.
Ich denke an den Atlantischen Ozean.
Alle Männer auf der Straße haben mich heute angestarrt.
Und eine Frau, die ich nicht kannte, machte mir ein Kompliment wegen meiner Haare. Mein Yogalehrer achtete mehr auf meine Übungen als auf die der anderen.
Ist das alles dein Zauber, Adam?

16

In den kommenden Tagen wird er seine Zeit zwischen dem Krankenhaus und dem Hotel aufteilen. Er wird bei ihr am Bett sitzen. Er wird durch die Flure wandern. Er wird eine Zeitung kaufen und jeden Buchstaben lesen, als könne er so die Antwort finden. Vom Fenster ihres Zimmers wird er die Fenster des benachbarten Gebäudes betrachten und sich fragen, ob ihn von dort aus jemand beobachtet. Sein Blick wird die Wagen begleiten, die mit Essen oder Medikamenten leise durch die Flure geschoben werden.

Die Krankenschwestern werden sich an ihn gewöhnen. Am Anfang werden sie von ihm verlangen, Formulare auszufüllen. Die Fülle der Fragen wird ihn überfordern. Später wird sich die Neugier, die ihm entgegengebracht wird, in Gleichgültigkeit verwandeln. Es wird Momente geben, in denen er sich nach Fragen sehnt. Er wird dünnen Automatenkaffee trinken und auf regelmäßige Mahlzeiten verzichten. Eine Tüte Chips wird ihm für den ganzen Tag reichen. Manchmal wird ihm eine gelangweilte Krankenschwester einen angegammelten Apfel oder einen Magerjoghurt geben.

Den Weg vom Krankenhaus zum Hotel wird er abends immer zu Fuß zurücklegen. Manchmal wird er das Gefühl haben, dass er während dieser Märsche, die fast zwei Stunden dauern, New York zum ersten Mal sieht. Er wird sich sagen, dass es vielleicht besser wäre, seine ganze Aufmerksamkeit nicht auf eine einzige Person zu konzentrieren, denn das führt zu Blindheit, es wäre besser, allen Menschen die gleiche Aufmerksamkeit zu schenken. Wenn er mit Tanja in New York spazieren ging, sah er nur Tanja. Wenn er mit Eva unterwegs war, sah er nur Eva. Nun wird ihm zum ersten Mal niemand den Blick auf New York verstellen und die Fußgänger und die Kellner in den erleuchteten Restaurants und die Obdachlosen in den Parks werden alle gleich wichtig sein.

Er wird wieder allein im Zimmer mit der Nummer 512 sein. Er wird sich sagen, dass Eva verschwunden ist, ihm diesmal aber ihren Körper als Pfand zurückgelassen hat. Er weiß, wo sich ihr Körper befindet, aber er weiß nicht, wo sie selbst ist. Vielleicht wird sie in ihren Körper zurückkehren, vielleicht auch nicht. Er wird versuchen, den Zeitpunkt vorherzusagen, in dem ihr Bewusstsein zurückkehrt. Er wird über all die Geschichten nachdenken, die sie ihm nicht zu Ende erzählt hat. Er wird denken, dass jetzt noch November ist, aber in wenigen Tagen schon Dezember. Er wird begreifen, dass man den Lauf der Monate nicht aufhalten kann.

Sein Zimmer wird manchmal sauber gemacht werden und manchmal nicht. Manchmal wird er das Schild *Bitte nicht stören* zwei Tage lang an der Türklinke hängen lassen, als würde wer weiß was im Zimmer passieren. Und so, wie er nicht auf regelmäßige Mahlzeiten achten wird, wird er auch nicht darauf achten, sich zu waschen und zu rasieren. Er wird sich fragen, ob er schon trauert, noch bevor es einen Grund dafür gibt.

Von Zeit zu Zeit wird man ihm die immer gleichen Fragen stellen. Man wird ihn fragen, wann genau Eva ohnmächtig wurde, aber er wird nicht antworten können. Man wird ihn fragen, ob sie gegen diese oder jene Medikamente allergisch gewesen sei, ob sie Probleme mit der Blutgerinnung hatte. Man wird ihn fragen, ob er der Vater sei, in einem feierlichen Ton, als würden auch Mutter und Baby mit einem feierlichen Lächeln im Nebenraum warten.

Er wird Dr. Berman anrufen und sie wird kommen. Er wird mit halbem Ohr den heftigen Diskussionen zwischen ihr und den Krankenhausärzten lauschen. Dr. Berman wird weinen, und er wird versuchen, sie zu trösten. Zwischen ihnen wird sich eine seltsame Solidarität zeigen. Manchmal werden sie gemeinsam an Evas Bett sitzen und kein Wort sagen. Beschämt, als säßen sie auf der Anklagebank eines Gerichts. Dr. Berman wird in Jerusalem und Sankt Petersburg anrufen, und danach wird sie wieder weinen. Dr. Berman wird ihm von ihrem Leben erzählen.

Eines Tages, an Evas Bett im Krankenhaus Mount Sinai, wird er Evas Mutter kennenlernen. Niemand wird sie ihm vorstellen, aber er wird wissen, wer sie ist, in einer Art Offenbarung. Er wird sagen, ich habe so viel von Ihnen gehört, ich wollte Sie schon immer kennenlernen. Evas Mutter wird kein Wort sagen. Er wird von ihrem Schweigen verzaubert sein.

Alle Frauen, die er einmal hatte, und alle Frauen, die er noch haben wird, werden plötzlich zu einer einzigen Frau. Immer jung. Immer fröhlich. Eine Frau, der die Frauen, die nach ihr kommen, ewiges Leben schenken und die deshalb nie alt werden und sterben wird. In seiner Phantasie wird er sich solch eine Frau formen. Sie wird Tanjas Augen haben, Evas Brüste, Ruths Hüften und Dr. Bermans Beine. Wenn er mit dieser Frau schlafen wird, wird er mit allen Frauen der Welt schlafen. Alle Frauen der Welt sind eigentlich eine einzige Frau.

Im Krankenhaus wird er alles tun, um ein zufälliges Zusammentreffen mit Ruth zu vermeiden. Er wird versuchen, sich an ihren Dienstplan zu erinnern. Dienstags hat sie Nachtdienst. Er wird nicht in die Cafeteria gehen. Er wird den sechsten Stock meiden. Er wird den Aufzug nicht benutzen und nur die Treppen nehmen. Er wird denken, dass sich beide Frauen, die ihm nahestehen, im selben Gebäude befinden, ohne voneinander zu wissen, wie am Schluss eines großartigen Dramas. Vor der einen versteckt er sich, und die andere kann ihn sowieso nicht sehen.

Es wird Momente geben, in denen jede Frau in einem weißen Kittel Ruth sein wird.

Mitunter wird er die Versuchung verspüren, zu Ruths Zimmer im sechsten Stock zu gehen und sie um Hilfe zu bitten. Vielleicht wird sie Eva retten können. Er wird ihr alles erzählen. Kein Detail wird er vor ihr verheimlichen. Wenn es etwas gibt, was er von Eva gelernt hat, was er Eva schuldig ist, dann ist es, mit den Lügen aufzuhören und anzufangen, die Wahrheit zu sagen.

Er wird sich vorstellen, wie er die Tür von Ruths Zimmer im sechsten Stock öffnet und sagt, hier bin ich. Ich wusste nie, ob du es wissen willst. Aber jetzt habe ich mich entschieden. Ob du es wissen willst oder nicht. Es ist Zeit, dass du deinen Mann kennenlernst.

Er wird auf dem weißen Behandlungsbett in Ruths Zimmer sitzen und stundenlang reden. Er wird ihr von den vergangenen zehn Jahren erzählen. Der Himmel wird blass werden. Ruth wird kein Wort sagen. Es wird Abend werden. Er wird sich rein fühlen. Er wird sein Schicksal in ihre Hände legen.

Vielleicht wird er Eva verlieren, vielleicht wird Eva das Opfer dieser Geschichte sein, aber dieser Verlust wird andere retten, er wird sich selbst wiedergewinnen. Aus dem Abend wird Nacht werden, und er wird immer noch sprechen. Danach wird die Morgendämmerung kommen. Seine Geschichte wird einen anderen Menschen aus ihm gemacht haben.

Eines Morgens wird er die Treppen des Krankenhauses hinaufgehen zum fünften Stock. Er wird Evas Zimmer betreten und sehen, dass das Bett leer ist. Er wird sagen, lasst sie nicht sterben, als hätte er endlich beschlossen, die Sache selbst in die Hand zu nehmen. Als müsste er nur die Führung übernehmen und alles würde wieder gut werden.

Er wird darum bitten, Eva zu sehen. Man wird ihm erlauben, sie zu sehen. Man wird ihn Formulare unterschreiben lassen. Man wird ihm ihr weißes Kleid geben, als könnte er etwas mit ihm anfangen. Er wird nach der blauen Tüte mit dem Lachs und dem Cream Cheese fragen und sich anschließend für die Frage schämen. Am Ende wird er auch die blaue Tüte bekommen.

Das wird ein Donnerstagvormittag sein. Die Zeit, in der sie das Hotelzimmer verlassen sollten. Er wird denken, dass sie sogar das bis ins letzte Detail geplant hat. Er wird mit seiner Gewohnheit brechen und mit einem Taxi zum Hotel fahren. Er wird denken, es hat mit einem Unfall begonnen und endet mit einem Unfall, ich hätte sie gleich am Anfang überfahren können.

Er wird nicht wissen, was er tun soll. Er wird in die Badewanne onanieren. Er wird kommen. Er wird bitterlich weinen. Er wird versuchen herauszufinden, an wen er gedacht hat, als er kam. Er wird die fast gelben Samentropfen auf dem Boden der Badewanne betrachten und denken, das ist es, wofür das alles geschieht? Dafür schicken die Menschen Mails und bekommen Mails und geben klare oder unklare Hinweise und fliegen über den Atlantik? Dafür streiten sie und versöhnen sich und packen Koffer ein und packen Koffer aus, dafür schminken sie sich und hängen Kleider in den Schrank und schlucken diese oder jene Pille? Für diese Sekunden?

Er wird sich quer über das Bett fallen lassen, ohne den Mantel auszuziehen. Er wird jedes Gefühl verlieren und nicht wissen, ob er schläft oder nicht, ob er lebt oder nicht. Wenn er dann aufwachen wird, wird er feststellen, dass es schon fünf Uhr abends ist. Er wird sich schnell rasieren. Er wird seine Sachen in den offenen Koffer werfen. Er wird mit dem Koffer in die Lobby gehen, den Schlüssel zurückgeben und ein Taxi anhalten.

Der Taxifahrer wird ihn an den Taxifahrer erinnern, der eine Woche zuvor darauf bestanden hat, ihn zum JFK zu fahren, am Morgen von Thanksgiving. Vielleicht wird es derselbe Fahrer sein, aber vermutlich eher nicht. Er wird sich freuen, dass er diesmal keinen Grund hat, dem Taxifahrer das Ziel zu verheimlichen.

Er wird beschließen, nichts mehr zu verheimlichen. Er wird

beschließen, alles auf den Tisch zu legen. Alles ist bei ihm geheim, wird er sich sagen. Der Tagesablauf, die Fahrtstrecken, die Hotelzimmer, die Vergangenheit, die Zukunft. Sogar ein Sterben wird streng geheim stattfinden.

Auf dem Ledersitz des gelben Taxis wird ihm übel werden. Er wird das Fenster herunterdrehen und versuchen, sich zu übergeben. Es wird ihm nicht gelingen. Er wird nicht nach draußen schauen. Er wird dem Radio lauschen. Der Sprecher wird erwähnen, dass sich die Flüge aus Washington wegen des Schneesturms verspäten.

Er wird die 57. Straße, Ecke First Avenue erreichen. Er wird den Taxifahrer bezahlen und aussteigen. Am benachbarten Zeitungskiosk wird er eine Tafel Schweizer Schokolade kaufen. Er wird zehn Stockwerke zu Fuß hinaufgehen, mit der Schweizer Schokolade in der Hand. Beim Klingeln wird er seinen eigenen Namen auf dem Türschild sehen und denken, dass nur eine Woche vergangen ist.

Ruth wird die Tür aufmachen und ihn ruhig umarmen. Sie werden sich in der offenen Tür umarmen, dann werden sie die Tür zumachen und sich in die Küche setzen. Sie wird fragen, wie war deine Woche? Er wird sagen, es ist eine lange Geschichte, und ihr die Schweizer Schokolade geben, vielleicht erzählst du mir vorher, wie deine Woche war?

Ruth wird sagen, nichts Besonderes, Thanksgiving war ich bei Dani auf Long Island, seine Frau ist schon im achten Monat, wir haben zusammen Babysachen gekauft. Am Samstag bin ich nach New York zurückgefahren, habe Kaffee getrunken und Zeitungen bei Borders gelesen, und später, im Krankenhaus, gab es keine besonderen Vorkommnisse.

Und was ist mit dir, wird sie fragen, und er wird sagen, frag nicht, ich bin erledigt, ich sterbe vor Müdigkeit, und sie wird fragen, was ist los, war die Woche so vollgepackt? Er wird nicht antworten, und sie wird sagen, Adam, ich sage dir schon seit zehn

Jahren, dass du zu viel arbeitest, und er wird sie anschauen, eine Locke zur Seite schieben, die ihr über das Auge gefallen ist, und nicht antworten.

Und sie wird fragen, Adam, was ist passiert? Ich habe mir Sorgen gemacht, es ist schon sechs Uhr, hättest du nicht schon mittags landen sollen? Und er wird aufstehen und zum Spülbecken gehen und den Hahn aufdrehen und Wasser trinken und sich das Gesicht waschen und sagen, die Flüge aus Washington waren wegen des Schneesturms verspätet.